REBEKKA PAX

SPIEGELSEELE

Roman

LYX
EGMONT

Originalausgabe Februar 2016 bei LYX
verlegt durch EGMONT Verlagsgesellschaften mbH,
Gertrudenstr. 30–36, 50667 Köln

1. Auflage
Redaktion: Barbara Krause
Umschlaggestaltung und -illustration: Guter Punkt, München
Satz: Greiner & Reichel, Köln
Printed in EU (675292)
ISBN 978-3-8025-9920-0

www.egmont-lyx.de

MIX
Papier aus verantwortungsvollen Quellen
FSC® C083411

Meiner lieben Freundin Melanie Panz,
die beste Spazier- und Wanderbegleitung,
die ich mir nur wünschen kann.

*»Der schönste Tag meines Lebens war wohl der,
an dem ich meinen Bruder ermordete.«*

KAPITEL I

Kortumpark Bochum

Sonnenstrahlen brachen vereinzelt durch das dichte Laub der Platanen. Es war ein warmer Tag, trotzdem lag die Ahnung des kommenden Herbstes in der Luft wie eine vertraute Melodie.

Cornelia Arents trat gleichmäßig in die Pedale ihres Fahrrades. Die Bewegung war ungewohnt und schmerzte ein wenig, aber es tat gut, endlich wieder im Sattel zu sitzen und sich den Wind um die Ohren wehen zu lassen.

Es war seit langer Zeit der erste Sonntag, den sie nicht auf der Polizeiwache oder an irgendeinem Tatort zubrachte. Sie hatte den ewig aufgeschobenen Besuch bei ihrer Mutter hinter sich gebracht. Es war gemütlich gewesen, und der Zitronenkuchen, den sie schon als kleines Kind geliebt hatte, schmeckte wie eine Reise in eine heile Welt.

Sie schloss kurz die Augen und ließ Licht und Schatten auf ihrem Gesicht spielen. Der Tag war zu schön, um vor dem Abend nach Hause zu fahren.

Der Vorderreifen zerteilte einen Haufen raschelnder Blätter. Auf der breiten Straße war fast kein Verkehr. Spaziergänger liefen den Bürgersteig entlang. Auf der Wittener Straße waren noch viele Gebäude aus der Gründerzeit erhalten und gaben ihr etwas Gemütliches. Daran änderte auch abblätternde Farbe und hier und da morscher Stuck nichts.

Unbewusst schlug Cornelia den Lenker ein, bog nach links ab und fuhr am Hain entlang, eine schmale Straße, die zum Kortumpark führte.

Cornelia ließ das Rad weiterrollen und lauschte auf das leise Fahrgeräusch. Dann musste sie mit einem Mal schlucken. Vielleicht war dies doch nicht der beste Ort, um den Tag ausklingen zu lassen. Plötzliche Zweifel nahmen dem herrlichen Herbsttag sein strahlendes Blau, trübten ihn ein wie heraufziehender Dunstschleier.

Der alte Park war ein ehemaliger Friedhof, der in den Sechzigern aufgelassen worden war. Unter den alten Buchen, die den Weg überschatteten, war es merklich kühler. Verwitterte Statuen und Grabsteine verbargen sich zwischen Efeu und Rhododendren.

Cornelia stieg vom Fahrrad und schob. Bei den ersten Schritten schmerzte ihre Wade, aber das Reißen und Ziehen wurde schnell besser.

In den letzten Monaten war sie oft im Kortumpark gewesen. Sie lief an alten steinernen Figuren vorbei, stellte ihr Rad ab und setzte sich auf eine morsche Bank, die unter ihrem Gewicht bedrohlich knarrte. Es tat gut, ihr Bein zu entlasten. Cornelia beugte sich vor und massierte vorsichtig die Wade. Durch den dünnen Stoff ihrer Hose konnte sie jede einzelne Narbe spüren. Mittlerweile hatte sie sich damit abgefunden, und die Unebenheiten waren vertrauter geworden. An vielen Stellen spannte die Haut, und auch die Muskulatur war noch geschädigt von den tiefen Bissen eines Wolfhundes. Sie war von zwei Tieren angegriffen worden und nur knapp mit dem Leben davongekommen.

Doch sie wollte die Erinnerung nicht zulassen, richtete sich auf und presste die Hände auf das rissige Holz der Bank, um sich abzulenken. Aber es ging nicht. Kein anderer Sinneseindruck war stark genug, um die schicksalhafte Februarnacht zu überlagern.

Sie war für einige Tage an ein Krankenhausbett gefesselt gewesen, andere hatten nicht so viel Glück gehabt. Cornelia bemühte sich, tief und ruhig zu atmen. Es roch nach frisch gemähtem Gras und weicher Erde, nach modrigen Blättern und Sonne auf altem Holz. Damals, als es geschehen war, hatte es geschneit. Schnee und Blut und Vincent würden für immer miteinander verknüpft sein. Sie wusste noch genau, wie sich seine Hände anfühlten, rau vom Gitarrenspiel und immer ein wenig zu kühl. Diese Hände hatten Spuren auf ihrer Haut und ihrer Seele hinterlassen, die sie als unsichtbare Narben mit sich trug.

Die schicksalhafte Nacht im letzten Februar hatte ihr viel genommen. Der Wolfhundeangriff war nur der Anfang gewesen. Ihr Freund war kurz darauf erschossen worden, und das von ihrem eigenen Kollegen.

Cornelia war sich noch immer nicht sicher, ob Robin Vincent mit Absicht ins Herz geschossen oder nur schlecht gezielt hatte.

Vincent. Sein Grab war irgendwo in Kanada, nicht hier. Trotzdem kam sie seit seinem Tod immer wieder in den Kortumpark. Nur hier konnte Cornelia richtig um ihn trauern. Sie brauchte einen Ort dafür. Auch deshalb, weil sie den Park wieder verlassen und bei der Rückkehr in den Alltag ihre Gefühle in sich verschließen konnte.

Mittlerweile fühlte sich die wenige Zeit, die sie miteinander gehabt hatten, unwirklich an. Beinahe, als habe sie alles nur geträumt.

Cornelia hielt an wenigen schönen Momenten fest. Das gemeinsame Frühstücken, und als er ihr das erste Mal auf der Gitarre vorgespielt hatte. Seine dunkelbraunen Augen und seine stille Art, die sie vom ersten Moment an verzauberten. Der kanadische Akzent, der seiner tiefen Stimme das besondere Etwas verliehen hatte, klang ihr noch heute im Ohr.

Doch die Erinnerungen verblassten viel zu schnell.

In den vergangenen Monaten hatte Cornelia vor allem Aussagen vor Gericht gemacht und versucht zu erklären, warum Vincent beinahe zum Mörder geworden war.

Es war Zeit, dass die Verhandlung zu einem Ende kam, sie wollte nicht mehr in seiner schmerzhaften Vergangenheit wühlen und ans Licht zerren, was er mit aller Kraft versucht hatte zu vergessen.

Sie zweifelte noch immer daran, ob sie in seinem Sinne handelte. »Ach, Vince«, seufzte sie und schloss die Augen.

Cornelia bemühte sich, alle negativen Gedanken auszublenden. Der Wind strich über ihr Gesicht und trug bereits den Geruch des Herbstes mit sich. Moosig und erdig. Kleine Vögel piepsten im Efeu, die Ranken umschlangen Grabsteine und Statuen wie Geliebte. Dort drüben, halb verborgen von einigen Eiben, las eine Frauenfigur in einem Buch und weinte kupfergrüne Tränen.

Es war so friedlich hier.

Hin und wieder liefen Spaziergänger vorbei. Cornelia nahm sie kaum wahr. Unter halb gesenkten Augenlidern ließ sie die Menschen wie Schemen vorbeiziehen. Eine Mutter mit Kindern, ein altes Paar. Jogger. Hunde. Ein junger Mann ließ sie aufmerken. Er trug Jeans und einen Kapuzenpulli. Sein blondes Haar war raspelkurz, weiße Kopfhörer baumelten um seinen Hals. Cornelia fühlte, wie ihre Instinkte anschlugen. Sein Gang war anders, nicht schlendernd wie bei den anderen. Er hatte etwas Raubtierhaftes.

Der junge Mann sah sie an, musterte sie kurz und lief weiter. Cornelia atmete tief durch und schloss die Augen. Es war nichts. Doch warum verspürte sie plötzlich dieses eisige Kribbeln im Nacken?

Ein Geräusch ließ sie zusammenzucken. Ein Fahrradständer, ihr Fahrradständer, wurde hochgeklappt. Sie wandte sich hastig um und sah gerade noch, wie der junge Mann auf ihr Fahrrad stieg und sich abstieß.

»Hey, bleib sofort stehen!«

Cornelia war augenblicklich auf den Beinen und rannte los. In ihrer Wade explodierte ein Feuerwerk aus Schmerzen, doch es war ihr egal. Der Typ stahl ausgerechnet ihr verdammtes Fahrrad!

Der Dieb trat heftig in die Pedale. Sah es auf den ersten Metern noch so aus, als könne sie ihn einholen, war es Sekunden später vorbei.

In den Pedalen stehend, sah er sich noch einmal nach ihr um. Und grinste.

»Du hast eine Polizistin beklaut, mach dich auf was gefasst!«, brüllte Cornelia ihm hinterher. Wenigstens sein idiotisches Grinsen verschwand. Sie machte ihrer Wut mit einem Schrei Luft, dann stützte sie keuchend die Hände auf die Oberschenkel. Der kurze Spurt war nicht anstrengend gewesen, der Schmerz war es.

Ihre Wade krampfte beißend. Sie rieb massierend darüber. Die Muskulatur unter dem Narbengewebe war wie versteinert.

Ich bin ein verdammter Krüppel, dachte Cornelia zornig, richtete sich wieder auf und starrte dorthin, wo ihr Fahrrad verschwunden war. Bei einer durchschnittlichen Aufklärungsquote von zehn Prozent standen ihre Chancen schlecht, den geliebten Drahtesel je wiederzusehen.

Langsam beruhigte sich ihr jagender Puls wieder, und sie machte sich zu Fuß und hinkend auf den Heimweg. Wenn das Ende des Sonntags ein Vorbote der kommenden Woche war, dann sollte sie sich besser warm anziehen.

* * *

KAPITEL 2

Die beiden Männer schienen sich anzuschreien und gestikulierten dabei wild. Sie taten es schon, seit sie aufeinandergetroffen waren.

Bernhard Hildebrandt fühlte das Adrenalin durch seinen Körper rauschen. Der Streit der anderen machte ihn regelrecht high.

Die beiden Männer saßen in einem dunkelgrünen Geländewagen, der viel zu schnell über die Autobahn fuhr. Sie waren in absoluter Dunkelheit aufgebrochen und fuhren schon eine Weile. Nun zeigte sich die Dämmerung als dünner, blassgrauer Streifen am Horizont.

Er hätte viel dafür gegeben, zu hören, was sie einander ins Gesicht brüllten. Doch Bernhard fuhr ihnen in seinem eigenen Wagen hinterher, und bedauerlicherweise waren nur Fahrtgeräusche zu vernehmen.

Die beiden Männer hatten ihre Hunde dabei. Den Tieren war anzusehen, wie sie unter dem Streit litten. Immer wieder duckten sie sich, sahen sich nervös um und legten die Ohren an.

Bernhard ahnte, wo die Männer hinfuhren. Sie teilten sich ein Jagdrevier. Wenn sie sich weiterhin so anbrüllten, würden sie heute kein Wild erlegen.

Nun war es nicht mehr weit. In etwa fünf Minuten würden sie ihren Pachtgrund erreichen. Bernhard nahm den Fuß vom Gas. Es gab keinen Grund, ihnen allzu dicht aufzufahren und sich so bemerkbar zu machen. Er griff nach einem Energy-Riegel, von denen er noch einige in seinem penibel sortierten Handschuhfach hatte, und riss die Verpackung mit den Zähnen auf. Es konnte ein langer Morgen werden, aber er war gut vorbereitet.

Während die beiden Jäger ihrer Beute auflauerten, würden sie nicht ahnen, dass sie selbst längst zur Beute in einem besonderen Spiel geworden waren.

Bernhard genoss diese Phase. Wenn die Geschwister einander das Leben zur Hölle machten. Erst dann zeigte sich, wer von beiden der Stärkere war, wer es wert war, zu überleben.

In ihrem jetzigen Zustand waren sie nichts. Nur bloße Kopien voneinander.

Bernhard klemmte das Lenkrad mit dem Knie fest und öffnete eine Wasserflasche, um zu trinken.

Die Zwillinge bogen nach rechts ab, wie er vorhergesehen hatte. Er folgte ihnen mit Abstand in den Feldweg. Zu beiden Seiten zog sich Ackerfläche dahin. Auf der rechten Seite blühte Klee, die linke lag brach. Dicke Stängel und Wurzelreste deuteten auf eine ehemalige Bepflanzung mit Mais hin. Regen hatte den aufgewühlten Boden geglättet, aber noch nicht gänzlich eingeebnet. Bernhard entdeckte einen Feldhasen, der von mageren Grasbüscheln abließ und sich mit angelegten Ohren in eine Kuhle duckte.

Die Zwillinge schenkten den Feldern keine Beachtung und hielten auf den Wald zu. Der Wagen rumpelte durch tiefe Schlaglöcher. Dem Geländewagen der Zwillinge machte das nichts, Bernhards Passat bereitete das unebene Terrain größere Probleme. Er fiel noch weiter zurück.

Sein Puls schoss hoch, als er sie kurz aus den Augen verlor.

»Ruhig bleiben, verdammt. Niemand entgeht seinem Schicksal, auch die beiden nicht«, redete er sich selbst gut zu und kam sich vor wie ein Idiot. Wie ein Irrer.

Doch er war nicht irre. Er war die Rettung. Einem der beiden Männer würde es gelingen, seinen Schatten zu besiegen und endlich eine eigenständige Person zu werden. Er, Bernhard, würde ihm helfen, sich zu befreien, wie man einen Jungvogel aus einer zu harten Eischale befreit.

Es musste so sein.

Der Geländewagen hielt an. Bernhard trat eilends auf die Bremse und lenkte seinen Passat vom Feldweg hinunter in ein Brombeerdickicht, das die Grenze zwischen Wald und Feld markierte. Ranken und Gestrüpp schlugen von unten gegen das Fahrwerk. Er bugsierte den Wagen noch etwas tiefer hinein, dann stellte er den Motor ab.

Es war augenblicklich still. Bernhard starrte auf den Dampf, der von der Motorhaube aufstieg, und atmete tief durch. Hier musste es kalt sein, kälter als in der Stadt.

Vorsichtig öffnete er die Tür und lauschte.

Eine Amsel sang, der Wind strich durch die nahen Buchen und riss einzelne, gelb verfärbte Blätter mit sich. Dann nahm Bernhard vertraute Stimmen wahr. Die Zwillinge gaben sich Mühe, nicht zu schreien, blafften sich jedoch unvermindert an, was ihnen aber kaum leiser gelang.

Vorsichtig stieg Bernhard aus, zog seine Jacke an und hängte sich sein Fernglas um. Dann drückte er vorsichtig die Fahrertür zu, schloss den Wagen ab und schlich langsam näher.

Im heller werdenden Licht der Morgendämmerung war zu erkennen, dass die Zwillinge exakt gleich aussahen. In gewissem Maße hatte Bernhard Verständnis für ihre missliche Lage. Ihre Gefühle waren ihm nicht fremd. Natürlich waren sie zornig. Jeder Mensch war zornig, wenn er sein Dasein als Kopie fristen musste.

Bernhard erinnerte sich schmerzhaft an die vielen Jahre, die er selbst als ein solcher Halbmensch zugebracht hatte. Es war richtig, diesen beiden zu helfen.

Bernhard hob das Fernglas an die Augen. Er erkannte Josef nur daran, weil er einen Rauhaardackel und einen zweiten größeren Hund, einen Deutsch Drahthaar, aus dem Auto holte. Sein Bruder Daniel besaß nur einen Teckel.

Die Männer sahen einander wirklich zum Verwechseln ähnlich, jeder war ein Spiegelbild des anderen. Beide hatten braunes Haar, beide trugen es kurz und gingen womöglich noch am selben Tag zum Frisör. Nicht absichtlich, nein. Es waren diese Zufälle, die den Fluch des Daseins als Zwilling ausmachten.

Sie hatten rundliche Gesichter, ohne dick zu sein, kleine tiefliegende Augen wie Schweine oder Wiesel. Jetzt trugen sie Tarnkleidung und Wollmützen mit Ohrenklappen, die vor der unangenehmen Kälte des Herbstmorgens schützen sollten.

»Wenn du weiterhin rumbrüllen willst, hätten wir es gleich abblasen sollen«, knurrte Josef ungehalten.

»Dann halt doch einfach mal die Schnauze!«, gab sein Bruder zurück, dann herrschte Stillschweigen.

Jeder nahm sein Gewehr und einen Rucksack, dann brachen sie auf. Josef ging mit seinem Drahthaar voraus, und Daniel schien es nur deshalb zu akzeptieren, weil er nicht den richtigen Hund hatte.

Der Pfad, den sie wählten, führte durch dichten Adlerfarn. Bernhard fluchte innerlich. Er würde ihnen folgen müssen, und daheim dann wieder lange damit beschäftigt sein, seinen Körper nach Zecken abzusuchen. Es war ein perfekter Ort für diese lästigen Parasiten.

Als er sich endgültig auf den Weg machte, waren die Zwillinge schon seit einer Weile im Wald verschwunden. Ihnen zu folgen war leicht. Die kalte Nacht hatte überall Tau abgesetzt, Grashalme, Blätter und selbst der bloße Waldboden war mit schimmernden Tröpfchen bedeckt. Dort, wo die Jäger entlanggekommen waren, fehlten sie.

Es wurde langsam immer heller, und Bernhard kam schneller voran. Nach einer halben Stunde konnte er die Hunde bellen hören. Er verharrte abwartend. Offenbar hatten die Hunde Wild gestellt. Sie bewegten sich nicht von der Stelle, und es fiel auch kein Schuss. Vorsichtig schlich er weiter und machte Schemen aus. Noch ein wenig näher. Und noch etwas.

Sein eigenes Jagdfieber war erwacht.

Er bemerkte einen alten Hochsitz. Die Leiter war hinter Ilexgebüsch verborgen. Ob er es riskieren konnte hinaufzusteigen, ohne gesehen zu werden?

Er sammelte sich und strich aus Gewohnheit seine Kleidung glatt. Leise sein, kein Tritt durfte danebengehen. Die Stufen sahen verdammt morsch aus.

Vorsichtig belastete Bernhard die erste Sprosse. Sie quietschte, aber sie hielt. Also weiter.

Langsam klomm er hinauf. Flechten und Moos machten jeden Schritt zu einem Wagnis. Oben angekommen ließ er sich auf die Knie fallen und rutschte vorsichtig bis zur Öffnung in der Holzwand.

Nur langsam beruhigte sich sein jagender Herzschlag.

Die Hunde kläfften lauter. Dort geschah etwas!

Bernhard nahm auf der Bank des Hochsitzes Platz und hob sein Fernglas. Dass seine Finger eisig und schleimig verschmiert waren, spielte nun keine Rolle mehr.

Er stellte den Feldstecher auf die richtige Entfernung ein und sah hindurch.

Die Zwillinge standen an einem kleinen Hang.

Einer hatte einen Klappspaten in der Hand und grub, während der andere mit einer Pistole auf der Lauer lag.

Von den Dackeln fehlte jede Spur. Wahrscheinlich hatten sie die Hunde in den Fuchsbau gejagt, damit sie die Beute hinaustrieben. Aber die eingeschlossenen Tiere taten ihnen den Gefallen nicht.

Die Erde flog im hohen Bogen. Dem Zwilling mit der Schaufel schien die Wut auf seinen Bruder besondere Kräfte zu verleihen. Der Erdhaufen hinter ihm wuchs stetig, doch mehr geschah nicht. »Du kannst mich ruhig mal ablösen«, rief er schließlich und wischte sich mit seiner Mütze über die verschwitzte Stirn.

Der andere Zwilling drehte sich soeben zu ihm um, als am Bauausgang eine Bewegung auszumachen war. Kam der Fuchs? Beide hielten ruckartig inne. Einer riss die Pistole hoch und schoss aus nächster Nähe in die Öffnung.

Der Knall ließ die Waldesruhe zerbersten. Bernhard zuckte zusammen, doch das Geräusch, das nun folgte, ließ ihm das Blut in den Adern gefrieren.

Ein erbärmliches hohes Winseln erhob sich aus dem Bau. *Dass Füchse so schreien können*, dachte er in einer Mischung aus Staunen und Bestürzung.

Der Schütze fiel auf die Knie und steckte den Arm in das Erdloch. Als er ihn wieder herauszog, hatte er einen Dackel am Schwanz gepackt. Blut tropfte. Das Tier zuckte in Krämpfen, und noch immer jaulte es bitterlich.

Der Schütze war einen Augenblick lang wie versteinert, dann schoss er noch einmal. Der Dackel war tot.

Der Zwilling mit der Schaufel stieß einen verzweifelten Schrei aus und hob sein grobes Werkzeug über den Kopf.

»Jetzt, ja, schlag zu!« In seinem Versteck ballte Bernhard die Hände zu Fäusten und grinste.

Hauptwache Bochum

Cornelia kam zu spät ins Büro. Es hatte verdammt lange gedauert, ihr Fahrrad als gestohlen zu melden. Natürlich hatten die Kollegen nicht an Spott gespart, was ihr vielleicht auch ganz recht geschah. Immerhin hatte sie ihr Rad nicht einmal mit dem primitivsten Schloss gesichert und es leichtfertig außerhalb ihres Sichtfeldes stehen lassen. Denn wie sagte man so schön: Gelegenheit macht Diebe.

Die Kollegen versprachen, ihr Möglichstes zu tun, hatten aber auch durchblicken lassen, dass sie sich besser gleich ein Neues kaufen sollte. Von den wenigen Rädern, die überhaupt aufgefunden wurden, war ein hoher Prozentsatz schrottreif oder in Einzelteile zerlegt.

So fing der Montagmorgen wirklich gut an.

Als sie die Abteilung betrat, in der die Kripo untergebracht war, gelang es ihr offenbar nicht, ihre miese Laune vor den Kollegen zu verbergen.

»Morgen«, brummte sie.

»Schlecht gepennt, Arents? Oder zu viel gefeiert?«, rief ein Kollege von der Streife, der ihr auf dem Weg zur Treppe entgegenkam.

»Frag am besten nicht«, erwiderte sie nur.

Am liebsten hätte sie sich den ganzen Tag in ihrem Büro eingeigelt und Berichte geschrieben. Wenn ihr der Sinn nach dieser mühseligen Arbeit stand, war ihre Stimmung wirklich im Keller. Doch sie kam erst gar nicht bis zu ihrem Büro.

Ein Hüne versperrte ihr den Weg. Derart breite Schultern hatte nur ein Mann in der Abteilung: Robin Schenz, ihr Kollege, Ex, und derjenige, der ihren Freund Vincent Norads in ihrem Beisein erschossen hatte.

Das Verfahren gegen Robin lief noch, stand aber kurz davor eingestellt zu werden. Bis auf die angeordneten Gespräche mit der Polizeipsychologin hatte der Vorfall für ihn bislang keine Folgen gehabt. In seiner Nähe fühlte sie sich noch immer nicht wohl.

Robin unterhielt sich mit jemandem, doch sie konnte nicht erkennen, mit wem, da er die andere Person völlig verdeckte. Von ihrem Chef Reinle hätte sie wenigstens die Halbglatze über Robins Schulter ragen sehen.

Cornelia versuchte, sich an ihm vorbeizudrücken, und hätte sich dabei am liebsten unsichtbar gemacht.

»Oh, Conny, guten Morgen«, wurde sie auch prompt begrüßt. Robin ließ nicht durchklingen, dass ihr Verhältnis zueinander mehr als angespannt war.

»Morgen.« Cornelia musterte die Frau, mit der er sich unterhielt. Sie hatte lackschwarzes Haar und geheimnisvolle grüne Augen, die von ein wenig Make-up kunstvoll in Szene gesetzt wurden. Ihr Teint war ein wenig dunkler und passte nicht ganz zu dem biederen grauen Hosenanzug, den sie trug.

Robin war völlig von ihr eingenommen. Verhext von einer exotischen Schönheit. Was hatte eine Zivilperson so früh hier zu suchen?

»Conny, darf ich dir unsere neue Kollegin vorstellen? Merve Demirata. Merve, das ist Cornelia Arents.«

Überrumpelt reichte Cornelia ihr die Hand. »Frau Demirata, das freut mich. Ich hatte ganz vergessen, dass Sie heute anfangen. Aus Paderborn, richtig?«

Sie lächelte beinahe scheu. »Ja genau, sagen Sie bitte Merve zu mir.«

»Gerne.«

Cornelia wusste eigentlich schon seit Wochen, dass sie eine neue Kollegin bekommen würden, eine Türkin. Sie war gespannt gewesen auf diese Frau. Wie hatte sie es nur vergessen können!

»Reinle will sie mittags offiziell begrüßen. Merve hat Kuchen mitgebracht.«

»Damit ich gleich Pluspunkte sammeln kann«, sagte sie und lächelte dabei so offen, dass Cornelia sie sofort ins Herz schloss.

»Falls du Fragen hast, kannst du jederzeit zu mir kommen, und auch wenn dir die ganzen Kerle auf die Nerven gehen. Ich hoffe, man hat dich vorgewarnt, dass wir beide die einzigen vernünftigen Wesen hier sind.«

»Das ist Männerdiskriminierung«, knurrte Robin.

Merve zuckte mit den Schultern. »Ich bin Kummer gewohnt, war in meiner alten Abteilung auch nicht anders.«

Cornelia war froh, dass ihre neue Kollegin schon Erfahrung mitbrachte. »Wie lange hast du schon bei der Kripo gearbeitet?«

»Vier Jahre und davor zwei bei der Sitte.«

»Mit allen Wassern gewaschen, gefällt mir«, meinte Robin. Cornelia sah, wie er die Augen zusammenkniff und seine Aufmerksamkeit auf einen Punkt hinter ihr richtete. Dort lag Reinles Büro. Cornelia drehte sich um und bemerkte ihren

Vorgesetzten, der von seinem Schreibtisch aufgestanden war und mit einem Zettel winkte.

»Ich fürchte, es gibt Arbeit«, sagte Robin.

Cornelia hatte gerade noch genug Zeit, ihre Sachen im Büro abzulegen und sich eine Plastiktüte zu schnappen, in der sie ein paar Wanderstiefel aufbewahrte, dann brachen sie auch schon auf.

»Richte dich erst mal ein«, sagte Robin zu einer sichtlich enttäuschten Merve. »Wer weiß, ob wir pünktlich zum Kuchen zurück sind.«

Cornelia folgte Robin aus dem Gebäude heraus zum Parkplatz, wo die Dienstwagen standen. Robin steuerte sofort auf die Fahrerseite zu. Wenn sie gemeinsam eingeteilt waren, fuhr er immer, wenn Cornelia nicht darauf bestand. Nicht dass sie besonders viel Wert auf's Fahren legte, aber seine Art, über ihren Kopf hinweg zu entscheiden, ärgerte sie.

»Was haben wir?«, fragte sie bemüht ruhig.

»Einen Toten, offenbar frisch. Der Kleidung nach ein Jäger. Spaziergänger haben die Leiche gefunden.«

»Jagdunfall?«

»Wenn man Wildschweine neuerdings mit Klappspaten erschlägt, vielleicht.«

Cornelia sah ihn mit gerunzelter Stirn an. »Klingt, als könnte es spannend werden.«

Durch den morgendlichen Berufsverkehr brauchten sie beinahe eine Stunde quer durch die Stadt und über Landstraßen bis zum Tatort, und Cornelia hatte genug Zeit, in aller Ausführlichkeit von ihrem gestohlenen Rad zu berichten. Sie sparte auch nicht aus, dass ihr kurzer Verfolgungssprint ein Desaster gewesen war. Robin verkniff sich den Spott, versuchte aber auch nicht, ihr Hoffnung zu machen. Sie gingen noch immer sehr vorsichtig miteinander um, besonders wenn sie allein waren.

Ein uniformierter Polizist wartete am Abzweig von der Landstraße und fuhr ihnen voraus. Nach einer kurzen, holprigen Schleichfahrt hielten sie auf einem Feldweg an, wo bereits einige Wagen standen. Mehrere Spaziergänger hatten sich in der Nähe versammelt und unterhielten sich angeregt.

Eine ältere rüstige Dame in einer sportlichen Jacke mit Pelzkragen bildete eine Ausnahme. Sie stand ein wenig abseits und wurde von einer Streifenpolizistin soeben mit Kaffee aus einer Thermoskanne versorgt.

Wahrscheinlich die Zeugin, die den Toten gefunden hatte, wenngleich Cornelia eher eine jüngere Person erwartet hatte.

Der Weg zum Fundort führte durch dichten Adlerfarn, der sich herbstlich verfärbte und eine lebhafte Mischung aus Gelb-, Braun- und Grüntönen zeigte. Cornelia fiel auf, wie lange sie schon nicht mehr richtig spazieren gegangen war. Eigentlich schon seit ihrer Verletzung nicht mehr. Hier draußen war der Herbst so viel schöner als in der Stadt. Nebel hing zwischen den Bäumen, und überall glitzerten taubedeckte Spinnweben.

Tiefer im Wald wurde der Boden matschig und uneben. In der vergangenen Woche hatte es viel geregnet. Cornelia konzentrierte sich bald nur noch auf den Boden direkt vor sich, denn jeder fehlgegangene Schritt ließ ihre Wade zusätzlich schmerzen und sandte pochendes Stechen bis ins Knie hinauf.

Ihre Hose war bald nass vom Tau, der die Blätter und Gräser bedeckte.

Cornelia sah sich aufmerksam um. Der Pfad war schmal,

aber offenbar gut frequentiert. Die Erde war von den Schuhen unzähliger Spaziergänger über Jahre platt- und festgetreten worden.

Ob der Täter hier auch seine Abdrücke hinterlassen hatte? Wenn ja, dann würden die Leute von der Spurensicherung sie nun nicht mehr finden können.

»Da vorne ist es, an der Lichtung«, sagte der Beamte, der sie begleitete, und wies voraus. Cornelia bemerkte einen Hochsitz gleich auf der anderen Seite der kleinen Freifläche, auf der eine Mischung aus Wildgetreide und Blumen stand, die sie eigentlich eher in einem Bauerngarten vermutet hätte. Die Pflanzung war eindeutig künstlich angelegt, vielleicht um Wild anzulocken. Flatterband glänzte rot-weiß in der Morgensonne. Die Kollegen hatten einen großen Halbkreis um den Tatort gezogen und sich tiefer im Wald positioniert, um Schaulustige fernzuhalten.

»Was ist das?« Robin hatte den kleinen Körper zuerst entdeckt und klang seltsam überrascht.

»Ein toter Dackel?«, entfuhr es Cornelia irritiert. Das Tier lag auf der Seite, die Zunge hing heraus, und aus dem Maul sickerte noch immer ein wenig Blut.

Der Tote war nicht weit entfernt. Die Leiche war übel zugerichtet, überall war Blut. Auf Farnblättern und welkem Laub, das vom Wind umhergetrieben wurde, glänzte es rotbraun. Der Boden war aufgewühlt, Erde und morsche Stöcke und Wurzeln überall verteilt. Die Männer von der Spurensicherung waren offenbar kurz zuvor eingetroffen, und Cornelia beneidete sie nicht um die Sisyphosarbeit, die sie hier würden leisten müssen.

Neben dem Toten kniete Mirko Goldhagen, der herbeigerufene forensische Pathologe, der von den meisten im Revier nur *Kobold* genannt wurde. Mirko war klein, hager und besaß einen seltsamen Sinn für Humor. Cornelia mochte ihn von Herzen gern.

Er sah auf und zwinkerte ihr zu. »Hallo Schatz, jetzt geht die Sonne auf.«

»Keine Witze über Rothaarige, Mirko, nicht am Montagmorgen.«

Er verzog theatralisch den Mund und ließ seine Finger knacken. Cornelia wusste nicht, was sie mehr anekelte, das Geräusch der Knöchel oder das Quietschen seiner weißen Handschuhe. Er wusste, wie er sie ärgern konnte.

»Also, was haben wir?«

Mirko stand auf und wartete, bis Robin und Cornelia näher herangetreten waren. »Daniel Feldmann, dreiundvierzig Jahre alt, Jäger. Er wurde mit einem Klappspaten erschlagen. So, wie es aussieht, haben der oder die Täter circa dreißigmal mit ungeheurer Wucht zugeschlagen. Todeszeitpunkt ist irgendwann in den frühen Morgenstunden. Ich werde es später genauer eingrenzen können.«

»Und der Hund?«, fragte Robin und sah mit zusammengezogenen Brauen auf den kleinen struppigen Körper.

»Auch erschlagen. Aber da hat ein Hieb gereicht.«

»Dreißigmal mit einem Spaten zuzuschlagen, da gehört viel Wut dazu«, überlegte Cornelia.

»Die sich aber nicht auf den Dackel erstreckte«, meinte Mirko und bückte sich, um über das struppige Fell zu streicheln. »Armer kleiner Kerl, den hätte man doch nicht umbringen müssen.«

»Meinst du, es war ein Streit unter Jägern? Was haben sie überhaupt hier gemacht?« Robin kratzte sich am Hinterkopf.

Cornelia sah sich um und bemerkte die Eingänge des Tierbaus sofort. In der Nähe des Toten war ein beinahe hüfttiefes Loch, das offenbar am Morgen gegraben worden war.

»Eine Baujagd auf Füchse oder Dachse. Sie scheuchen Dackel rein und erschießen oder erschlagen die Tiere aus dem Bau, wenn sie flüchten.«

»Du kennst dich aber gut aus.« Mirko nickte ihr anerkennend zu. »Interessierst du dich für die Jagd?«

»Nein, im Gegenteil. So was hier ekelt mich an. Im Frühjahr machen die so was auch und töten dann die Eltern und die Welpen. So Leute sind doch nicht richtig im Kopf.«

Mirko verzog den Mund. »Ich denke, unseren Täter müssen wir in Jägerkreisen suchen.«

»Das denke ich auch.«

Mirko winkte zwei Männer herbei, die in der Nähe mit einer Bahre warteten. Sie luden den Toten auf.

Cornelia bemerkte ein metallisches Glänzen dort, wo der Tote gelegen hatte. Unter ihm war ein weiterer Eingang zum Bausystem verborgen gewesen, und in der Erdröhre war etwas. Eilends zog sie einen Plastikhandschuh an, kniete sich hin und griff in den Bau. Bis sie ihr Fundstück ertasten konnte, war ihr Arm beinahe bis zur Schulter darin verschwunden.

»Gehst du jetzt selber auf Fuchsjagd?«, feixte Robin, doch sein Spott wich einem anerkennenden Grinsen, als sie sich aufrichtete und eine Pistole in der Hand hielt.

»Wie hast du die jetzt wieder gesehen?«

Cornelia reichte die Waffe an Mirko weiter, der sie in eine Plastiktüte steckte und dann genauer ansah. »Eine Neunmillimeter. Aber ich hab es nicht so mit Schusswaffen.«

Robin untersuchte den Fund nun ebenfalls. »Eine ungarische Makarow PA36. Damit knallen sie die Füchse ab?«

»Meinst du, unser Täter hat sie dort versteckt?«

»Oder sie gehörte dem Opfer.«

»Ins Technische Labor damit. Ich fürchte, die SpuSis müssen den Bau aufgraben, wer weiß, was da noch drin versteckt wurde.«

Mirko verdrehte die Augen. »Gut, dass ich damit nichts zu tun habe. Lasst den Jungs wenigstens noch ein paar Beamte zum Schaufeln da, die haben hier auch so schon mehr als genug zu tun.« Er sah zu den beiden Männern hinüber, die gerade eine Kiste mit weiterem Werkzeug geliefert bekamen. »Oder du hilfst, Robin. Bei deinem Kreuz ist das doch kein Problem.«

Cornelia musste unfreiwillig grinsen. »Den kannst du gerne hierbehalten. Und er spart sich das Fitnessstudio.«

»Nichts da.« Er wurde ernst. »Ich denke, wir fahren jetzt erst mal zu seinen Verwandten. Vielleicht haben die etwas Brauchbares für uns. Er wird nicht alleine auf die Jagd gegangen sein, und sein Jagdpartner ist unser wichtigster Zeuge.«

»Oder der Täter.«

Cornelia sah sich noch einmal um. Der tote Dackel brachte sie auf eine Idee. »Wir sollten es mit Spürhunden versuchen.«

»Kein schlechter Vorschlag.«

»Sie werden die Spur zwar nur bis zum Parkplatz verfolgen können, aber wenn wir den Wagen finden oder den des Täters … falls er wirklich aus dem nahen Umfeld stammt.«

»Ein Mantrailer würde ihn erkennen«, stimmte Robin zu und griff nach seinem Handy. »Ich rufe Reinle an, er soll schauen, ob sie einen Hundeführer herschicken können. Machen wir uns auf den Weg.« Er lief los.

Cornelia verabschiedete sich von Mirko. »Du meldest dich bei mir, sobald du was herausgefunden hast.«

»Aber klar, Schatz.«

Cornelia zog eine Grimasse und joggte ein Stück, um Robin einzuholen. Dabei nicht zu hinken, war verdammt anstrengend.

* * *

Haus von Daniel Feldmann

Cornelia hatte ein mulmiges Gefühl, als sie vor dem Haus des Toten parkten. Sie schwiegen schon eine Weile, nachdem sie zuvor allerlei Mutmaßungen angestellt und durchdiskutiert hatten.

Cornelia fühlte, wie sie sich für ihre Aufgabe wappnete.

Es war wie ein Panzer, der sich als kristallene, eiskalte Rüstung um sie schloss.

»Bereit?« Robins Stimme klang belegt.

Cornelia nickte schweigend und stieß die Wagentür auf.

Das Haus der Feldmanns lag in einer ruhigen Wohngegend. Ursprünglich ein Bau aus den Sechzigern, war es sorgfältig modernisiert und auf der Wetterseite mit Schiefer versehen worden. Ein hüfthoher Metallzaun endete an einem neuen schmiedeeisernen Tor, das die Eigentümer ein kleines Vermögen gekostet haben musste. Ein verschnörkeltes F zog den Blick auf sich. Der Garten war nicht außergewöhnlich angelegt, besaß aber einen gewissen Charme, der vor allem von den alten Obstbäumen herrührte, die wohl seit dem Hausbau hier wuchsen. Cornelia entdeckte überreife Äpfel und Birnen und bedauerte wieder einmal, dass sie selbst keinen Garten oder zumindest Obstbäumchen auf dem Balkon hatte.

»Hundehütte«, brummte Robin.

»Wo?«

Er wies mit dem Kinn in einen schattigen Winkel. Die Hütte war klein und sah ein wenig morsch aus, das Holzdach war wellig und mit Moos bedeckt. Davor lag ein zerkauter Tennisball und anderes Spielzeug.

»Also war es wohl sein Hund.«

»Komm.« Robin legte ihr eine Hand auf die Schulter, die sie unwirsch abschüttelte. Cornelia drückte die Klingel, die neben dem Tor angebracht war, und fühlte, wie sich ihr Magen verkrampfte. So reagierte ihr Körper immer, wenn sie Hiobsbotschaften überbringen musste.

Im Haus begann ein Hund zu bellen, und dann ging auch schon der Summer. Robin drückte die Gartentür auf und ließ Cornelia den Vortritt. »Feigling«, flüsterte sie.

Gleich darauf öffnete eine dunkelhaarige Frau die Tür. Sie hielt ein etwa zweijähriges Mädchen auf dem Arm, das die Besucher ängstlich ansah.

»Ja, bitte?«, sagte die Frau irritiert.

»Frau Feldmann?«

Sie nickte und drückte ihre Tochter unbewusst ein wenig fester an sich.

»Cornelia Arents, und das ist mein Kollege Schenz, wir sind von der Polizei.« Sie wies sich aus.

»Von der Polizei?«, fragte sie verwirrt und riss die Augen auf, als habe man sie gerade unsanft aus einem Traum geweckt. »Wollen … wollen Sie hereinkommen?« Sie stotterte.

»Ja, gern.« Cornelia ging an ihr vorbei. Frau Feldmann führte sie in das Wohnzimmer. Über einer roten Sofagarnitur hing das Fell eines Dachses. Das Einschussloch im Kopf war nicht zu übersehen. Die Jagdtrophäen, die hier und da zu erblicken waren, passten nicht zu der modernen Frau und dem kleinen Mädchen im rosa Kleid, fand Cornelia.

»Willst du nicht ein Buch ansehen, Sofie?«, schlug sie ihrer

Kleinen vor, die sich folgsam in einen Sessel setzte. Sie warteten, bis Frau Feldmann auch noch Kindermusik angemacht hatte, und setzten sich dann mit ihr an den Esstisch. Erst jetzt bemerkte Cornelia den uralten Dackel, der auf einem Läufer döste.

»Frau Feldmann, wissen Sie, wohin Ihr Mann heute Morgen aufgebrochen ist, und wann?«, erkundigte sich Robin.

»Mein Mann? Ist etwas mit ihm? Er hat mir nur einen Zettel in die Küche gelegt, dass er im Revier ist. Ich denke, er wird so gegen fünf los sein. Ist ihm etwas passiert?« Ihre Stimme wurde ein wenig schrill.

Cornelia nickte langsam, dann sah sie Frau Feldmann in die Augen. »Es tut mir leid, Ihnen das sagen zu müssen, aber Ihr Mann ist tot.«

»Tot?«, hauchte sie. Aus ihrem Gesicht war sämtliche Farbe gewichen. Sie riss ihre Augen auf. Cornelia musste an Glasaugen denken, an Puppenaugen. Sie konzentrierte sich auf solche Details, damit ihr innerer Panzer bestehen blieb. Das Leid dieser jungen Frau war nicht das ihre. *Nicht ich, nicht Vincent*, dachte sie krampfhaft.

Frau Feldmanns Stimme brach. »Aber, das … das kann doch nicht …«

Robin nahm ihre zitternden Hände in seine. »Es besteht kein Zweifel an der Identität des Toten. Sie müssen jetzt sehr stark sein.« Cornelia hasste ihn in diesem Moment für seine Phrasendrescherei. Aber es war Robins Art, mit dem Schmerz der Angehörigen von Mordopfern umzugehen, das wusste sie … Und doch hatte die junge Mutter so etwas nicht verdient. Frau Feldmann sah Robin flehend an.

»War es ein Jagdunfall?«

»Nein, das können wir ausschließen, denke ich.«

Frau Feldmann biss sich auf die Lippe und nickte langsam.

Noch immer weinte sie nicht. Ihre Fassung war erstaunlich. »Kann ich ihn sehen?«

Cornelia wechselte einen schnellen Blick mit Robin und überlegte fieberhaft, wie schlimm die Leiche zugerichtet gewesen war. Das ganze Blut, überall Blut, vermischt mit Erde. Wunden im Gesicht, ja, die gab es, aber wenn die Leiche gesäubert wäre, würden sie ihr den Wunsch sicher erfüllen können.

»Später, wenn die Gerichtsmedizin ihre Untersuchungen abgeschlossen hat«, sagte sie daher.

Wieder nickte Frau Feldmann. Eine einzelne Träne rollte über ihre Wange. Sie wandte sich nach ihrer kleinen Tochter Sofie um, die von der Trauer ihrer Mutter nichts mitbekam. Sie saß in dem großen Sessel, schaukelte mit den Füßen und blätterte durch ihr Bilderbuch. Ihre leise Stimme, mit der sie den Figuren auf den Seiten Leben einhauchte, wehte wie eine unwirkliche Melodie zu ihnen herüber. Es war, als ob im Zimmer eine unsichtbare Mauer verlief, die den Alltag vom Horror trennte.

»Frau Feldmann, es würde uns sehr helfen, wenn Sie einige Fragen beantworten könnten. Ihr Mann ist ermordet worden. Je eher wir uns auf die Suche nach dem Verdächtigen machen können, desto größer sind die Chancen, den Täter zu fassen. Sehen Sie sich in der Lage dazu?«

»Es würde uns wirklich sehr helfen«, ergänzte Robin.

»Ja, ja, ich denke, das kann ich.«

Cornelia räusperte sich. »Mit wem ist Ihr Mann heute unterwegs gewesen?«

»Ich, ich weiß es nicht. Er hat Freunde, die jagen. Die Pacht teilt er sich mit seinem Bruder. Mir gefällt sein Hobby nicht, deshalb reden wir nicht oft darüber. Vielleicht sprechen Sie besser mit Josef.«

»Josef ist der Bruder?«, hakte Robin nach.

»Ja, sie sind Zwillinge. Als wir uns kennenlernten, konnte ich die beiden nie auseinanderhalten.« Sie verzog den Mund zu einem tragischen Lächeln. »Sie sehen einander ähnlich wie Spiegelbilder … sahen«, korrigierte sie sich und rang einen Moment lang nach Atem. »Für Josef wird eine Welt zusammenbrechen.«

»Sie standen einander sehr nah?« Cornelia dachte an das, was sie über Zwillingspaare gehört hatte. Es war anders als bei anderen Geschwistern. Schon im Kleinkindalter verstanden sie sich in einer Sprache, die sie nur für die Kommunikation untereinander nutzten. Sie konnte es sich nicht vorstellen, wie es war, einen Menschen so gut zu kennen. Ihr eigener Bruder war ihr immer ein wenig fremd gewesen. Er war so anders als sie, aber genau deshalb verstanden sie sich so gut, auch wenn sie nur unregelmäßig Kontakt hielten.

»Daniel und Josef waren immer ein Herz und eine Seele, nur in letzter Zeit haben sie hin und wieder gestritten.«

»Gestritten?« Robin sah Cornelia mit einer hochgezogenen Braue an. Tat sich da gerade ein Motiv auf?

»Worüber haben sie gestritten?«

»Ich weiß es nicht, alles Mögliche. Aber denken Sie …? Nein, das kann ich mir nicht vorstellen, auf keinen Fall.«

Cornelia lächelte beschwichtigend. »In Ordnung, Frau Feldmann. Was wissen Sie über die Jagdwaffen Ihres Mannes, wo bewahrt er sie auf?«

»Er hat einen Waffenschrank, kommen Sie.« Sie stand auf. »Sofie, ich geh mit dem Besuch kurz in den Keller, in Ordnung? Rocky passt auf dich auf.«

Cornelia beobachtete amüsiert, wie der alte Dackel seinen Kopf hob, sich dann auf die Beine mühte und schwanzwedelnd zu der Kleinen tapste, die ihn mit ausgebreiteten Armen erwartete.

»Ein guter Hund«, sagte Robin.

»Er ist jetzt fünfzehn, Daniels erster Jagdhund. Aber er ist lange in Rente. Ich hatte immer mehr Angst um die Hunde, als um …«, sie seufzte tief. »Wo ist denn Benni, war da vielleicht …«

»Noch ein Rauhaardackel?«, fragte Cornelia. »Es tut mir leid.«

»Was für Menschen … wer …?«

Cornelia reichte Frau Feldmann ein Taschentuch. Sie putzte sich die Nase und führte sie in den Keller. Es roch nach Waschpulver und Heizöl. Frau Feldmann reckte sich und nahm einen Schlüssel vom Türrahmen, dann schloss sie den Heizungskeller auf. Neben dem großen Kessel stand ein schmaler grauer Metallschrank. Er war abgeschlossen, wie es vom Gesetzgeber vorgegeben war.

»Können Sie ihn öffnen?«

»Ja, ja, sicherlich. Aber ich weiß nicht, was das soll, warum …« Sie zog einen Schlüsselbund aus der Hosentasche und versuchte aufzuschließen. Der Bund in ihrer Hand klimperte. Sie zitterte so sehr, dass sie immer wieder das Schloss verfehlte.

»Geben Sie her.« Cornelia nahm ihr den Schlüsselbund ab und öffnete die Tür, ohne den Tresorschrank zu berühren. Die Tür schwang mit einem leisen Quietschen auf.

Schon auf den ersten Blick war zu erkennen, dass ein Gewehr fehlte. Zwei andere waren mit weiteren Schlössern gesichert in ihren Ständern.

»Die Schlüssel dazu hat nur mein Mann, wir sind auf Nummer sicher gegangen mit einem Kind im Haus.«

»Vorbildlich.« Robin beugte sich vor und sah genauer hin. »Fehlt außer dem Gewehr noch etwas? Besaß Ihr Mann eine Pistole?«

»Ja, ich glaube schon, ist sie nicht da?«

»Nein.« Cornelia schloss den Schrank wieder ab. »Ich gehe davon aus, dass Ihr Mann alle Waffen registrieren ließ.«

»Ja, natürlich.«

»Gut, dann werden wir es so herausfinden.«

Cornelia hatte Frau Feldmann beim Abschied empfohlen, ihre Schwester oder eine gute Freundin herzubitten, um ihr in dieser schweren Situation beizustehen. Zwar hatte sie sich gut gehalten, doch gerade solche Menschen brachen dann oft urplötzlich zusammen und waren völlig hilflos. Sie hatte versprochen, sofort jemanden anzurufen.

Nachdenklich gingen sie zurück zum Wagen. »Was denkst du, Robin?«

»Wir müssen dringend herausfinden, mit wem er sich getroffen hat. Entweder ist das unser Täter oder der wichtigste Zeuge.«

»Also ab zu seinem Bruder.« Cornelia sah auf den Zettel mit der Adresse, den Frau Feldmann ihr gegeben hatte. »Er wohnt ganz in der Nähe.«

»Hoffentlich treffen wir ihn an.«

Sie ließ sich auf den Beifahrersitz fallen. »Ist schon eine komische Vorstellung, einen Zwilling zu haben, findest du nicht? Wenn dich sogar deine eigene Freundin am Anfang verwechselt. Ich hab mal gelesen, dass Zwillinge sogar den gleichen Geschmack haben, und selbst wenn sie alleine einkaufen gehen, mit den gleichen Sachen nach Hause kommen.«

Robin musterte sie kurz und grinste, dann lenkte er den Wagen rückwärts aus der Parklücke hinaus.

»Was?«, fragte Cornelia. Sie kannte ihren Exfreund und Kollegen zu gut, um nicht zu bemerken, dass er ihr etwas verschwieg.

»Ich stell mir nur gerade vor, wie praktisch es wäre, wenn es dich doppelt gäbe. Dann hätte ich es mir nur mit einer von euch verdorben.«

Cornelia fühlte altbekannten Zorn in sich aufsteigen. »Ha, ha, wie witzig«, knurrte sie.

»Wenn du keine Antwort haben willst, dann frag mich nicht mehr.«

KAPITEL 3

Bernhard war noch immer ganz berauscht von diesem Gemetzel am Morgen. *Wow, was hatte Josef es seinem Zwilling gezeigt.*

Zu so viel Zorn wäre er selbst nicht in der Lage gewesen.

Aber ob Josef Feldmann sein Leben als befreiter Mensch nun würde genießen können? War er schlau genug, um alle Spuren, die auf ihn deuteten, zu verwischen?

Bislang schlug er sich gut. Aus dem Kamin seines Hauses stieg dicker, schwarzer Qualm. Wahrscheinlich verbrannte er gerade seine Kleidung, die er beim Mord getragen hatte. Sicher war sie voller Blut.

Bernhard hatte es spritzen sehen, mit jedem neuen Schlag.

In sauberer Kleidung trat der Brudermörder nun vor das Haus und ging zu seinem Schuppen.

Bernhard wusste, was dort war. Dort lag der erschossene Dackel. Feldmann sollte ihn so schnell wie möglich loswerden. Am besten hätte er den kleinen Kadaver ebenfalls verbrannt, doch Bernhard wusste, dass dieses Szenario ein Wunschgedanke bleiben würde.

Bewaffnet mit einer Schaufel trat der Zwilling, der nun keiner mehr war, ins Freie. Er sah sich kurz um und wählte dann einen Platz neben einer alten Kirschlorbeerhecke. Sorgfältig stach er Grassoden aus und legte sie beiseite, bevor er mit dem Graben begann. Feldmann arbeitete ordentlich und zügig. Nur durch das Fernglas konnte Bernhard sehen, wie aufgewühlt der frischgebackene Mörder war. Er hatte geweint. Seine Augen sahen noch immer gerötet aus.

Wieder einen Spaten in den Händen zu halten, schien sein Übriges zu tun und die frischen Erinnerungen wieder aufzuwühlen. Hektische Flecken breiteten sich auf seinen Wangen aus, die aber auch ein Zeichen für die Anstrengung sein konnten. Die Mordwaffe hatte er an einer Landstraße aus dem Fenster geworfen. Bernhard hatte angehalten und den Spaten noch etwas besser versteckt. Kleine Hilfen, so dachte er, waren erlaubt.

Josef sah sich noch einmal in alle Richtungen um, bevor er den toten Dackel aus dem Schuppen trug und in die Grube legte, dann schaufelte er vorsichtig Erde hinein und setzte die Soden sorgfältig wieder ein. Ein wenig Erde war noch übrig, die Josef unter den Büschen verstreute. Er legte dabei einen faszinierenden Perfektionismus an den Tag, der beinahe schon etwas Manisches hatte. Er wusch die Schaufel mit Wasser aus dem Gartenschlauch.

»Jetzt übertreibst du es aber, das ist nicht deine Tatwaffe, du Dummerchen.«

Das schien dem übrig gebliebenen Zwilling irgendwann auch aufzufallen, und er schüttelte den Kopf über sein Verhalten. Kurz konnte Bernhard durch das Fernglas sehen, wie die Schultern des Mannes zitterten, dann ging er zurück ins Haus.

»Viel Glück, Josef!«, sagte Bernhard seufzend. Es war Zeit, zu fahren. Wochenlang hatte es gedauert, die Feldmanns zu entzweien, nun war seine Aufgabe vollbracht, und er würde sich seinen anderen Projekten zuwenden können.

Bernhard startete seinen Wagen. Er war zufrieden, ja sogar glücklich. Doch dieses Glück sollte nicht von Dauer sein.

* * *

Als sie vor Josef Feldmanns Haus parkten, war es früher Nachmittag. Cornelia, die bis eben telefoniert hatte, schob ihr Handy zurück in die Tasche. »Die Makarow, die am Tatort gefunden wurde, gehörte dem Verstorbenen. Sonst sind nur die drei Gewehre auf seinen Namen registriert, also soweit alles in Ordnung.«

»Und kein Dreck am Stecken.«

»Außer, dass er als Freizeitvergnügen ganze Fuchsfamilien ausrottet, ein ganz normaler Typ.«

»Wenn du es so sagst, klingt es irgendwie …«

»Nicht normal? Wenn du mich fragst, ist es das auch nicht. Also Tiere, die man essen kann, verstehe ich ja noch, aber …«

»Komm, du Ökotante«, neckte Robin sie, »nehmen wir uns den nächsten bösen Jäger vor.«

Cornelia fasste nach dem Türgriff, ließ sich dann aber wieder in den Sitz zurücksinken. »Mal ehrlich, glaubst du nicht, dass es die Psyche eines Menschen verändert, wenn man Freude an so was hat?«

Robin sah sie an, als sei sie ein begriffsstutziges Kind. »Der Mensch hat schon immer gejagt. Nur weil es heute nicht mehr jeder macht und auch nicht muss … Ich denke, ich hätte kein Problem damit, wenn ich mir mein Essen selber besorgen müsste.«

»Aber man muss nicht, das ist ja der Punkt, es ist eine bewusste Entscheidung für Gewalt.«

Robin lachte. »Ich glaube, du hast heute Morgen schlecht gefrühstückt, komm. Knöpfen wir uns diesen jagenden Zwilling vor.«

Josef Feldmanns Haus sah dem seines Bruders nicht unähnlich. Ein gut gepflegtes Einfamilienhaus mit großem Garten. Dass hier nicht die gleichen Pflanzen wuchsen wie beim Verstorbenen, schob Cornelia auf die Partnerin des Toten, die sich wahrscheinlich um den Garten kümmerte.

Robin drückte die Klingel und klopfte an der Tür.

Nichts. Entweder war er nicht da, oder er wollte keinen Besuch.

Während Robin vor der Tür ausharrte, lief Cornelia ein Stückchen um das Haus herum und auf die Terrasse. Die Plastikmöbel waren sorgfältig abgedeckt. Auf der Rückseite des Hauses, gut verborgen durch hohe Eiben, standen eine Zinnwanne und ein Metalltisch. Die Fleischerhaken an der Wand sprachen eine eindeutige Sprache. Hier zerlegte Feldmann seine Beute. Unwillkürlich hielt Cornelia nach frischem Blut Ausschau, doch da war nichts. Der Ort war sauber, nur ein paar farbige Herbstblätter hatten sich in der Zinkwanne gesammelt.

Unter den Eiben in einer moosigen Ecke lag das Schulterblatt eines Tieres. Der Knochen war alt und völlig zernagt. Sie lief über die Wiese zum Schuppen und sank an einer Stelle mit dem Absatz ihres Schuhs kurz ein.

»Verdammt«, fluchte sie unterdrückt und sah hinunter. Die Ferse war verdreckt. Wo sie eingesunken war, lagen frisch ausgestochene Grassoden so perfekt, dass sie die Kanten erst bei genauerem Hinsehen bemerkte.

»Er hat auch einen Hund, glaube ich«, rief sie, als sie wieder die Vorderseite des Hauses erreichte.

»Ja, warum meinst du?« Robin sah von seinem Handy auf.

»Da liegen zernagte Knochen, und er hat vor Kurzem noch den Rasen geflickt, da hat der Hund wohl an der falschen Stelle gebuddelt.«

»Um wie viel wetten wir, dass es ein Dackel ist?« Robin hielt ihr die Hand hin, damit sie einschlug.

»Ich wette nicht auf Dackel.« Cornelia reckte den Kopf. »Schau mal, ich glaube, er kommt.«

Ein dunkelgrüner Geländewagen bog in die Einfahrt und parkte vor der Garage. Der Wagen glänzte, der Chrom an der Front funkelte frisch poliert. Im Kofferraum drückte ein Hund seine Nase an die Scheibe.

»Kein Dackel«, meinte Cornelia nüchtern und warf Robin einen triumphierenden Blick zu.

Josef Feldmann musterte sie aus dem Wagen heraus, dann öffnete er langsam die Tür und mühte sich hinaus wie ein alter Mann mit steifen Gliedern. Er war aschfahl.

»Von der Polizei?«, fragte er schleppend. »Meine Schwägerin hat mich schon informiert.«

Robin ging auf den Mann zu und reichte ihm die Hand. »Mein Beileid, Herr Feldmann. Schenz von der Kriminalpolizei, das ist meine Kollegin, Frau Arents.«

Cornelia reichte ihm die Hand. »Es tut mir leid.«

»Danke«, sagte er und wich ihrem Blick aus. Wollte er nicht, dass sie ihn weinen sah? Er wischte sich unauffällig über das Gesicht, das dem des Toten verstörend ähnlich sah. »Wir würden Ihnen gerne einige Fragen stellen.«

»In Ordnung. Einen Moment bitte.« Er schloss das Tor zur Einfahrt und öffnete den Kofferraum. Ein mittelgroßer Jagdhund sprang heraus, beschnüffelte die Polizisten kurz und lief dann in den Garten.

Robin und Cornelia folgten Feldmann ins Haus. Der Hausherr putzte sich lange und ausgiebig die Nase. Er wirkte nervös, beinahe panisch, oder auch nur am Rande eines Nervenzusammenbruchs. So oder so hielt er sich bei Weitem nicht so gut wie die Frau des Ermordeten.

»Setzen Sie sich besser, so ein Schicksalsschlag ist schwer zu verkraften«, drängte Cornelia ihn. Er kam ihrer Bitte nur zögernd nach.

»Ich, ich versteh das nicht. Meine Schwägerin sagte, jemand habe ihn im Wald umgebracht.«

»Das stimmt. Hatte Ihr Bruder Feinde? Vielleicht unter der Jägerschaft? Mit wem war er heute Morgen unterwegs?«, fragte Robin. Cornelia hatte sich an die Küchenzeile gelehnt und beobachtete die beiden Männer.

»Mein Bruder? Feinde? Er war Ingenieur, nicht bei der Mafia, was sollte er für Feinde haben?« Schweiß stand auf seiner Stirn. Er wischte fahrig darüber.

»Das fragen wir Sie. Wie wir hörten, standen Sie einander sehr nah.« Robin blieb ruhig.

Feldmann seufzte. »Einander nahestehen, das ist so leicht dahergesagt. Wir waren Zwillinge, können Sie sich vorstellen, wie das ist? Nein, sicher nicht. Daniel war wie ich, dachte wie ich, fühlte wie ich.«

»Und doch haben Sie sich in den letzten Monaten häufig gestritten.«

Er sah auf seine Hände. »Ja, und ich bereue es zutiefst. Vielleicht waren wir zu gleich, einander zu nah, und in letzter Zeit ist irgendwie alles hochgekommen.« Feldmann schluckte hart, als könne er so die Tränen zurückdrängen, die bereits in seinen Augen schimmerten.

Cornelia fühlte sich unangenehm berührt und wandte den Blick ab. Sie bedrängten diesen Mann in einer schweren Stunde.

Durch das Fenster konnte sie den Garten sehen. Der Hund benahm sich wie toll und grub genau an der Stelle ein neues Loch, wo sein Herrchen den Rasen bereits geflickt hatte.

Wahrscheinlich war jetzt nicht der richtige Zeitpunkt, um Feldmann darauf aufmerksam zu machen.

»Sie sind ebenfalls Ingenieur, nicht wahr? Waren Sie heute nicht arbeiten?«, fragte Robin.

»Ich habe Urlaub genommen. Eine Woche. Wir wollten gemeinsam jagen gehen.«

»Aber heute waren Sie nicht mit Ihrem Bruder unterwegs, wenn ich das richtig verstehe.«

»Nein, heute nicht. Ich hatte noch Besorgungen zu machen, wollte das Auto in die Waschanlage ...«

»Oh«, entfuhr es Cornelia. Sie hatte den Männern bis dahin aufmerksam gelauscht, dabei aber weiterhin den Hund beobachtet. Das Tier war halb in dem Loch verschwunden, Erde flog in alle Richtungen. Dann hielt er plötzlich inne, stemmte die Beine gegen den Boden und begann, an etwas zu ziehen und zu zerren. Ein kleiner, erdverschmierter Kadaver kam zum Vorschein. Sie konnte das hohe, klagende Winseln des Hundes bis ins Hausinnere hören, als der große Jagdhund sich neben den kleinen legte und dessen Schnauze zu lecken begann.

»Herr Feldmann«, sagte Cornelia mit belegter Stimme.

Der Mann sprang auf und sah sofort, was passiert war. »Verdammt, Susi!«, fluchte er und wollte nach draußen laufen. Robin hielt ihn am Arm fest.

»Halt, nicht so schnell, was ist da los?«

Josef Feldmann standen die Tränen in den Augen. Er rang nach Worten, doch es schien ihm schwerzufallen, überhaupt genug Luft zum Atmen zu bekommen.

»Ich sehe nach«, sagte Cornelia kurzerhand und war als Erste im Garten. Die Hündin stand auf und knurrte sie an.

Sofort schoss Panik durch ihren Körper. Mit einem Schlag waren die Erinnerungen da. Ein wildes Stechen in der Wade machte ihr nur allzu bewusst, wie ihre letzte Begegnung mit einem knurrenden Hund ausgegangen war. In ihrem Kopf überlagerte der geifernde Wolfhund den Anblick der gefleckten Jagdhündin. Diesmal würde ihr das Tier direkt an die Kehle springen. Cornelia war wie erstarrt, traute sich keinen Schritt mehr weiter und hätte am liebsten auch das Atmen eingestellt. Doch der erwartete Angriff blieb aus, stattdessen legte der Hund den Kopf schief und begann zaghaft mit dem Schwanz zu wedeln.

Cornelia erwachte aus ihrer Starre. Sie versuchte sich an den Namen zu erinnern. »Susi? Susi, du Arme, was ist mit deinem kleinen Freund passiert?«, sagte sie und gewann langsam wieder die Oberhand über ihre Angst.

Die Hündin winselte und leckte sich die erdverschmierte Schnauze. Sie war nicht aggressiv, ganz im Gegenteil.

Cornelia strich ihr über den braun-weiß gefleckten Kopf mit den weichen Schlappohren und trat näher. Der kleine Kadaver war eindeutig ein Rauhaardackel. Erde verklebte das struppige Fell, aber da war auch Blut.

Cornelia zog soeben ein paar Handschuhe aus der Tasche, als Robin mit Josef Feldmann das Haus verließ.

»Was machen Sie da?«

Cornelia ließ die Frage unbeantwortet und kniete sich hin. Vorsichtig schob sie das blutige Fell auseinander. »Robin, hier ist ein Einschussloch.«

»Ist das beim Einkaufen passiert oder in der Autowaschanlage?«, fragte Robin lakonisch.

Auf Feldmanns Wangen erschienen hektische Flecken, und Tränen strömten ihm übers Gesicht.

»Ihr Hund?«, fragte Cornelia.

Er nickte langsam. Seine Hündin Susi leckte ihm die Hände, und er streichelte ihr mit zittrigen Fingern über den Kopf.

»Ich denke, Sie waren heute Morgen doch mit Ihrem Bruder unterwegs«, meinte Robin. »Vielleicht ist der Dackel von der Kugel aus einer ungarischen Makarow getroffen worden. Vielleicht finden wir die passende Kugel im Körper des Dackels? Wollen Sie dazu vielleicht etwas sagen?«

Feldmann schüttelte den Kopf.

»Er kommt mit aufs Revier, und den Dackel packen wir auch ein.«

* * *

Feldmann machte keine Aussage auf der Wache, sondern verlangte nach einem Anwalt. Bei jeder Frage, die ihm gestellt wurde, schüttelte er nur den Kopf.

Cornelia war sich sicher, den Mörder von Daniel Feldmann gefasst zu haben, doch wenn er weiterhin schwieg und sie keine Beweise fanden, würde es schwierig werden.

Am Dienstagmorgen fuhr sie statt auf die Wache direkt ins Uniklinikum nach Essen, wo die Gerichtsmedizin untergebracht war. Es war das Reich von Mirko Goldhagen, der hier nicht nur Sektionen durchführte, sondern seine Studenten auch an mehreren Wochentagen unterrichtete.

Cornelia hatte wenig gefrühstückt und bereute es nun. Ihr Magen knurrte, und wenn sie hier wieder raus war, würde sie nichts essen können.

Als sie den engen Fahrstuhl nach unten nahm, war das zornige Brummen ihres Magens laut zu hören. Früher hatte sie immer die Treppe genommen, aber mit ihrer zerfetzten Wade war das so eine Sache. Eigentlich müsste sie sich mehr um das Bein kümmern, aber wann? Sie hatte kaum Zeit für sich selbst, wann sollte sie dann auch noch die Reha-Übungen machen? Sie konnte froh sein, dass sie überhaupt so gut laufen könne, hatte der Arzt gesagt.

Die Narben spannten. Immer. Dutzende Stiche, die sich im Zickzack um ihr Bein wanden. Im Muskel selbst dürfte es nicht besser aussehen, und er ließ es sie bei jeder Anstrengung mit beißendem Schmerz wissen. Hundertprozentig einsatzfähig war sie wohl nicht mehr, gestand sie sich ein, aber laut aussprechen würde sie das nie. Nicht, wenn sie nicht musste. Noch glaubte sie fest daran, dass sich mit der Zeit alles bessern würde. Immerhin sollte ein Körper doch auch gewisse Selbstheilungskräfte besitzen. »Aber zaubern kann er deshalb noch lange nicht«, seufzte sie leise und nahm sich vor, sich nach Feierabend endlich mal wieder ihren Reha-Übungen zu widmen und die Narben zu massieren.

Mit einem leisen Ping meldete der Fahrstuhl, dass sie die gewünschte Etage erreicht hatte. Langsam schoben sich die Türen auf. Die letzte Gelegenheit, noch einmal Luft zu atmen, die nicht den Hauch des Todes mit sich führte.

Cornelia wappnete sich für die merkwürdige Aura der Sektionshalle und lief den Gang hinunter.

Humpelte sie? Nein. Sie lauschte genau auf den Rhythmus ihrer Schritte. Links, rechts, genau im Takt.

Eine junge Frau kam ihr entgegen. »Hey, Johanna«, begrüßte Cornelia sie.

»Der Doktor ist gerade fertig, gehen Sie einfach durch.«

»Danke.«

Sie sah der jungen Frau, einer Medizinstudentin, hinterher. Ein Mensch wie ein Sommerwind, hell und warm und fröhlich. Sie passte nicht hierher, und doch hatte Mirko Goldhagen bislang nur Lob für sie übriggehabt.

Cornelia folgte dem vertrauten Weg, den Gang hinunter zu

einer Flügeltür, an der zahlreiche Bahren Dellen hinterlassen hatten. Wenn keine Angehörigen oder andere Zivilpersonen im Gebäude waren, stießen die Mitarbeiter der Pathologie die Tür mit den Wagen auf.

Cornelia drückte ihre Schulter gegen die Tür, um sie zu öffnen. »Klopf, klopf!«, rief sie.

»Oh, die Sonne geht auf.« Mirko grinste sein berühmtes Koboldgrinsen. Es hatte etwas Diabolisches, wie der kleine, dürre Mann dort am Waschbecken stand und sich akribisch die Hände wusch. Mirko Goldhagen trug einen weißen Kittel und während der Obduktionen noch einen zweiten Einmalkittel darüber. Sein kurzes Haar war unter einer schwarzen Bandana verborgen, wodurch sein kantiges Gesicht noch ein wenig mehr nach einem Totenschädel aussah.

Cornelia ließ die Schwingtür hinter sich zufallen. Im Sektionsraum war die Luft zum Schneiden dick und schien sich wie ein Gewicht auf diejenigen zu legen, die sich in die Hallen des Todes wagten. Cornelia musterte die Metalltische. Zwei glänzten poliert und unbenutzt, einer war mit einem Tuch bedeckt, auf dem vierten lag Daniel Feldmann und starrte mit leerem Blick in die grelle Deckenbeleuchtung.

»Da ist er, genau. Ich komme sofort zu dir. Willst du auch einen Kaffee?«

»Ja, gerne.« Zumindest, um ihn sich unter die Nase zu halten und so dem Geruch zu entgehen.

Cornelia trat an den Tisch. Es war irritierend. Jetzt, nachdem die Leiche gereinigt worden war, sah sie exakt aus wie Josef Feldmann. Sie konnte keinen Unterschied erkennen. Er hatte einen Ausdruck des Protests im Gesicht, und so, wie die Augen der Leiche starr auf die Decke gerichtet waren, sah es aus, als würde er sie aus Trotz ignorieren. Quer über das Gesicht zog sich eine lange rote Wunde. Die Haut klaffte zur Seite und entblößte die Knochen der Stirn und helles Bindegewebe. Es war ein kräftiger Hieb gewesen, aber keinesfalls tödlich.

Leise Schritte näherten sich über den gefliesten Boden, und mit ihnen kam der Duft von Kaffee, der an diesem Ort seltsam deplatziert wirkte.

»Na, habt ihr euch schon angefreundet?«

»In diesem Leben nicht mehr«, gab Cornelia schlagfertig zurück und nahm dem Pathologen einen Becher ab. Skeptisch sah sie sich den Aufdruck auf dem Porzellan an. Es war eine dicke gelbliche Made zu sehen und darunter stand: *Dein Freund und Helfer.* »Ist nicht dein Ernst!«

Goldhagen grinste. »Habe ich meinem Assistenten zum Geburtstag geschenkt. Er hat sich gefreut. Du hast nur einfach keinen Humor, Prinzessin.«

Cornelia zuckte mit den Schultern und nahm einen Schluck aus dem Maden-Becher. »Was ist nun mit dem Toten, was kannst du mir zu ihm sagen?«

»Todeszeitpunkt war zwischen sechs und halb acht am Morgen. Der Täter hat einen Spaten oder eine Schaufel benutzt und mindestens vierunddreißigmal auf Daniel Feldmann eingeschlagen. Er starb an mehreren Schlägen gegen seine linke Schläfe, die ein schweres Hirntrauma und Blutungen zur Folge hatten. Die anderen Schläge hätten aber nach einiger Zeit ebenfalls zum Tode geführt, da mehrere große Adern verletzt wurden und er verblutet wäre. Hier, siehst du?« Er wies auf den linken Oberarm, wo klaffende Schnitte im Fleisch waren.

»Die *Venae cephalica* und die *Basilica* sind beide durchtrennt worden. Auf der rechten Seite traf es die Pulsadern am Unterarm. Nicht überraschend war, dass in den Wunden Erdkrumen und Pflanzenteile zu finden waren. Was die These eines Grabwerkzeugs als Tatwaffe weiter unterstützt.«

»Ich glaube nicht, dass es geplant war. Aber ein Mord im Affekt und dann vierunddreißigmal zuschlagen …«, sprach Cornelia ihre Gedanken laut aus. »Ich wüsste gerne, wie es dazu gekommen ist. Was muss jemand sagen oder tun, damit sein Gegenüber derart wütend wird?«

»Vielleicht auf ihn schießen. Wir haben Schmauchspuren an Feldmanns rechter Hand und auf der Kleidung gefunden und sie mit einem Paraffintest nachgewiesen. Seine Fingerabdrücke waren auch auf der Makarow, und ich habe eben mit dem Technischen Labor telefoniert. Im Magazin fehlen zwei Schuss, und die Waffe wurde vor Kurzem abgefeuert.«

Cornelia entging das euphorische Grinsen des Pathologen nicht. Er hatte eine Information, die womöglich zur Lösung des Falls beitragen würde.

»Raus damit! Ich sehe es dir an!«

»Johanna, meine Studentin, durfte in dem kleinen Dackel herumpulen, und rate mal, was sie in der Lunge des armen Viechs gefunden hat.«

»Eine Kugel, die zur Makarow passt.«

»Genau. Und im Kopf steckte die zweite.«

Goldhagen griff zu einem Metalltisch hinüber und ließ dann eines der Geschosse in einer Plastiktüte vor Cornelias Gesicht baumeln. »Das Kaliber passt. Ich schicke sie nachher noch ins Technische Labor zur Überprüfung.«

»Wenn das stimmt, dann haben wir ein Motiv. Feldmann erschießt den Hund seines Bruders, und der wird daraufhin so wütend, dass er seinen eigenen Zwilling erschlägt.«

»Versuch, ihm ein Geständnis zu entlocken.«

»Worauf du dich verlassen kannst. Danke!«

* * *

Cornelia verließ das Gebäude mit dem Gefühl, der Lösung des Falls schon ganz nahe zu sein. Sie war sich mittlerweile sicher, dass es ein Mord unter Brüdern war.

Aber konnte ein versehentlich erschossener Jagdhund eine derartige Reaktion provozieren? Vierunddreißig Schläge mit einer Schaufel?

In Gedanken versunken steuerte sie ihren Wagen vom Parkplatz an der Hufelandstraße. Mittlerweile waren die schmalen Straßen um das Uniklinikum, wo die Pathologie untergebracht war, völlig verstopft.

Um die A 40 war es nicht viel besser bestellt. Erst auf der 43 konnte sie wieder zügiger fahren. Es dauerte trotzdem über eine Stunde, bis sie die Autobahn verlassen konnte. Als sie nur noch Minuten von der Hauptwache entfernt war, klingelte ihr Diensthandy. Sie seufzte genervt und schaltete sofort auf Freisprechfunktion. »Robin, was gibt es?«

»Wie lange brauchst du noch?«

»Nicht mehr lange, warum?«

»Ich will mir Feldmann noch mal vornehmen, bevor die Frist abläuft und ihn sein Anwalt mundtot macht. Ich dachte, du möchtest vielleicht dabei sein.«

»Ich bin auf der Kölner Straße«, antwortete Cornelia und bremste, als die Ampel vor ihr auf Rot umsprang. Zwei Kindergärtnerinnen dirigierten eine Horde Kleinkinder von rechts nach links über die Straße. Sie blockierten den gesamten Fuß- und Radweg. Fluchend bremste ein Radfahrer ab. Sein Gesicht und das kurze Haar kamen ihr vage bekannt vor.

»Das kann doch nicht wahr sein!«, keuchte sie ungläubig. Der Typ fuhr tatsächlich auf ihrem Fahrrad. Er trug denselben Kapuzenpulli wie am Sonntag beim Diebstahl!

»Was? Was ist denn?«, schallte Robins Stimme aus dem Lautsprecher.

»Der Idiot, der mein Rad geklaut hat, ich sehe ihn!«

Cornelia hupte. Eine der Kindergärtnerinnen sah sich zornig nach ihr um und zeigte ihr einen Vogel. Der Dieb eierte indes um die Kinder herum und trat wieder in die Pedale.

»Verdammte Scheiße!«, fluchte Cornelia.

»Dafür hast du jetzt keine Zeit. Den kriegst du eh nicht.«

Die Ampel sprang wieder auf Grün, aber es waren noch immer Kinder auf der Fahrbahn. Cornelia reckte sich im Sitz, doch von dem Radfahrer war nichts mehr zu sehen.

»Bin gleich da«, sagte sie daher nur und legte auf.

KAPITEL 4

Bernhard war enttäuscht.

Enttäuscht von Josef Feldmann, der seinen Bruder zwar bezwungen hatte, aber nicht in der Lage war, die Chance auf ein eigenes Leben zu ergreifen, die ihm dadurch geboten wurde.

Aber auch enttäuscht von sich selbst. Er war nicht zufrieden. Das letzte Mal, als er ein Zwillingspaar dazu gebracht hatte, dass einer den anderen tötete, war wie eine Offenbarung gewesen, die ihn in seinem Tun bestätigte. Die überlebende Frau zu beobachten, zu sehen, wie sie ihr Leben als Individuum meisterte und von anderen endlich als echte Person wahrgenommen wurde, hatte ihn beglückt. Zwei Jahre lang war er ihr immer wieder für eine Weile gefolgt. Ihr Erfolg bereicherte ihn. Als würde er den Traum eines anderen Menschen mitansehen können und dadurch zu seinem eigenen machen.

Dann war sie weggezogen, und er hatte die Feldmann-Zwillinge entdeckt. Diese armen, schrecklich gleichen Männer, verflucht von der Natur. Als hätten sie nur auf ihn gewartet.

Es dauerte Monate, bis sie einander erst misstrauten und dann nach und nach zu hassen begannen. Bernhards Saat war lange unbemerkt gewachsen, wie ein Krebsgeschwür. Er hatte mitgefiebert, jeden freien Moment in der Nähe verbracht und sie beobachtet. Mit jedem Tag war er aufgeregter geworden.

Es erinnerte Bernhard daran, wie mies er sich selbst gefühlt hatte, als er noch einer von zwei Gleichen gewesen war.

Und dann endlich der grandiose Befreiungsschlag!

Die ganze Zeit über hatte er Daniel für den Stärkeren gehalten. Er war sein Favorit, und sicherlich hätte er seine Chance genutzt. Ohne das dumme Unglück mit dem Hund hätte er das Rennen gemacht. Josef war schwächer, er war ausgerastet, wegen eines Köters, und nun hatte die Polizei ihn geschnappt und würde ihn durch die Mangel drehen.

»Den sehe ich nicht wieder«, seufzte Bernhard enttäuscht und ließ seinen Wagen an. Es brachte nichts, weitere Stunden vor Josef Feldmanns Haus auszuharren. Ausgespielt und vorbei, noch ehe es begonnen hatte.

Dieser Mann war all die Mühe nicht wert gewesen.

Bernhard fühlte sich leer.

Das neue Leben des Feldmann-Zwillings hätte diese Leere für Monate, wenn nicht Jahre füllen sollen. Er fühlte sich, als stehe er am Rand eines Abgrunds. Und die Tiefe rief nach ihm. Doch er war aus ihr gekommen und wollte nie wieder zu ihr hinab. Dort unten war ein Spiegelkabinett. Ein Leben, in dem alles doppelt war. Wohin man auch sah, nur Kopien!

Bernhard zuckte zusammen. Er hatte laut geschrien. So laut, dass eine Frau im Wagen nebenan irritiert zu ihm herübersah.

»Reiß dich zusammen, verdammt!«

Er schüttelte den Kopf, um den Abgrund in seinem Inneren auszublenden. Doch er war da und verlangte beharrlich nach ihm.

Er musste etwas tun, und zwar bald. Er hatte nicht die Zeit, wieder Monate darauf zu verwenden, Zwillinge aufeinanderzuhetzen.

Es sollte schneller gehen. *Ich muss neue Wege beschreiten,* dachte er. *Ich brauche ein neues Ziel, und zwar schon in einigen Tagen.*

Bernhard parkte seinen Wagen vor einem großen Büroturm, einer seiner Arbeitsstätten, die er als Hausmeister betreute.

Sein Puls jagte. Aber er durfte sich von dem Abgrund nicht verrückt machen lassen. Er presste seinen Rücken in den Sitz und zwang sich, langsam und tief zu atmen. Während er alle Fächer und Aufbewahrungsmöglichkeiten im Wagen in Ordnung brachte, die wenigen CDs nach Titeln sortierte und die Parkscheibe hin und her schob, bis sie genau im rechten Winkel lag. Die Ordnung, die er in seinem Umfeld schuf, schien sich immer auch ein wenig auf sein Inneres zu übertragen. Die Anspannung wurde weniger, aber der Zustand würde nicht lange anhalten.

Noch heute Abend musste er sich auf die Suche nach einem neuen verfluchten Geschwisterpaar machen und sich etwas einfallen lassen.

* * *

Bochum – Hauptwache

»Die Ergebnisse der ballistischen Untersuchung sind da!« Merve reichte Cornelia ein Fax durch die Tür. Neugierig wanderte ihr Blick zu Josef Feldmann, der zusammengesunken am Tisch saß und mit beiden Händen einen Becher umklammerte, als sei der lauwarme Kaffee ein Rettungsanker.

Cornelia überflog das Fax. Die zwei Kugeln aus dem toten Dackel stammten aus der Makarow von Daniel Feldmann. Jetzt war es definitiv. Alle Zeichen deuteten daraufhin, dass er den Hund seines Bruders erschossen hatte, was schlussendlich seinen eigenen Tod zur Folge hatte.

»Herr Feldmann?«

Er sah mit geröteten Augen auf. Seine Unterlippe zitterte. Der Mann wirkte, als sei er über Nacht um zehn Jahre gealtert. Ein dunkler Bartschatten ließ seine Haut grau erscheinen. Resigniert stieß er den Atem aus.

Cornelia wedelte mit dem Fax vor seinem Gesicht herum. »Ich denke, Sie wissen, was hier steht.«

Robin, der an der Wand lehnte, hob fragend eine Braue, nur Cornelia sah das triumphierende Lächeln, das hinter dem kurzen Zucken seiner Mundwinkel verborgen war.

»Woher soll ich wissen, was da steht?«, seufzte Feldmann.

»Ihr Dackel wurde von zwei Kugeln aus der Pistole Ihres Bruders getroffen. Hat er es mit Absicht getan? Wollte er Ihnen eins auswischen?«

Robin räusperte sich. »Ich denke, Sie können jetzt zugeben, dass Sie gestern Morgen keine Besorgungen gemacht haben, sondern mit Ihrem Bruder bei der Baujagd waren. Oder hat er sich Ihren Hund ausgeliehen und ihn dann erschossen? Am Tatort wurde in einem der Löcher Hundeblut gefunden.«

Feldmann rieb sich über die Augen. »Ja, wir waren jagen. Auf Dachse, nicht Füchse. Wir haben zwei Ausgänge verschlossen und die Teckel reingeschickt.«

»Aber die Dachse sind nicht herausgekommen, also haben Sie angefangen, sie auszugraben«, ergänzte Cornelia.

Der Verdächtige nickte. Es war beinahe schon ein Schuldeingeständnis. Er gab zu, das vermutete Tatwerkzeug benutzt zu haben. »Sie gruben, und wo war Ihr Bruder in der Zeit?«

»Er hat die anderen Ausgänge kontrolliert.«

»Und dann ist es passiert?«

»Tiffy war so ein gutes Mädchen. Er hat sie abgeknallt.«

Cornelia wechselte einen wissenden Blick mit Robin, der sich langsam von der Wand abstieß und sich zu Feldmann an den Tisch setzte. »Sie waren wütend, und da haben Sie zugeschlagen.«

»Ich wollte ihn doch nicht umbringen!«

Feldmann bebte am ganzen Körper. Hilfesuchend sah er von einem Polizisten zum anderen. Dieser Mann war ein totales Wrack und dem Zusammenbruch nahe. Cornelia legte ihm die Hand auf die Schulter. »Erleichtern Sie Ihr Gewissen. Gestehen Sie. Sie sind kein kalter, heimtückischer Mensch. Sie können nicht mit einer Lüge leben.«

Feldmann strömten die Tränen über die Wangen. »Ich wollte ihn nicht umbringen. Er ist doch mein Bruder!«

Robin stand auf. »Ich hole Ihnen einen neuen Kaffee und alles, was wir für die Aufzeichnung Ihres Geständnisses brauchen. Danach wird es Ihnen besser gehen.«

Mit einem triumphierenden Grinsen, das in diesem Moment nur Cornelia sehen konnte, stand Robin auf und formte tonlos mit den Lippen die Worte: Gute Arbeit.

Josef Feldmann machte seine Aussage. Nach etwas mehr als einer Stunde waren sie fertig. Fast zeitgleich erschien dessen Anwalt auf der Wache. Feldmann kam in Haft, der Fall war gelöst, und doch hatte Cornelia ein seltsames Gefühl bei der Sache. Sie hatte nur einen Teil des Bildes gesehen. An diesem Mord war mehr, als es auf den ersten Blick den Anschein hatte.

Nachdenklich rieb sie sich über die schmerzende Wade. Sie hatte das Bein für einen Moment lang hochgelegt. Den Anblick kannten ihre Kollegen mittlerweile zur Genüge. Merve, ihre neue Kollegin, blieb hingegen überrascht stehen.

»Oh, bist du umgeknickt? Soll ich dir was zum Kühlen bringen?«

»Danke, das ist lieb von dir, aber da hilft nichts mehr«, erwiderte sie mit einem milden Lächeln und zog den Stoff ihrer Jeans hoch.

»Du meine Güte! Wie ist das denn passiert?« Merve war mit einem Schlag blass geworden. »Entschuldige, ich will dir nicht zu nahe treten. Ein Hund?«

»Ein halber Wolf«, gab Cornelia trocken zurück.

»Ich habe Angst vor Hunden. Dabei ist mir nie was passiert. Vielleicht liegt es daran, dass meine Mutter auch immer Angst hatte. In dem Dorf, aus dem meine Eltern ursprünglich stammen, gab es viele verwilderte Hunde, große Rudel. Mutter hat immer mit uns Kindern Reißaus genommen, sobald einer in der Nähe war. Auch wenn in Deutschland alles anders ist.« Merve zog die hohe Stirn kraus und musterte das vernarbte Bein. »Was dir passiert ist, das ist schlimm.«

»Ich habe trotzdem keine Angst, Merve. Es war übrigens wirklich ein halber Wolf, also ein Wolfsmischling. Deshalb wurde er auch nicht eingeschläfert.«

»Nicht?«

Cornelia schüttelte den Kopf. »Nein. Als Mischling fällt er unter das Artenschutzgesetz. Er lebt jetzt in einem kleinen Park, der von einem Verein betrieben wird. Die haben auch ein paar gerettete Zirkustiere und ehemalige Tanzbären aus Rumänien. Hin und wieder fahre ich hin und sehe ihn mir an.«

»Das klingt ein bisschen verrückt, wenn ich das sagen darf.«

»Darfst du, und das ist es vielleicht auch. Aber es hat mir dabei geholfen, die Attacke zu verarbeiten. Jetzt sehe ich nicht mehr in jedem Schatten einen Wolfhund, der mir ans Leben will.«

»Ich glaube, ich mag dich jetzt schon«, meinte Merve. »Ihr nehmt mich alle so freundlich auf.« Sie errötete und senkte den Blick. Cornelia beneidete sie um ihre dichten langen Wimpern.

»In nächster Zeit arbeiten wir hoffentlich häufiger zusammen.« Sie streifte das Hosenbein herunter und stand auf. Der Bericht wartete.

* * *

Mülheim an der Ruhr – alte Schleuseninsel

12. Zwillingstreffen im Pott.

Bernhard studierte das Plakat mit Begeisterung. Es hing an einem Laternenpfahl und wies ihm den Weg zur Schleuseninsel, wo das Fest stattfinden sollte. Er war schon am Morgen nach Mülheim an der Ruhr gekommen, weil er es vor Vorfreude einfach nicht mehr ausgehalten hatte. Seine Tarnung, so fand er, war perfekt. Er trug ein rotes T-Shirt, das er selbst hatte bedrucken lassen. Darauf war ein Foto, das ihn Arm in Arm mit seinem verstorbenen Bruder zeigte. Beide mit der gleichen Frisur, dem gleichen Lächeln und der gleichen Kleidung. Eklig, doch er musste es selbst ja nicht ansehen, solange er Spiegel mied.

Das Fest sollte in den Ruhranlagen stattfinden, einer Reihe von Grünflächen und Parks, die sich auf weiten Strecken zu beiden Seiten des Flusses entlangzogen. Die Schleuseninsel war zwischen der Ruhr und dem Schifffahrtskanal eingekeilt. Darauf befand sich neben einem alten Wasserkraftwerk auch der Wasserbahnhof. Ein weißes Gebäude aus den Zwanzigern, das dem Deck eines Kreuzfahrtschiffs nachempfunden war.

Bernhard überquerte, von einer kleinen Seitenstraße kommend, die Schleuse und schlenderte unter hohen Linden dahin. Hier und da konnte er schon einige Zwillingspaare ausmachen. Er beobachtete sie unauffällig und war froh, dass er nicht nur die Feier im Wasserbahnhof gebucht hatte, sondern auch eine Fahrt mit der Weißen Flotte.

Die Schiffe waren schon von Weitem zu erkennen. Bernhard sah auf sein Ticket. Er würde eine Rundfahrt auf der *Friedrich Freye* machen. Das Schiff stammte aus dem Jahr 1955 und konnte hundertfünfzig Fahrgäste aufnehmen. Es war ausverkauft, und es würde eng werden. Genau das Richtige, um sich in Ruhe umzusehen und ins Gespräch zu kommen.

Bernhard versuchte, sich seine Nervosität nicht anmerken zu lassen. Er war aufgeregt wie ein Kind am Weihnachtstag. Um nicht unablässig hin und her zu laufen, ging er zu einem Brunnen und setzte sich auf den Rand. Das Wasserplätschern beruhigte ihn ein wenig. Auch die Wasserspeier waren zu zweit. Zwei Seehunde, die sich nur durch ihre Körperhaltung unterschieden. Zwillinge, überall Zwillinge.

Zwei ältere Damen liefen Arm in Arm an ihm vorbei. Sie hatten ihr Haar in einem absurden Violettton gefärbt. Die dünnen Strähnen waren dem Wind willkommene Opfer. Bernhard verlor schnell das Interesse. Die Frauen waren ihm zu alt. Sie hatten kaum noch Lebenszeit vor sich, die die Stärkere der beiden noch würde genießen können.

Dort, ein Brüderpaar. Einer trug einen Bart, der andere nicht, dafür schob er im Gegensatz zu seinem sportlichen Bruder einen beachtlichen Bierbauch vor sich her. Nein, sie waren es auch nicht. Zu verschieden, womöglich sogar zweieiige Zwillinge … was für Glückspilze.

Der auffrischende Herbstwind fegte eine Schar Blätter aus den Baumkronen. Bernhard verfolgte die Flugbahn des gelbgoldenen Schwarms mit den Augen.

Dann bemerkte er sie. Ihr blondes langes Haar wurde von einer Windbö zerzaust. Ihre Schritte, auf hohen Schuhen, waren genau im Takt. Perfektion, auf Sekundenbruchteile genau getimt. Eine wies auf etwas, beide lachten und klangen dabei völlig identisch.

Bernhard drückte den Rücken durch. Versuchte sie besser zu sehen, ohne zu starren. Waren sie es? Von Kopf bis Fuß durchgestylt mit Markenklamotten. In seinen Augen bedeutete so etwas, dass diese Person sich durch etwas profilieren musste, weil sie nicht genug Rückgrat hatte, um er oder sie selbst zu sein. Überspielte Schwächen. Oder sie litten unter ihrem Zwillingsschicksal. Er fühlte es. Diese Schwestern würde er erlösen können! Es brannte in ihm wie Feuer. Jede Faser seines Körpers schien zu glühen. Ja, sie waren seine neue Aufgabe!

Er zählte die Minuten bis zum Aufbruch zum Schiff und schaute dabei die meiste Zeit auf sein Handy. Es dauerte noch eine ganze Weile, doch schließlich begannen die ersten Zwillingspaare sich in einer Schlange einzureihen.

Bernhard stellte es geschickt an und bekam einen Platz gleich vor den Schwestern. Ein leichter Jasminduft wehte zu ihm hin. Er meinte die Wärme ihrer Körper auf seiner Haut zu spüren. So warm. So warm und so nah.

Noch war niemand aufgetaucht, um ihre Tickets zu kontrollieren. Die *Friedrich Freye* lag ruhig im Wasser. Auf dem Deck watschelte eine gelangweilte Ente umher und ließ sich nicht von den wartenden Menschen beeindrucken. Das Schiff war vom Zwillingsclub liebevoll mit Girlanden und Fotos vergangener Treffen dekoriert worden. Das Sternzeichen Gemini war ihr Symbol.

Bernhard reckte sich, sah zurück auf den Platz vor dem Wasserbahnhof mit dem Springbrunnen, den Wiesen und der

Blumenuhr, dann auf sein Handy. Dies war Teil seiner Show, Teil des Plans.

Kurz wechselte er einen Blick mit den blonden Zwillingen hinter ihm und täuschte Verlegenheit vor.

»Warten Sie auf Ihren Bruder?«, fragte eine auch prompt.

»Auf Freunde. Mein Bruder kann leider nicht hier sein.« Er wies auf das Foto auf seinem T-Shirt. »Aber ich habe ihn so bei mir.«

Die jungen Frauen beugten sich vor. »Was für eine hübsche Idee«, sagte die eine. »Wirklich sehr ähnlich«, die andere. »Wie schade, dass er nicht kommen kann.«

Bernhard schluckte. Ein kleiner Teil seiner Trauer war echt, und er brauchte dieses Gefühl, um authentisch zu wirken. Er versuchte den Verlust in seinem Gesicht zu spiegeln. »Mein Bruder ist tot. Aber er hätte gewollt, dass ich herkomme.«

Die Blondinen wechselten entsetzte Blicke und bewegten sich dabei synchron wie Puppen. Stellten sie sich vor, wie es sein würde, den anderen zu verlieren? Ein Leben allein, was hieße, die Welt mit völlig anderen Augen zu sehen.

»Das tut mir schrecklich leid für Sie«, sagte die Linke. Unter der dicken Wimperntusche glänzten die Augen verräterisch. Bernhard bemerkte eine feine Narbe in ihrer Augenbraue, so würde er sie unterscheiden können, mehr war da nicht.

Die rechte bekräftigte, dass es auch ihr sehr leidtue. »Wann ist das passiert, und wie, wenn ich fragen darf?« Sie räusperte sich. »Ich will Ihnen aber nicht zu nahe treten.«

Bernhard lächelte sein einstudiertes trauriges Lächeln. »Vor zwei Jahren. Es war ein Unfall. Er ist von einem Dach gefallen, auf dem wir gemeinsam gearbeitet haben.«

»Das heißt, Sie waren dabei? Oh mein Gott.«

»Ja, aber ich konnte ihn nicht mehr retten. Es verfolgt mich immer noch. Ich hätte für ihn da sein sollen und war es nicht.«

Die Blonde ohne Narbe schlug die Hand vor den Mund. »Wie furchtbar, nicht auszudenken. Das tut mir fürchterlich leid. Und ich bin mir sicher, dass Sie keine Schuld trifft.«

»Danke. Er fehlt mir sehr.« Und auf eine seltsame Art tat er das sogar wirklich. Er strich über das Foto auf seinem Shirt und seufzte. Nun war das Eis endgültig gebrochen. Er hatte die Frauen mit seiner traurigen Geschichte berührt. Sie würden ihn als harmlosen, netten Typen ansehen, der das Pech hatte, allein auf einer Party zu sein, wo alle anderen in Begleitung waren.

»Ich bin Bernhard«, stellte er sich vor. »Es freut mich, euch kennenzulernen. Ich dachte schon, hierherzukommen war die schlechteste Idee, die ich in den letzten Monaten hatte.«

»Nein, war es garantiert nicht. Du kannst dich uns gerne anschließen. Ich bin Astrid, dies ist meine Schwester Michaela.«

»Kannst ruhig Micha sagen«, meinte die mit der kleinen Narbe in der Braue. Bernhard versuchte, sich das unauffällige Erkennungsmerkmal einzuprägen. Er hatte es immer gehasst, wenn andere ihn und seinen Zwilling nicht auseinanderhalten konnten. Ihm würde dieser Fehler nicht passieren.

»Herzlich willkommen beim diesjährigen Zwillingstreffen und willkommen an Bord der *Friedrich Freye*«, rief ein Mann. Sie wandten sich um und konnten einen jungen Fahrkartenkontrolleur ausmachen, der in diesem Moment eine rote Kordel entfernte, die bis dahin den Eingang zum Schiff versperrt hatte.

Schnell kam Bewegung in die Warteschlange.

»Ich würde sterben für einen Platz an Deck. Drinnen halte ich es bei dem schönen Wetter nicht aus!«, sagte Astrid.

Bernhard warf sich gespielt in Positur. »Dein Wunsch sei mir Befehl, edle Jungfer. Ich werde einen erbeuten.«

»Versprochen?« Sie klimperte übertrieben mit den Wimpern.

»Ehrenwort.«

Sobald der Kontrolleur seine Karte überprüft hatte, huschte er an ihm vorbei und überholte auf der kurzen Treppe ins Obergeschoss mehrere andere Fahrgäste. Er mogelte sich an zwei Kindern vorbei und ließ sich mit ausgebreiteten Armen auf eine Sitzbank fallen. Die unfreundlichen Bemerkungen und Blicke anderer Leute interessierten ihn nicht. Das Boot hatte unter dem Ansturm der Passagiere zu schwanken begonnen.

Es dauerte, bis die Schwestern zu ihm aufgeholt hatten. So lange, dass er beinahe glaubte, sie hätten sich woanders einen Platz gesucht. Doch da waren sie, lächelnd, fröhlich, perfekt. Sie selbst schienen den Schatten gar nicht zu sehen, der ihr Leben zur Farce machte.

»Ein Mann, der zu seinem Wort steht. Wow, ich bin beeindruckt.« Astrid setzte sich neben ihn und ließ den Blick schweifen. »Schön hier.«

Auf der anderen Seite des Kanals befand sich ein Park mit alten Bäumen und einer Bronzestatue. Kinder turnten auf der nackten Männerfigur herum und setzten sich auf seinen Schoß.

»Hey, ist das nicht diese Bogenschützen-Skulptur, die vor einigen Jahren geklaut worden ist?«, meinte Micha. Sie stand an der Reling und sah hinüber.

»Für eine geklaute Statue sieht man sie noch ganz gut«, scherzte Bernhard und brachte die jungen Frauen zum Lachen.

»Es stimmt wirklich. Ich hab einen Artikel drüber gelesen. Spaziergänger haben die Statue Tage später im Wald gefunden. Da fehlten schon der Kopf und ein Arm. Offenbar waren es Metalldiebe, die sie Stück für Stück verkaufen wollten.«

»Was für Idioten«, sagte Bernhard und überlegte, ob er die Frauen wohl mit Sägen aufeinander losgehen lassen sollte. Als kleine Reminiszenz an ihr erstes Treffen. Er blinzelte. Und die rote Linie aus zackig aufgerissener Haut an Michas Hals verschwand aus seiner Vorstellung.

Er musste sich zusammenreißen.

»Wollt ihr etwas trinken?«

»Es kommt sicher gleich jemand vorbei, mach dir keine unnötige Mühe«, sagte Astrid. Doch Bernhard hatte vor, seine Qualitäten als Gentleman zu beweisen.

»Das dauert sicher noch ewig, außerdem mache ich das gern.« Er stand auf. »Was darf es sein?«

»Das überlasse ich dir«, erwiderte Micha grinsend.

»Was sie sagt«, stimmte ihre Schwester ein. Bernhard hätte am liebsten die Augen verdreht aufgrund so viel schwesterlicher Übereinstimmung.

An der Bar herrschte nur wenig Andrang, da die meisten noch damit beschäftigt waren, Sitzplätze zu finden. Er bestellte zwei Gläser Sekt und ein Pils und kehrte kurz darauf mit den Getränken zurück.

Sie stießen an, und Bernhard brachte einen Toast auf seinen verstorbenen Bruder aus. *Nur ja daran denken, sie regelmäßig zu erinnern, was für ein armer, netter Kerl ich bin*, dachte er.

Die Schiffsmotoren röhrten auf, und am Kai wurden die letzten Leinen gelöst. Das Wasser wurde von den Schrauben offenbar bis zum Grund aufgewühlt, es roch intensiv nach Schlick und auch ein wenig nach totem Fisch. Sobald sie Fahrt aufnahmen, verschwand der Geruch. Behäbige Schwäne schaukelten auf den Wellen. *Sie sehen alle gleich aus*, dachte Bernhard überrascht, *doch wahrscheinlich kann ein Schwan Unterschiede erkennen, die einem Menschen verborgen bleiben.*

Während die *Friedrich Freye* durch den engen Kanal schipperte, hielt der Veranstalter eine kurze Ansprache und wünschte allen einen schönen Tag. Dann gab er die Programmpunkte durch. Sie würden drei Stunden Aufenthalt in Essen-Kettwig haben, bevor es wieder zurück nach Mülheim ging.

Bernhard wusste jetzt schon, was er alles mit den Frauen unternehmen wollte. Dass sie den Tag gemeinsam bestreiten würden, konnte nur noch durch einen dummen Fehler verhindert werden. Und er hatte nicht vor, einen zu begehen.

* * *

Hauptwache – Bochum

Jemand klopfte an der Bürotür. Cornelia sah überrascht auf. Sie hatte an einem Bericht geschrieben.

»Herein.«

Eine dunkelhaarige Frau trat ins Zimmer. Ihre Augen waren gerötet und geschwollen. Cornelia erhob sich erstaunt und streckte ihr die Hand hin. »Frau Feldmann. Ich bin überrascht, Sie hier zu sehen. Wie kann ich Ihnen helfen?«

Die Frau des Ermordeten sah sich unsicher um und drückte mit der linken Hand ein Päckchen Taschentücher zusammen. Das Plastik der Verpackung knisterte leise.

»Setzen Sie sich doch«, sagte Cornelia schnell und bot ihr einen Stuhl an. Dann goss sie ein Glas Wasser ein und stellte es vor sie hin.

»Wie geht es Ihnen?«, fragte sie, um der Stille keinen Raum zu geben. Es war wichtig, die Menschen am Reden zu halten, wenn sie sich durchgerungen hatten, zur Polizei zu kommen. Aus Schweigen könnte sonst ganz schnell eine Mauer erwachsen, die mit jedem verstrichenen Moment noch unüberwindbarer würde.

»Mir geht es nicht gut«, beantwortete Frau Feldmann ihre Frage. »Ich komme gerade aus dem Klinikum.«

»Sie haben die Leiche Ihres Mannes gesehen.«

Frau Feldmann nickte heftig und brach dann in Tränen aus. »Ich kann nicht glauben, dass sein eigener Bruder das getan hat, nicht der Josef von früher.«

Cornelia wurde hellhörig. »Sie sagen, nicht der Josef von früher. Hat sich Ihr Schwager denn in letzter Zeit verändert?«

Sie putzte sich die Nase und sah Cornelia dann beschwörend an. »Deshalb bin ich hergekommen!«

»Ich höre.«

»Daniel und Josef … Sie waren wie eine Seele in zwei Körpern. Sie waren so viel mehr als Brüder, die besten Freunde. Früher war ich eifersüchtig, weil Daniel Probleme lieber mit ihm besprach als mit mir, seiner Frau. Nach einigen Jahren hatte ich mich daran gewöhnt und war schließlich froh, dass er jemanden zum Reden hatte, wenn es bei uns mal nicht so gut lief. Es gab einige Krisen, wir haben früh geheiratet. Josef hat sogar vielleicht unsere Ehe gerettet. Und das mehr als einmal.« Sie rang nach Atem. Ihre Schultern zitterten. »Ich kann nicht glauben, dass er es getan hat. Kann es nicht sein, dass es jemand anderes war und meinen Schwager nur …«

»Nein, Frau Feldmann«, sagte Cornelia so ruhig wie möglich. Die junge Witwe klammerte sich an den Funken Hoffnung, den sie ihr nun nehmen musste. »Es gibt ein Geständnis.«

»Ein Geständnis?« Ihre Augen wurden gläsern.

»Ja, es tut mir leid.« Cornelia wartete einen Moment, bis

Frau Feldmann sich wieder etwas gesammelt hatte. Der jungen Witwe fehlten die Worte.

»Wann hat sich das Verhältnis zwischen dem Verstorbenen und dessen Bruder angefangen zu verändern?«

»Aufgefallen ist es mir zuerst vor ein paar Wochen. Im ersten Streit ging es darum, dass Daniel Josef angeblich etwas gestohlen hätte.«

»Was soll er denn gestohlen haben?«

»Das weiß ich gar nicht mehr, nur dass er es tatsächlich bei seinen Sachen gefunden hat und sich nicht erklären konnte, wie es da hingekommen war.«

»Und hat er es zurückgegeben?«

»Ja, aber es blieb nicht dabei. Sie fingen an, sich ständig wegen irgendetwas zu beschuldigen und haben regelmäßig gestritten. Daniel ging freitagabends immer gern in eine Kneipe zwei Straßen weiter. Ich hatte das Gefühl, dass er immer danach besonders zornig auf Josef war.«

»Mit wem hat er sich dort getroffen? Mit seinem Bruder?«

»Nein. Mit Freunden, glaube ich.«

»Und Sie denken, diese Freunde haben Ihren Mann beeinflusst?«, hakte Cornelia nach, die sich noch keinen Reim auf die Aussage machen konnte.

»Das könnte sein. Er hat sich in den letzten Wochen so sehr verändert. Er *und* Josef.«

Cornelia seufzte. »Ich glaube, Sie verrennen sich da in etwas, Frau Feldmann. Was geschehen ist, ist eine Tragödie. Ein Streit unter Brüdern, der außer Kontrolle geraten ist. Mit dem Geständnis Ihres Schwagers ist der Fall eigentlich aufgeklärt. Wahrscheinlich wird es auf Mord im Affekt hinauslaufen. Es ist furchtbar, was da passiert ist, aber ich glaube nicht, dass Dritte beteiligt waren.«

Frau Feldmann beugte sich vor und ergriff Cornelias Hände. »Bitte! Ich bitte Sie, befragen Sie die Leute im *Roten Ritter*. Es ist das Einzige, was ich mir wünsche. Es lässt mir sonst keine Ruhe.«

Cornelia wurde klar, dass die Witwe eigene Nachforschungen anstellen würde, wenn sie ihrer Bitte nicht nachkam. Und hatte sie selbst nicht auch ein komisches Gefühl bei dem Mordfall? »Ich fahre in den nächsten Tagen mal hin und hole Erkundigungen ein.«

»Danke. Ich danke Ihnen sehr.«

Frau Feldmann richtete sich in ihrem Stuhl auf. Sie hatte Cornelias Hände losgelassen. Aber die glaubte immer noch deren kalte schweißfeuchte Finger auf ihrer Haut zu spüren.

»Versuchen Sie es vielleicht gleich heute noch?«

»Ich werde sehen, was ich machen kann«, erwiderte Cornelia besänftigend, stand auf und brachte Frau Feldmann zur Tür.

»Melden Sie sich bei mir, wenn Sie etwas herausgefunden haben.« Ihr Blick war flehentlich. Die Art, wie sie sich mit hochgezogenen Schultern und steifem Rücken aufrecht hielt, weckte die Befürchtung, sie könne jeden Moment zusammenbrechen.

»Gehen Sie heim und verbringen Sie Zeit mit Ihrer kleinen Tochter, Frau Feldmann. Sofie braucht Sie jetzt, und Sie brauchen Ihre Tochter. Überlassen Sie uns die Ermittlungen.«

Sie trocknete ihre Tränen. »Ja, ja, das mache ich.«

***

Essen-Kettwig

Bernhard genoss den Tag in vollen Zügen. Gemeinsam mit den Zwillingen Astrid und Micha erkundete er die Altstadt von Kettwig, wo sich ein denkmalgeschütztes Fachwerkhaus an das andere reihte.

»Es sieht fast ein wenig aus wie in Südengland«, meinte Micha verträumt und blickte die krummen und schiefen Fassaden hinauf, die allesamt liebevoll restauriert worden waren.

»Ich kann es kaum noch erwarten«, stimmte Astrid schwärmerisch zu und hakte sich bei ihrer Schwester unter.

Bernhard hatte jedes Wort genau registriert. Sein Puls schoss hoch. War dies seine Chance? Half das Schicksal ihm dabei, diese Zwillinge zu erlösen?

»Es geht in den Urlaub?«, fragte er beiläufig und schlug den Weg zum Wasser ein.

»Ja, schon nächstes Wochenende, zwei Wochen Wales«, sagte Micha und hüpfte wie ein überdrehtes Kind.

»Das klingt großartig. Nur ihr zwei, oder mit Partnern?«

»Nein, ein reiner Schwesternurlaub, den haben wir uns verdient. Wir waren schon so lange nicht mehr nur zu zweit weg. Sonst immer mit Freunden.«

»Das klingt traumhaft«, stimmte Bernhard Astrid zu und konnte sich ein Grinsen nicht verkneifen. Sollten sie ruhig glauben, er freue sich für sie. In Wirklichkeit freute er sich für sich selbst. Es war seine neue Chance. Schon fühlte er sich ruhiger werden.

Wenn die Schwestern in den Urlaub reisten, würde niemand sie vermissen, zumindest zwei Wochen lang nicht. Er könnte mit ihnen machen, was er wollte. Großartig.

Er musste sich zusammennehmen, um nicht sofort zum

nächsten Taxistand zu laufen und heimzufahren, wo er die nächsten Schritte planen würde.

Sie liefen an einem Backsteingebäude vorbei, und er merkte kaum, wie die Schwestern stehen blieben, um einen kleinen Prospekt zu studieren, in dem die Sehenswürdigkeiten verzeichnet waren.

Micha war es, die das Gebäude auf dem Plan entdeckte. »Hier, das ist es. Die ehemalige Tuchfabrik Klein-Schlatter. Erbaut zwischen 1868 und 1937. Jetzt ist es ein Wohngebäude.« Sie räusperte sich und kniff die Brauen zusammen, als sie konzentriert weiterlas. »Von der ursprünglichen Fabrik ist nur das Hauptgebäude, der direkt daneben liegende Schlichtraum von 1890/91, das daran anschließende 1880–89 erneuerte Kesselhaus und die neunschiffige Shedhalle erhalten. Schornstein und technische Ausstattung sind nicht überliefert.«

»Das interessiert mich alles gar nicht. Guck nicht auf den doofen Plan, Schwesterchen, schau dir lieber diese riesigen Fenster an. Die Aussicht ist der Hammer.« Astrid seufzte. »Die Leute haben es gut, echt jetzt.«

»Da müssen wir wohl noch ein Weilchen schuften, bevor so ein Loft im Budget ist. Bernhard, willst du nicht auch sofort hierherziehen, wenn du das siehst?«

»Und sobald ein Fünkchen Sonne am Himmel ist, die ganze Zeit die vielen Leute vor dem Fenster? Nein danke!«

Astrid lachte. »Ah, im Kern bist du ein kleiner Miesepeter, erwischt.«

»Ja, manchmal. So, wie sieht es aus, wollen wir noch ein Eis essen, bevor es wieder zurückgeht?«

Die beiden stimmten zu und hakten sich links und rechts bei ihm unter. Sie flanierten die Uferpromenade entlang. Rechts von ihnen floss die Ruhr, auf einer Seite begrenzt durch aufgeschüttete Granitbrocken, das andere Ufer war von saftigen

Wiesen und alten Weiden gesäumt. Sonnenlicht brach sich auf dem Wasser wie in tausend Spiegeln.

Bernhard schloss einen Moment lang die Augen, ließ sich die Sonne ins Gesicht scheinen. Die Schwestern führten ihn. Er spürte ihren Berührungen nach und genoss es, sich kurzzeitig ihrer Obhut zu überlassen. Bald würde er den Spieß umdrehen.

Als er die Augen wieder öffnete, waren sie beinahe schon bei dem Stauwehr angelangt. Sie wandten sich nach links, wo an einem kleinen See die sonnige Terrasse eines Eiscafés lockte.

»Und jetzt erzählt mir mehr von euch und eurem tollen Urlaub«, forderte er sie auf.

* * *

KAPITEL 5

Astrids Wohnung

Bernhard drückte die Klingel. Er war so aufgeregt wie ein Teenager beim ersten Date. Doch er musste sich zusammenreißen und einen klaren Kopf behalten. Wenn das nicht klappte, konnte er sich direkt bei der Polizei melden oder von einer Brücke springen.

Er sah sich nervös um. Es war noch dunkel, und in den Straßen herrschte feiertägliche Ruhe. Vor dem Gebäude erhob sich eine riesige alte Platane und breitete ihre Äste schützend über das Mehrfamilienhaus, in dem Astrid wohnte. Der Rasen roch feucht und angenehm erdig.

Unruhig verlagerte Bernhard sein Gewicht von einem Fuß auf den anderen und ließ die lose Bodenplatte aus Beton, auf der er stand, kippeln. Ob sie ihn vergessen hatten?

Oder hatten sie doch ein Taxi genommen?

Heiß durchfuhr es ihn. Er musste ruhig bleiben. Alles würde sich fügen, wenn es ihm bestimmt war, diesen Weg zu gehen.

Endlich tat sich etwas. Über ihm in der zweiten Etage wurde ein Fenster geschlossen, Licht ausgeschaltet.

»Bist du das? Retter in der Not?«, klang es durch die Gegensprechanlage.

»Stets zu Diensten.«

Der Türsummer ging, und Bernhard eilte die Treppen hinauf in die zweite Etage, wo Astrid und Micha ihn erwarteten. Ihre Koffer standen bereits vor der Tür. Astrid gähnte, während sie sich die Schuhe anzog.

»Guten Morgen«, sagte Bernhard mit übertriebener Fröhlichkeit und umarmte sie.

»Um fünf Uhr morgens an einem Samstag kann nichts gut sein«, gab sie mürrisch zurück.

»Freust du dich denn nicht auf den Urlaub?«

»Doch klar, aber um die Uhrzeit fällt es mir verdammt schwer, das zu zeigen.«

»Morgenmuffel, ich verstehe«, sagte er und wandte den Blick ab. Er hatte das Gefühl, dass ihm jeder ansehen musste, was seine eigentlichen Intentionen waren. Warum brauchten sie nur so lange, um sich anzuziehen? Bernhard konnte es kaum noch erwarten. Um seine Nervosität zu verbergen, griff er nach den Koffern und trug sie hinunter. *Sehr praktisch*, dachte er, *wenn die Entführungsopfer ihre eigenen Sachen mitbringen*. Die Mühe, saubere Kleidung zu besorgen, konnte er sich sparen.

Er ging leise und bemühte sich, nirgends anzustoßen, damit die Nachbarn nichts von dem Aufbruch mitbekamen. Um die Haustür zu öffnen, nahm er den Ellenbogen zu Hilfe. Nur keine Spuren hinterlassen.

Die Schwestern kamen einige Minuten, nachdem er ihre Sachen im Kofferraum verstaut hatte.

»Setzt euch am besten beide nach hinten. Die Heizung am Beifahrersitz spinnt.« Er wollte keine von beiden direkt neben sich sitzen haben, aber das direkt anzusprechen wäre zu auffällig. Die defekte Heizung, aus der tatsächlich nur eisige Luft strömte, war eine perfekte Lösung für sein Problem. Gut gelaunt öffneten die Schwestern die hinteren Türen und setzten sich.

»Du meine Güte, was ist das denn?« Micha stieß einen entzückten Quietscher aus.

»Das ist eine kleine Aufmerksamkeit des Hauses. Und wehe, das ist nicht verputzt, wenn wir in Düsseldorf ankommen.«

»Worauf du dich verlassen kannst.« Micha nahm einen Profiterole vom Pappteller und hielt das kleine Gebäckstück in das Licht der Deckenbeleuchtung. »Ist der selbst gemacht?«

»Ein Erstversuch«, gestand Bernhard. »Deshalb liegen hier vorne auch noch ein paar.« Er wies auf eine Tupperdose auf dem Beifahrersitz. »Ihr habt nur die Schönsten bekommen.« *Und die mit Rofis*, setzte er in Gedanken hinzu.

Während es sich die Schwestern auf der Rückbank bequem machten, nahm Bernhard einen Piccolo und zwei Plastiksektgläser aus dem Handschuhfach und goss sie voll. »Bitte sehr, die Damen.« Er reichte die Gläser nach hinten.

»Danke, du bist ein Schatz«, rief Astrid und warf ihm eine Kusshand zu.

»Lasst es euch schmecken, es geht los.« Er ließ den Motor an und beobachtete im Rückspiegel zufrieden, wie die Schwestern miteinander auf die Reise anstießen, tranken und sich dann dem Gebäck widmeten.

So muss sich die böse Stiefmutter gefühlt haben, als sie zusah, wie Schneewittchen in den vergifteten Apfel biss, dachte Bernhard.

Er fuhr konzentriert und versuchte, nicht daran zu denken, wie der erste Schritt seines Plans soeben in die Tat umgesetzt wurde. Die Straßen waren menschenleer, und bis zur Dämmerung war es etwa noch eine halbe Stunde. Die Stadt schlief tief und fest.

Während er den Schildern des Autobahnzubringers folgte, ging mit den Schwestern eine merkliche Veränderung vor.

Sie wurden immer alberner, verlangten nach mehr Sekt und kicherten unablässig. Er reichte ihnen einen zweiten Piccolo, den er für diesen Fall mitgenommen hatte, und sie beschäftigen sich damit, einander einzugießen, zu trinken und noch mehr Gebäck zu naschen.

Zwei Ausfahrten vor dem Flughafen lehnte Astrid den Kopf an die Scheibe und schlief von einem Moment auf den anderen ein. Micha erzählte noch eine Weile vor sich hin, ohne zu merken, dass ihre Gesprächspartnerin längst im Reich der Träume war. Dann kippte sie zur Seite und landete mit dem Kopf auf dem Schoß ihrer Schwester.

Micha rührte sich nicht mehr.

Bernhard beglückwünschte sich im Geiste zu seiner Genialität und setzte den Blinker. Er fuhr ab, wendete und fuhr in Gegenrichtung erneut auf die Autobahn.

Als er wieder in der Stadt war, wurde es merklich heller, wenngleich immer noch nur wenige Autos unterwegs waren. Allenfalls ein paar Nachtschwärmer und bedauernswerte Leute, die auch am Wochenende Nacht- und Frühschichten leisten mussten.

Bernhards Aufregung hatte sich gelegt, alles war nach Plan verlaufen. Er griff nach der Tupperdose und nahm sich selbst ein kleines Gebäckstück.

Als er wieder aufsah, machte sein Herz einen Satz. Auf der Straße stand ein Polizist und winkte ihm, rechts ranzufahren. Ein Teil von Bernhard wollte das Gaspedal durchtreten und davonrasen, aber die Vernunft siegte.

Er drosselte seine Geschwindigkeit, setzte den Blinker und hielt an der Bushaltestelle, die sich die Beamten für ihre Kontrolle ausgesucht hatten. Nachdem er einmal tief durchgeatmet hatte, ließ er die Fensterscheibe herunter.

»Guten Morgen«, begrüßte er den Beamten.

»Guten Morgen. Verkehrskontrolle. Führerschein und Fahrzeugpapiere bitte.«

Bernhard reichte dem Polizisten beides, der alles nur kurz überprüfte und dann zurückgab. Er beugte sich nah ans Fenster. »Rieche ich Alkohol?«

Er begegnete dem Blick des Mannes so offen wie möglich. »Ja, das ist richtig. Die Damen haben getrunken. Ich bin nüchtern, aber wenn Sie möchten, können Sie das gerne überprüfen.«

Der Polizist war so nahe, dass er Bernhards Atem riechen konnte. Die kurze Überprüfung reichte ihm offenbar. »Wo kommen Sie jetzt her? Feiern gewesen?«

»Nein. Aus Düsseldorf. Ich habe sie vom Flughafen abgeholt.«

»Sieht ganz nach Urlaub am Ballermann aus«, seufzte der Polizist. »Ich wünschte, die jungen Leute würden etwas vernünftiger mit Alkohol umgehen.« Er nahm eine Taschenlampe vom Gürtel und leuchtete Astrid ins Gesicht. Bernhard bekam einen kurzen Schrecken. Jetzt nur nicht auffliegen!

Astrid fluchte. »Scheiße, was soll das?« Blinzelnd sah sie den Polizisten an und grinste schief. »Oh, Bullizei.«

»Das habe ich nicht gehört«, lachte der Beamte und knipste die Lampe aus. »Na, dann wünsche ich Ihnen gute Weiterfahrt und viel Spaß bei dem Versuch, sie ins Bett zu bringen.«

»Danke, schönen Tag noch«, sagte Bernhard und startete den Wagen. Erst zwei Straßen weiter merkte er, wie verkrampft er war. Seine Schultern schmerzten, und unter seinen Fingern war das Lenkrad vom Schweiß ganz glitschig geworden. An einer Ampel sah er in den Rückspiegel. Die Schwestern schliefen wieder, was für ein Glück.

Nun war es nicht mehr weit bis zu seinem Ziel.

In der vergangenen Woche hatte er alles so gut vorbereitet,

wie er nur konnte. Schnell war ihm klar gewesen, welche Immobilie am besten als Versteck infrage kam. Es war eine alte Seilerei, die einer Spedition für viele Jahre als Lager gedient hatte und die nun leer stand.

Als Hausmeister betreute Bernhard das Objekt seit einer ganzen Weile. Die Fabrik war von ausländischen Investoren gekauft worden, die sie nun schon mehrere Jahre leer stehen ließen, weil sie auf eine Genehmigung warteten, den Bau zu einem Loftkomplex umzugestalten.

Seit dem Verkauf fuhr Bernhard einmal die Woche hin, machte seinen Rundgang, überprüfte die Kameras an den Außenwänden, die eigentlich nur Attrappen waren, aber Sprayer und Randalierer fernhalten sollten.

Ein kleiner Teil des Gebäudes war unterkellert, und genau dort würden Astrid und Micha die nächste Zeit verbringen.

Bernhard bog ab, fuhr an einer Tankstelle und einer Autowerkstatt vorbei, dann hielt er vor einem breiten Tor.

Er musste es von Hand aufschließen.

Jetzt durfte niemand in den Wagen schauen. Man kannte den Passat mit dem Hausmeisterei-Schriftzug, aber die schlafenden Frauen auf der Rückbank würden zweifellos neugierige Fragen nach sich ziehen.

Doch wer sollte sich schon um diese Uhrzeit in einem Industriegebiet herumtreiben?

Bernhard fuhr den Wagen hinein, schloss das Tor und setzte die Fahrt dann auf den Hinterhof fort. Hier konnte ihn niemand mehr sehen. Das Gebäude schirmte ihn zuverlässig in Richtung Straße ab, und der Hof selbst war von einer meterhohen Betonmauer umgeben.

Die alte Seilerei besaß eine Verladerampe, an die er nun nahe heranfuhr.

»Wir sind zu Hause, Mädels«, lachte er leise. »Bleibt schön

hier, ich bin gleich zurück.« Er stieß Astrid an, doch die gab nur ein Seufzen von sich und hielt die Augen weiterhin geschlossen.

Sicherheitshalber verriegelte er den Wagen.

Er betrat das Gebäude durch einen Nebeneingang und schaltete den Strom an. Erst dann konnte er das Rolltor der Laderampe öffnen. In der Fabrik war einiges zurückgelassen worden, das im Bedarfsfall bei Reparaturen hilfreich sein konnte. So auch ein großer Handkarren. Schon am Tag zuvor hatte Bernhard ihn direkt an die Rampe geschoben.

Das Rolltor öffnete sich quietschend.

Bernhard ging die Rampe hinunter und sah sich noch einmal um. Nur zwei Krähen saßen auf der Mauer und beobachteten ihn. Er öffnete die Autotür und fing Astrid auf, die ihm entgegenkippte. Als er sie herauszog, öffnete sie kurz die Augen, schien ihn aber kaum zu erkennen.

Sie war schwerer, als er erwartet hatte. Nur mit Mühe gelang es ihm, ihren schlaffen Körper die wenigen Meter die Rampe hinaufzutragen und auf dem Handkarren abzuladen.

Keuchend rang er nach Atem.

Astrid sah aus wie eine weggeworfene Puppe. Ihre Beine wirkten überlang, die schlaffen Arme seltsam verdreht. Einen Moment lang ekelte Bernhard sich vor ihr, als er den Speichelfaden sah, der aus ihrem offenen Mund lief.

Er riss sich von ihrem Anblick los und holte auch Micha aus dem Auto, die ebenso puppenhaft war wie ihre Schwester.

Nun lagen beide nebeneinander auf dem Handkarren. Micha hatte ihren Schuh verloren. Er hob ihn auf und klemmte ihn unter ihrem Bein fest.

»Dann wollen wir mal«, seufzte er und stemmte sich gegen den blauen Bügelgriff des Wagens. Der Karren setzte sich langsam in Bewegung.

Dies wird ein anstrengendes Stück Arbeit werden, dachte Bernhard, doch schon jetzt fühlte er Ruhe in sich einkehren. Er hatte eine Aufgabe, es würde ihm gut gehen. Vielleicht würde es Wochen dauern, bis sich herauskristallisierte, welche der Schwestern das Geschenk der Individualität verdient hatte.

Die mit Bewegungsmeldern versehenen Lampen erhellten den Gang vor ihm wie sich plötzlich öffnende Bühnenvorhänge.

Er erreichte die Werkshalle, wo sich ein vergitterter Lastenaufzug befand. Er schob den Wagen hinein. Michas Hand schleifte über den Boden.

Er drückte den Abwärtshebel. Es war ein altertümliches Teil mit einem rissigen Emailleknopf als Griff. Der nostalgische Aufzug, der später einmal das Herzstück des Loftkomplexes bilden sollte, setzte sich quietschend und knarrend in Bewegung.

Über ihm rasselten die Ketten. Rost löste sich und trudelte herab wie schmutziger Schnee. Die Ankunft im Untergeschoss wurde von einem unsanften Stoß begleitet. Micha stöhnte und zuckte mit dem Arm.

Bernhards Puls beschleunigte sich. Er hatte scheinbar nicht mehr viel Zeit, bis sie aufwachten. Eile war geboten.

Jetzt nur keine Fehler machen! Energisch stieß er den Wagen vorwärts und bemerkte zu spät, dass Michas Hand eingeklemmt wurde. Sie wimmerte, doch jetzt war es passiert. Er würde später nachsehen müssen, ob sie sich ernsthaft verletzt hatte.

Wie ärgerlich, sollten doch beide Schwestern die gleiche Chance erhalten, sich zu beweisen.

Jetzt war es nicht mehr weit, nur noch den Gang hinunter, und die Zellen wären erreicht. Micha starrte ihn mittlerweile mit aufgerissenen Augen an, ihre Unterlippe zitterte und schien das einzig Lebendige in ihrem wächsernen Puppengesicht zu sein.

* * *

Alte Seilerei

Es war stockfinster. Astrid wollte die Augen öffnen und merkte erst jetzt, dass sie die Lider bereits weit aufgerissen hatte. Die Dunkelheit blieb und die Stille ebenso. Es war, als hätte jemand jegliches Geräusch, jegliches Licht und Farbe aus ihrer Welt gesogen.

Ihr Körper gehorchte ihr nicht. Die Glieder waren schwer. Es bedurfte ihrer gesamten Anstrengung, um die Finger zu krümmen. Ihre Nägel kratzten über Beton und riefen einen Schauer und Gänsehaut auf den Plan.

Astrid bekam Panik.

Erst jetzt nahm sie den Geruch wahr. Moderig, ein wenig wie feuchter Keller. Und Erdbeeren. Es roch nach Erdbeeren.

Noch einmal riss sie mit aller Kraft die Augen auf. Die Dunkelheit blieb und so auch ihre Panik. Mittlerweile ließ Adrenalin ihr Blut wie eine heiße Flüssigkeit durch den Körper pulsieren. Es half. Die Taubheit schwand langsam. Schon konnte sie ihren Kopf drehen. Ein Federkissen knisterte unter der Bewegung.

Sie lag in einem Bett, aber wo?

Waren sie schon in ihrem Hotel in Wales? Warum konnte sie sich nicht an den Flug erinnern? Und wo war ihre Schwester?

»Micha?«, krächzte sie mit trockener Kehle, räusperte sich und versuchte es gleich noch mal. »Micha?«

Sie hatten ein Doppelzimmer gebucht. Sie sollte neben ihr liegen, oder nicht?

Astrid streckte die linke Hand aus und tastete. Dort war eine Wand, nur eine nackte, kalte Wand. Um ihr Handgelenk lag eine schwere Kette. Nun war die Panik übermächtig.

Und Astrid schrie.

* * *

Micha knipste die Taschenlampe an, die sie beim Aufwachen in ihrer Hand gehalten hatte.

Das kreisrunde Licht beschien eine stockfleckige Zimmerdecke aus Gussbeton. Sie bewegte die Hand, und der helle Kreis wanderte weiter. Über einige senkrechte Messingrohre hinab zu einem quer verlaufenden Rohr, an dem ihre Kette festgemacht war. Sie nahm alles mit erstaunlicher Nüchternheit wahr.

Wer auch immer sie hier eingesperrt hatte, benutzte gute Schlösser, die nicht so leicht aufzubekommen waren. Auf der anderen Seite des Zimmers war ein altes Waschbecken, darin stand ein großer Wasserkanister. Auf dem Boden ein Eimer. Es gab Klopapier und weiße, ordentlich gefaltete Handtücher mit einem verpackten Seifenstück obenauf, fast wie in einem Hotel.

Auf einem hölzernen Tisch neben ihrem Bett stand eine Schale mit duftenden Erdbeeren. Daneben eine große Tüte, vielleicht Müsli, ausreichend für mehrere Wochen und eine Schale mit einem Plastiklöffel.

Was für ein seltsamer Traum. Es musste ein Traum sein, denn sonst würde sie sich doch mehr bewegen können, nicht nur ihre Rechte mit der Lampe. Micha klammerte sich an diese Logik wie an einen Rettungsanker. Und wenn dies ein

Traum war, dann war es auch nicht schlimm, dass ihr linkes Handgelenk unter der Kette so schrecklich verdreht und angeschwollen aussah. Denn in der realen Welt würde so etwas sicher sehr wehtun.

Wie albern war es doch, auf dem Weg in den Urlaub vom genauen Gegenteil zu träumen. Statt von einem herrlichen Hotel von einem finsteren Kellerverlies. Sicher war sie wieder im Flugzeug eingenickt, und Astrid würde sie die nächsten zwei Wochen damit aufziehen, dass sie es nie schaffte, über den Wolken wach zu bleiben. Nicht einmal auf einem Businesstrip von Düsseldorf nach Frankfurt.

Hach, Wales würde schön werden. Sie hatte es sich wirklich *verdammt* hart erarbeitet. Und endlich fühlte es sich auch nicht falsch an, in den Urlaub zu fahren. Sie hatte es sich verdient!

Viele in der Firma sahen in Micha eine Art schlechtere Version von Astrid. Es hatte eine Zeit gegeben, in der sich Micha mehr für Partys und eine Rucksacktour rund um den Globus interessierte als für ihr Studium. Und das war ja auch nicht falsch, gäbe es da nicht ihren strebsamen Zwilling.

Astrid hatte das Studium stur durchgezogen und auf das verzichtet, was ihre Eltern unsinnige Eskapaden nannten. Sie war die Tochter, auf die sie stolz sein konnten. Micha kümmerte das nicht … nicht mehr.

Eine Zeit lang schämte sie sich dafür, ihr Studium abgebrochen zu haben, mittlerweile war es ihr egal. Die Erfahrungen, die sie in Amerika und Australien gesammelt hatte, waren ein Reichtum, um den viele sie beneideten und den ihr niemand mehr nehmen konnte. Für die internationalen Kunden der Agentur spielte es ohnehin kaum eine Rolle, ob sie ihren Abschluss hatte oder nicht. Das war typisch deutsche Kleinkariertheit, und die hatte sie noch nie gemocht.

Verdammt! Jetzt tat das Handgelenk doch weh. Vielleicht lag sie unglücklich darauf. Ein Flugzeug war einfach kein Ort zum Schlafen. Vor allem nicht in der zweiten Klasse. Sie sollte wirklich aufwachen.

Das Licht in der Taschenlampe flackerte.

Micha zuckte erschrocken zusammen, und ihr schauderte noch mehr, als ihr klar wurde, dass sie den ganzen Körper bewegt hatte.

Das Zucken im Traum, das sie sonst immer dazu brachte aufzuwachen, versagte seinen Dienst. Dafür wurden die Schmerzen heftiger.

»Bleib ruhig, Micha, das ist nur ein Traum, ein hartnäckiger, idiotischer Traum«, sagte sie und hörte ihre Stimme von den kahlen Wänden widerhallen. »So schnell lasse ich mir den Urlaub nicht vermiesen.«

Sie schaltete vorsichtig die Taschenlampe aus und betastete ihr Handgelenk. Verrenkt, aber es fühlte sich nicht gebrochen an. Die Glieder der Kette bohrten sich allerdings schmerzhaft in das geschwollene Fleisch, und tief drinnen pochte es fürchterlich. Die Haut war glühend heiß.

»Nicht gut, gar nicht gut. Aufwachen wäre gut, Micha, vielleicht genau jetzt!«

Sie setzte sich auf. Alles drehte sich, dann wurde es besser. »Kein Traum«, würgte sie hervor und bekam plötzlich vor Angst keine Luft mehr.

* * *

KAPITEL 6

Cornelia stand vor dem *Roten Ritter* an der Kreuzung zweier viel befahrener Straßen. Die Kneipe sah aus wie viele andere hier im Ruhrgebiet. Sicher hatte der Laden schon einige Jahrzehnte auf dem Buckel. Ein Teil der Fenster war aus Bleiglas und zeigten einen Ritter mit einem Krug Bier in der Hand. Allerdings wies nichts an ihm darauf hin, woher der Name *Roter Ritter* kam. Während der Mann noch relativ nüchtern aussah, konnte man das von seinem Pferd nicht behaupten.

Der Geruch von alten Zigaretten und abgestandenem Alkohol, vermischt mit fettigen Essensdünsten, lag in der Luft.

Über der Tür war eine Metallkrone angebracht, die an zwei kurzen Ketten im Wind schaukelte.

Cornelia hatte eine vorgefertigte Meinung, was für Menschen sich in solchen Bars trafen. Gescheiterte Existenzen, deren Familienersatz aus Saufkumpanen bestand, mit denen sie gemeinsam versuchten, ihr Leben in Alkohol zu ertränken.

Es war halb sechs, eine halbe Stunde bevor der *Rote Ritter* offiziell öffnete.

Durch die Buntglasfenster konnte sie erkennen, dass im Inneren Licht war und sich jemand darin bewegte.

Sie wollte an die Tür klopfen, doch die stand bereits einen spaltbreit offen. Cornelia schob sie ein Stück weiter auf und spähte hinein.

Drinnen herrschte grelles Licht, was dem Ort eine seltsame Atmosphäre gab. Die Kneipe wirkte wie ein Betrunkener, der beim Schlafen auf der Parkbank von der hellen Morgensonne überrascht worden war. Das braune Holzinterieur sah schmuddelig aus, die rustikal verputzten Wände waren von Qualm und Küchenfett gelblich verfärbt.

Überall standen Dinge herum, die im schummerigen Licht sicher als nette Deko durchgingen, aber jetzt empfand Cornelia auch die alten Flaschen und Bilder als abstoßend.

An der Bar saß ein älterer Mann in Hemd und grünem Pullunder über sein Glas gebeugt und starrte vor sich hin.

In der Küche klapperte Geschirr.

»Hallo?«, rief Cornelia zögernd und trat an den Tresen.

»Wir haben noch geschlossen«, klang es unwirsch aus dem Hinterraum.

Cornelia war unschlüssig. Sollte sie einfach rufen, dass sie von der Polizei war, und damit eventuell riskieren, dass ihr die Aussage verweigert wurde? Andererseits war dies angeblich das Stammlokal der Feldmann-Brüder. Der Tod des einen war sicher längst kein Geheimnis mehr.

Sie ließ ein, zwei Minuten verstreichen. Dann rief sie noch einmal: »Können Sie bitte nach vorne kommen?«

»Ja, verdammt, was ist denn? Sind Sie schwerhörig?« Die Wirtin war hager und wirkte verlebt. Cornelia vermutete, dass sie viel jünger war, als der erste Eindruck vermittelte. Ihre Haut besaß eine ungesunde Sonnenbankbräune, der Mund war blassrosa geschminkt, die Haare weiß blondiert mit breitem dunklem Ansatz.

Sie musterte Cornelia abschätzig und ließ sie mit Blicken wissen, dass sie eigentlich nicht hierhergehörte.

Cornelia wies ihre Dienstmarke vor. »Arents, Kriminalpolizei. Ich habe einige Fragen an Sie.«

»Watt? Von der Kripo?« Die Wirtin wischte sich mit einem Handtuch die Hände trocken. »Hier is nix passiert.«

»Das hat ja auch niemand gesagt.« Cornelia lächelte aufmunternd und nahm Fotos der beiden Feldmann-Brüder aus einem Umschlag. Die Wirtin zog sie über den Tresen zu sich.

»Ah, die Feldmänner. Welcher ist jetzt welcher?«, fragte sie lachend. »Die kann ich nie auseinanderhalten. Sind Sie wegen denen hier? Die sind letzte Woche nicht gekommen. Is wat mit denen?«

»Wie oft waren die Brüder denn immer hier?«

»Mindestens einmal die Woche, immer donnerstags. So wie ich es verstanden habe, trafen sie sich ursprünglich woanders, aber dann hat ihre ehemalige Studentenkneipe zugemacht, wegen Rauchverbot und so. Eigentlich zu feine Leute für den *Ritter*, aber das hat keinen gestört.« Die Wirtin schob ihr die Fotos wieder hin und fuhr sich durch das strohige Haar.

»Mit wem haben sich die Brüder hier getroffen?«

»Hören Sie, wenn Sie mich noch weiter löchern wollen, ist nachher nix fertig. Kommen Sie mit nach hinten, dann kann ich wenigstens weiterarbeiten.«

»Für eine Gastwirtin sind Sie recht wortkarg«, erwiderte Cornelia nur und folgte der Frau in die Küche. Hier überwog blank geschrubbter Stahl vor altmodischen Wandfliesen mit Blumendekor.

»Na ja, wortkarg.« Die Wirtin zuckte mit den Schultern. »Normalerweise reden meine Gäste die ganze Zeit, bis auf den ollen Pitter.«

»Wer?«

»Der frühe Vogel am Tresen. Er ist immer eine Stunde zu früh. Meistens lasse ich ihn rein, sobald ich komme. Er hält sich den ganzen Abend an ein, zwei Bier fest und sacht kein Wort. Ein armes Schwein ist das.«

»Zurück zu den Feldmanns. Waren die allein hier?«

»Nein, ein paar Wochen, nachdem sie hier aufgekreuzt sind, kam Börni dazu. Ein netter Kerl, die drei haben sich sofort super verstanden. Er war auch immer donnerstags da.«

»Auch letzte Woche?«

»Nein.«

»Hat dieser *Börni* auch einen richtigen Namen?«

»Sicher hat er den, aber ich kontrolliere doch nicht die Ausweise meiner Gäste.« Sie wuchtete einen Plastikeimer mit gekochten Kartoffeln auf die Anrichte, um sie zu pellen. »Fragen Sie doch die Feldmanns, die kennen den Namen sicher, falls Sie hinter dem Typen her sind?«

Cornelia ließ die Frage im Raum stehen. Eventuell würde sie Josef Feldmann wirklich einen Besuch abstatten. Mittlerweile saß er in U-Haft.

»Haben Sie bei den dreien irgendetwas Besonderes bemerkt, gab es Vorkommnisse, Streit?«

Die Wirtin ließ eine gepellte Kartoffel geräuschvoll in eine Plastikschüssel fallen, bevor sie antwortete. »Nein, ganz normale Männer, die ihr Feierabendbier trinken. Die Brüder waren sich hin und wieder nicht ganz grün, aber sie sind nie laut geworden, oder so.«

»Und dieser …«

»Börni? Der hat eigentlich eher versucht zu vermitteln.«

»Können Sie mir eine Beschreibung des Mannes geben?«

»Hmm, lassen Sie mich überlegen.« Eine weitere Kartoffel fiel in die Plastikschüssel. »So eins achtzig vielleicht, kurze Haare, hellbraun oder blond, den Unterschied sieht man hier drin nicht so. Um die vierzig vielleicht, Brille … Mehr fällt mir nicht ein.«

Cornelia notierte sich die schwammige Beschreibung und steckte ihre Notizen weg. »Vielen Dank, dann störe ich Sie jetzt nicht länger.«

Nachdenklich verließ sie den *Roten Ritter* und blieb vor der Tür stehen. Sie hatte das Gefühl, ein wichtiges Detail zu übersehen. Sollte sie an einem Donnerstag wiederkommen und hoffen, dass dieser Börni auftauchte?

Ihr Bauchgefühl hatte eine eindeutige Meinung. Der Typ würde nicht mehr herkommen. Warum auch? Wenn er nur mit den Zwillingen geredet hatte, gab es keinen Grund mehr dafür.

Seltsamerweise teilte sie die Vermutung der Witwe, dass dieser rätselhafte Unbekannte etwas über den Streit der Brüder wusste oder womöglich sogar dessen Auslöser war.

* * *

Justizvollzugsanstalt Essen

Die weiße Fassade konnte dem Gefängnis nichts von seiner beklemmenden Atmosphäre nehmen. Obwohl Cornelia mittlerweile oft hier gewesen war, war sie weit davon entfernt, sich daran zu gewöhnen. Josef Feldmann saß irgendwo in diesem riesigen, verschachtelten Komplex und wartete auf seine Verhandlung.

Cornelia hatte ihren Besuch angemeldet und wurde daher zügig in den Besucherraum geführt. Sie hoffte, dass Feldmann dort ungezwungener reden würde als in einem der Vernehmungsräume.

Als sie den Besucherraum betrat, waren bereits zwei andere Gefangene dort. Beide hatten Besuch von ihren Angehörigen.

Ein junger Mann saß einer blassen Frau gegenüber und sah immer wieder verstohlen zu einem kleinen Jungen, der in der Kinderecke mit einer Murmelbahn spielte. Das Klacken der Kugeln war das lauteste Geräusch.

Jeder schien den Eindruck zu haben, hier nur flüstern zu dürfen. Der zweite Insasse hielt die Hände einer rundlichen Frau und lächelte sie mit einer Mischung aus Liebe und Fatalismus an.

Cornelia blieb eine Weile stehen und betrachtete die Kinderbilder an den Wänden. Die Beamten hatten es mit der Auswahl sicher gut gemeint, im Glauben, die triste Stimmung so ein wenig aufzuheitern. Auf Cornelia wirkte es dagegen, als würden die Bilder die Insassen verhöhnen.

Vielleicht kam es auch nur ihr so vor. Sie konnte die Anstalt ja betreten und verlassen, wann sie wollte.

Ein gläserner Kontrollraum ragte wie ein altmodisches Aquarium in den kleinen Saal. Darin saß ein Wachmann und biss lustlos in sein Pausenbrot. Ein zweiter stand daneben. Er war es auch, der Cornelia ein Handzeichen gab und nach rechts wies, wo in diesem Moment die Tür geöffnet wurde.

Josef Feldmann trat ein. Unsicher, beinahe schüchtern, versuchte er die Handschellen unter den langen Ärmeln seines Shirts zu verbergen. Der Beamte, der ihn hergebracht hatte, nickte Cornelia zu. »Sagen Sie Bescheid, wenn Sie fertig sind oder irgendetwas brauchen.«

»Ja, mache ich, danke.«

Josef Feldmann sah sie mit den Augen eines erschrockenen Kindes an. Er schien noch immer nicht ganz realisiert zu haben, dass er nun und für die nächsten Jahre seines Lebens hinter Gittern war.

»Kommen Sie, setzen wir uns ans Fenster«, sagte Cornelia und ging voraus.

Josef Feldmann nahm ihr gegenüber Platz und faltete die Hände im Schoß. »Ich habe Ihnen doch schon alles gesagt.« Er seufzte. »Ich habe meinen Bruder erschlagen, meinen eigenen Bruder. Es ist fast das schlimmste Verbrechen, das ich mir vorstellen kann.«

»Ihre Schwägerin meinte, es gäbe eine Vorgeschichte.«

Er riss erschrocken die Augen auf. »Ich habe es nicht geplant, das können Sie mir glauben.«

»Herr Feldmann, das habe ich auch gar nicht gesagt.«

»Ich gäbe alles dafür, es ungeschehen zu machen. Aber das kann ich nicht. Ich habe meinen Bruder geliebt, niemand hat mir je so nahegestanden.«

Cornelia glaubte, kurz etwas anderes aufblitzen zu sehen als aufrichtige Reue, flüchtig wie ein kurzer, dunkler Schatten. Dann traten endgültig Tränen in Feldmanns Augen.

Beschämt wandte er den Kopf ab. »Ich habe doch ein Geständnis gemacht und alles gesagt, was Sie hören wollten. Können Sie mich nicht einfach in Ruhe lassen?«

»Es dauert nicht lange, versprochen.«

Feldmann starrte auf das vergitterte Fenster, in dem nur ein Ausschnitt des grauen Himmels zu sehen war, und nickte wie in Zeitlupe.

»Wer ist Börni?«

Feldmanns Kopf ruckte herum. »Was? Ich hab alle Fragen erwartet, aber nicht nach meinen Freunden.«

»Also ist er ein Freund von Ihnen?«

»Ja, noch nicht so lange und wahrscheinlich habe ich jetzt ohnehin keinen einzigen Freund mehr … Alle wenden sich von mir ab, aber das würde ich selbst nicht anders machen.«

»Bleiben wir bei diesem Börni. Hat er einen richtigen Namen?«

»Bernhard Weiss.«

Cornelia notierte ihn sich. »Erzählen Sie von ihm, bitte.«

»Er ist vor einigen Wochen im *Roten Ritter* aufgetaucht, einer Kneipe, in der ich mich regelmäßig mit meinem Bruder getroffen habe. Ein netter Typ, wirklich. Handwerksmeister. Er hat einen kleinen Hausmeisterei-Betrieb. Wir haben uns auf Anhieb gut verstanden.«

»Und Ihr Bruder?«

»Der auch.«

»Können Sie sich vorstellen, warum Ihre Schwägerin auf die Idee kommt, Herr Weiss könnte etwas mit Ihrem Zwist zu tun haben?«

»Bernhard? Er ist ein echt anständiger Kerl, mit dem man super reden konnte. Nein, absolut nicht.«

»Er war nicht Ursprung der Streitigkeiten mit Ihrem Bruder?«

»Nein, und ich weiß auch nicht, warum man solche Behauptungen in die Welt setzen sollte. Als ob nicht alles schon schlimm genug wäre.« Er rieb sich mit den Händen über das Gesicht, bis die Haut gerötet war. »Wenn Sie noch einmal mit meiner Schwägerin reden, dann sagen Sie ihr bitte, wie leid es mir tut.«

»Das werde ich, Herr Feldmann. Und da ist wirklich nichts, was Sie mir sagen möchten?«

»Eigentlich sollte ich überhaupt nicht mit Ihnen reden, mein Anwalt will das nicht.«

»Keine Sorge, durch Ihr Geständnis ist eigentlich alles gesagt. Den Vorsatz sehe ich bei Ihnen nicht, aber das muss das Gericht entscheiden.«

Cornelia verabschiedete sich und gab einem Wärter Bescheid.

Feldmann wurde fortgebracht. Sie sah ihm nach, bis er hinter einer Biegung des Ganges verschwand. Sein Anblick, mit hängenden Schultern und dem verbitterten Gesichtsausdruck, ging ihr lange nicht aus dem Sinn. Feldmann war innerlich zerbrochen, und ihr fiel es schwer, es mit Genugtuung zu sehen. Obwohl so viel Reue bei den meisten Mördern ein Wunschgedanke war.

Auf dem Weg nach draußen wurde Cornelia das Gefühl nicht los, etwas übersehen zu haben. Doch was? Der Fall war für sie abgeschlossen, die Berichte geschrieben. Der Rest oblag nun dem Gericht. Und selbst wenn dieser Bernhard Weiss an den Streitigkeiten der Brüder teilhatte, so war es allein Feldmann gewesen, der den Spaten gegen seinen eigenen Zwilling geführt hatte. Die Bluttat ging allein auf sein Konto.

Nein, hier war Schluss.

Auf der Rückfahrt würde sie die Frau des toten Feldmann anrufen und ihr sagen, dass sie deren Hinweis nachgegangen war und sie sich irrte. Es gab genug Fälle, für die bislang noch keine reumütigen Mörder gefunden worden waren, denen sie nun ihre Aufmerksamkeit schenken konnte.

Auf dem Revier angekommen, wurde sie von ihren Kollegen nur verhalten begrüßt. Deren seltsame Blicke entgingen ihr nicht. Maximilian Böker, ein älterer Kollege, musterte sie missbilligend. Seinen nicht angezündeten Zigarillo, den er auch nach Jahren der Abstinenz noch zum Denken brauchte, hatte er sich auch heute wieder hinter das linke Ohr geklemmt. Merve Demirata war nirgends zu sehen.

Dann bemerkte Cornelia Robin durch dessen offen stehende Bürotür. Er prostete ihr mit einem Bier zu.

Der Anblick war so merkwürdig, dass sie stehen blieb. Er hob die Flasche noch einmal, setzte sie an und trank.

Cornelia betrat den Raum. »Das ist nicht dein Ernst, Robin, oder?«

Seine Miene wurde eisig. »Doch, genau das ist es. Übrigens alkoholfrei, also überleg erst gar nicht, wie du mich anschwärzen könntest.«

Cornelia ahnte plötzlich, warum ihr Kollege sich so benahm, aber sie hatte nicht vor, darauf einzugehen. »Dein Verhalten ist lächerlich, Robin.«

»Nein, deines ist es. Und das war es von Anfang an. Das Verfahren wurde eingestellt. Jetzt tauschen wir die Plätze. Nun bist du diejenige, die von jedem schief angeschaut wird. Jetzt wirst du fühlen, wie das ist. Du bist jetzt die Polizistin, die ihrem Kollegen in den Rücken gefallen ist.«

Er leerte die Bierflasche und stellte sie mit einem Knall auf den Tisch. Es war ein Wunder, dass sie von der Wucht nicht zersprang.

Cornelia fühlte eine vertraute Kälte in sich aufsteigen. In diesem Moment hasste sie Robin. Am liebsten hätte sie geschrien. Die Erinnerungen taten noch immer so weh, und er wagte es auch noch, sie zu verhöhnen! Sie kämpfte um Worte und blieb erstaunlich ruhig. »Und nur, weil das Verfahren eingestellt wurde, war es in deinen Augen richtig, Vincent zu erschießen? Meinst du, du hast jetzt einen Grund mehr, stolz zu sein?«

Robin erhob sich ruckartig. Er war ein Mann wie ein Felsen. Groß und breit in den Schultern, mit einem markanten, ja fast eisigen Blick. Diese offensichtliche Unverwundbarkeit war es, die sie damals zu ihm hingezogen hatte, doch in ihrer sechsjährigen Beziehung hatte sie ihn wirklich kennengelernt. Sie wusste, dass sein Äußeres trog.

Robin war schnell verletzt, doch er schaffte es, andere seine Wunden nicht sehen zu lassen. Für Cornelia galt das nicht. Sie kannte seine lichten Seiten und die dunklen, vor allem die dunklen.

Robin baute sich vor ihr auf, und sie musste sich zwingen, nicht zurückzuweichen. Zum Glück lehnte sie bereits am Türrahmen. Das Holz im Rücken zu spüren gab ihr ein wenig Halt. Die Zeiten, in denen sie jedem Konflikt mit ihm aus dem Weg ging, waren vorbei.

Robins Kiefer arbeiteten, sein Blick war unstet, suchte mal den ihren, dann wich er ihr wieder aus. »Damals, als es passiert ist … Ich hatte Angst um dich, ich …«

Cornelia wusste, dass er nur einen Teil der Wahrheit sagte. »Du hast mir, deiner Kollegin, nicht vertraut. Und du konntest ihn nicht leiden!« Sie zögerte kurz. »Ich hatte alles unter Kontrolle.«

»Nein, das hattest du nicht, und wenn du ehrlich zu dir selbst sein würdest, wüsstest du das. Dein Freund hielt eine Waffe in der Hand, und er stand unter Drogen.«

Cornelia starrte ihn wütend an und wusste einen Moment lang nichts zu erwidern. Ihr Herz pochte wie wild, eine Faust, die ihr schmerzhaft gegen die Rippen schlug und das Atmen schwer machte.

Robin war sichtlich bemüht, ruhig zu bleiben. »Wenn du an meiner Stelle gewesen wärst, hättest du auch so gehandelt. Du kamst aus einer psychisch belastenden Situation, und du warst emotional an den Täter gebunden. Ich hatte jedes Recht, deine Entscheidungsfähigkeit anzuzweifeln. Und ich hatte Angst um dich.«

Er hob die Hände, als wolle er sie berühren, ließ sie dann aber wieder sinken. »Vielleicht habe ich die Waffe verrissen. Ich weiß es nicht. Ich weiß nicht mal mehr, wohin ich gezielt habe, vermutlich auf die Schulter. Dich zu verlieren wäre grauenhaft gewesen. Es war das Einzige, woran ich denken konnte.«

»Deine Argumentation hat einen Fehler, Robin«, sagte sie

kühl. »Vincent hat nicht auf mich gezielt, sondern auf Professor Wehrheim.«

»Der in unseren Augen damals noch als unschuldig galt, ja. Aber mach dir nichts vor, Conny. Die SEKler hätten deinem Freund eine Kugel in den Kopf gejagt. So oder so, er wäre tot. Das Ergebnis ist dasselbe: Du bist allein, und es tut mir leid, dass es so kommen musste.«

»Meinst du, es macht für mich keinen Unterschied, ob Vincent von einem Fremden erschossen wurde oder von jemandem, der einmal das Wichtigste in meinem Leben war?«

Cornelia bebte am ganzen Körper. Ihre Erinnerung spulte die verhängnisvollen Momente noch einmal ab. Vincent und sie im verschneiten Park, umzingelt von SEK-Leuten, die auf ihn zielten. Vincent hielt eine Pistole in der Hand und richtete sie auf Friedrich Wehrheim, den Mann, der ihn im Kindesalter missbraucht und seinen Bruder ermordet hatte und der ihn nun aufforderte, ihn zu erschießen.

Cornelia hatte die Scham und die Verzweiflung in Vincents Augen gesehen. Und da war noch etwas: der feste Glaube, so nicht mehr weiterleben zu können. Vielleicht hätte sie ihm helfen können, mit der Zeit aus diesem Tal wieder herauszukommen, vielleicht auch nicht. Die Chance war ihnen versagt geblieben, diese Zeit hatten sie nicht bekommen.

»Wäre die Situation vertauscht gewesen, und du hättest mich gebeten, dir zu vertrauen, ich hätte es getan. Ich hätte dein Urteil akzeptiert«, sagte sie und hörte in ihren eigenen Worten Zweifel mitschwingen. »Zumindest hätte ich nicht auf die Brust gezielt. Ich weiß, dass du ein guter Schütze bist.«

»Auch ein guter Schütze kann mal verreißen, das weißt du genau. Fehler passieren, besonders in einer angespannten Situation wie dieser, Conny. Ich habe das elende Verfahren, das du angestrengt hast, über mich ergehen lassen. Ich muss jede Woche zum Psychologen. Wenn die internen Ermittler mir keinen Fehler nachweisen können, kannst du dann nicht zumindest versuchen, es zu akzeptieren?«

»Nicht, solange du dich hier so idiotisch aufführst und irgendwelche Ein-Personen-Partys feierst.«

»Ich habe jeden Grund zum Feiern. Die Sache hätte mich den Job kosten können, nur weil du vergessen hast, was die Wörtchen Loyalität und Zusammenhalt bedeuten. Wir sind in einem Team, falls du das vergessen hast.« Er legte eine Hand auf ihren Oberarm und sah sie eindringlich an.

»Nein, habe ich nicht. Aber was soll ich mit einem Partner, der meiner Meinung nicht vertraut.«

»Conny ...«

»Ich wollte schon als kleines Mädchen Polizistin werden, weil ich dachte, dass ich so für das Gute kämpfen könnte.«

Robin schwieg. Sie hörte ihn schwer schlucken. »Soll ich mich versetzen lassen? Ist es das, was du willst?«

»Was?« Fassungslos sah sie ihn an.

»Es ist mir ernst damit. Ich habe darüber nachgedacht.«

»Robin, ich weiß nicht, was ich sagen soll.«

»Überleg dir deine Antwort gut. Denn ich kann so nicht weitermachen.«

Er zog die Bürotür zu, die bis zu diesem Zeitpunkt offen gestanden hatte, und begann ruhelos durch das kleine Zimmer zu gehen. Mit gesenkter Stimme fuhr er fort. »Denkst du, es ist mir scheißegal, was passiert ist? Ist es nicht! Ich habe einen Menschen erschossen! Und dabei ist es völlig unwichtig, ob er nun dein Freund war oder ein Fremder, schuldig oder unschuldig. Ich habe ihn umgebracht! Ich! Du hast es gut und musstest deine Dienstwaffe noch nicht abfeuern. Glaub nicht, dass ich mir nicht jeden Tag wünsche, es nicht getan zu haben. Herrgott, wenn ich nur die Zeit zurückdrehen könnte, um das alles ungeschehen zu machen.«

Er blieb am Schreibtisch stehen und starrte einen Moment lang die Bierflasche an. Dann nahm er sie und schmetterte sie in den Papierkorb.

Cornelia war wie gelähmt. Irgendwie gelang es Robin, dass sie sich schuldig fühlte, zumindest ein wenig.

»*Du* vermisst diesen Typen und vielleicht hast du ihn wirklich geliebt, wenn das in so kurzer Zeit überhaupt möglich ist. Aber glaub mir, in ein paar Jahren ist alles vergessen. Was *dir* bleibt, ist die Erinnerung an ein paar romantische Tage, die ein unschönes Ende gefunden haben.« Er rang um Worte. Vielleicht irrte sie sich auch, aber Cornelia glaubte, seine Hände zittern zu sehen. Diesmal wollte er ihr nicht mit dem, was er sagte, wehtun, deshalb unterbrach sie ihn nicht.

»Im Gegensatz zu dir muss ich bis ans Ende meines Lebens damit klarkommen, einen Menschen erschossen zu haben. Und als ob das nicht schlimm genug wäre, stellt sich hinterher auch noch heraus, dass er ein verdammt armes Schwein war und der Mann, dem ich womöglich das Leben gerettet habe, ein widerlicher Kinderschänder und Mörder ist.«

Robins Gesicht war rot angelaufen. In seinen Augen glänzte es verräterisch.

»Bist du fertig?«, fragte Cornelia leise.

»Ja, bin ich.« Er wandte sich ruckartig von ihr ab und trat an das Fenster seines Büros. Draußen wehte der Wind rote und gelbbraune Blätter vorbei.

Cornelia schnürte es die Kehle zu. Robin hatte etwas in ihr berührt. Sie fühlte sich plötzlich nicht mehr so sehr im Recht wie zuvor. War es wirklich richtig gewesen, ihren Kollegen derart anzugehen?

Leise trat sie zu ihm und sah ebenfalls eine Weile hinaus in den Hof. In ihr rumorte es. Ihre Gefühle wirbelten durcheinander. Sie hasste Robin regelrecht für den Schuss auf Vincent, andererseits wurde ihr klar, dass auch er unter den Konsequenzen litt, anders als sie, aber er litt.

Sie überlegte. Wie viele von ihren unterschiedlichen Gefühlen waren der Tatsache geschuldet, dass sie sich getrennt hatten? Er hatte Cornelia mit einer Kollegin betrogen. Wie viel von ihrem Zorn war auf diese Kränkung zurückzuführen und wie viel tatsächlich auf den verhängnisvollen Schuss?

Cornelia würgte an den Worten. »Du, du solltest dich nicht versetzen lassen.«

Robin schwieg.

Es gab noch so viel mehr, das sie ihm sagen sollte. Doch sie brachte es einfach nicht über sich. Noch nicht. Nicht heute.

»Ich gehe jetzt«, sagte sie leise.

»Ja.« Robin sah sie nicht an.

Cornelia wandte sich langsam ab. Sie fühlte sich wie gelähmt. Irgendwie schaffte sie es aus dem Büro hinaus und bis zur Frauentoilette. Dort stützte sie sich auf das Waschbecken und sah lange in den Spiegel. *Bin das noch ich?*, fragte sie sich.

Ihr ganzes Leben schien aus dem Ruder gelaufen zu sein.

* * *

KAPITEL 7

Alte Seilerei

Die Zeit kroch dahin, und Micha hatte keine Ahnung, wie lange sie bereits eingesperrt war. Einige Tage mussten vergangen sein, denn sie hatte mehrmals lange geschlafen, obwohl sie sich anfangs vorgenommen hatte, wach zu bleiben.

Sie vermutete, dass Bernhard ihr Entführer war. Bernhard, den sie so sympathisch gefunden hatte. Der ihr leidtat, weil er seinen Bruder verloren hatte. Mittlerweile war sie sich sicher, dass nichts davon der Wahrheit entsprach. Es waren alles nur Geschichten, um sich mit Astrid und ihr anzufreunden. Er war nett und sah auch gar nicht so schlecht aus. Sie hatte sich sogar vorstellen können, mit ihm allein essen zu gehen, ohne Astrid.

Aus der Befürchtung heraus, er könnte ihr auch gefallen, hatte sie den Gedanken sofort verworfen und sich vorgenommen, ihrer Schwester im Urlaub deshalb auf den Zahn zu fühlen.

Immer wenn sie an Astrid dachte, und das tat sie eigentlich fast ständig, schnürte es ihr die Kehle zu.

Sie hatte gerufen, stundenlang versucht, sich bemerkbar zu machen, gegen die Rohre geklopft und an der Tür gerüttelt. Niemand antwortete. Weder Astrid noch sonst wer.

Was hatte er nur mit ihr gemacht? War sie in der Nähe untergebracht, oder gar …

Nein, sie konnte die Überlegung nicht zu Ende führen.

Die Stille war beklemmend. Sie war überall. Schien sich mit der Luft zu einem zähen Brei zu vermischen, der ihr jeden Atemzug zur Qual werden ließ. In ihrem linken Handgelenk pochte der Schmerz. Ihr Herz schien dorthin gewandert zu sein und schlug heiß und panisch. Manchmal glaubte sie, es hören zu können. Die Wände des Raums pulsierten in seinem Rhythmus.

Und dann war da noch der Gestank.

Der Eimer mit Fäkalien war beinahe randvoll. Sie hatte ihn näher an die eisgraue Metalltür gestellt, doch das schaffte kaum Linderung. Der schwache Luftzug, der durch den Türspalt hineinwehte, trieb den Gestank direkt wieder auf sie zu.

Ihre eigene Haut fühlte sich schmierig an und roch nach Angstschweiß und schimmeligem Beton.

Micha wälzte sich auf der Matratze herum und zog die Decke bis unter das Kinn. Sie fror, seit sie zum ersten Mal in ihrem Verlies aufgewacht war. Fast ihr gesamter Körper war kalt, nur in ihrem verletzten Handgelenk schien ein Feuer zu lodern, dem nie der Brennstoff ausging.

Was wollte der Entführer nur mit ihnen? Oder vielleicht auch nur mit ihr?

Er hatte sie, während sie bewusstlos gewesen war, offenbar nicht missbraucht, oder er war wirklich sehr, sehr vorsichtig vorgegangen. Wollte er sie einfach nur wie ein Tier vor sich hin vegetieren lassen? Weggesperrt in einen Keller, wo sie irgendwann sterben würde?

Micha war vorsichtig gewesen, hatte das wenige Essen und Trinken rationiert, als sei sie in einem Rettungsboot auf hoher See und treibe einem unbestimmten Ziel entgegen.

Der Hunger war ihr ständiger Begleiter. Und er gab ihr, wie auch der Schmerz, das Gefühl, lebendig zu sein.

Sie würde durchhalten, weder sich selbst noch den Verstand verlieren. Irgendwann würde sie die Chance zur Flucht bekommen und sie wahrnehmen.

Dafür musste sie aufmerksam und in Form bleiben. Nach jeder ihrer sparsamen Mahlzeiten machte sie daher einige Übungen aus ihrem letzten Fitnesskurs. Nicht zu viele, um nicht mehr Nahrung zu brauchen, und nicht zu wenige, um Schwäche zu vermeiden.

* * *

Astrid hatte lange Zeit einfach nur dagelegen und geweint.

Als ihr klar wurde, dass sie Opfer einer Entführung geworden war, schwand mit einem Schlag all ihre Hoffnung. Sie brauchte sich nichts vorzumachen. Um Lösegeld zu fordern, war sie sicher nicht verschleppt worden. Und dass es direkt auf der Fahrt zum Flughafen passiert war, sprach vor allem dafür, dass sie verschwunden bleiben sollte.

Ihre Familie und ihre Freunde rechneten frühestens in zwei Wochen mit ihrer Rückkehr. Vielleicht war sie bis dahin schon tot und ihr Körper verweste an einem heimlichen Ort, wo ihn niemand finden würde.

Man würde sie einbetonieren oder im Wald vergraben, wo Würmer und Käfer sich über sie hermachen würden. Oder Wildschweine fraßen sie auf.

Seit sie sich vorgestellt hatte, was mit ihrer Leiche passieren würde, wurde sie jedes Mal, wenn sie schlief, von Albträumen heimgesucht. Nur dass sie in den Träumen noch lebte.

Mal war sie gelähmt, dann wieder bei vollem Bewusstsein. Und immer wurde sie an einem Ort verscharrt, der genauso dunkel war wie ihr Gefängnis, und dann kamen die Aasfresser.

Sie konnte sie über ihre Haut kriechen fühlen und die kleinen, stechenden Bisse spüren.

Die Zeit, die sie im Dunkeln auf der Matratze verbrachte, kam ihr vor wie eine Ewigkeit. Völlig niedergeschlagen lag sie einfach nur da.

Wenn sie sich erleichtern musste, kroch sie ein Stückchen zur Seite und erledigte es dort auf dem Boden.

Der Uringestank mischte sich mit dem Erdbeergeruch. Die Früchte waren mittlerweile vergoren. Wo sie sich befanden, hatte sie nie herausgefunden.

Die Dunkelheit war lähmend. Hunger und Durst quälten sie. Es dauerte lange, bis sie es wagte, ihre Matte zu verlassen und sich ein Stückchen an der Wand entlangzubewegen.

Schon als kleines Kind hatte Astrid Angst gehabt, sobald ihre Mutter abends das Licht ausschaltete. Damals war die Furcht erträglich gewesen, denn Micha war da und redete mit ihr. Solange sie denken konnte, war ihre Schwester immer da gewesen, um sie zu beschützen. Eines Tages hatte sie ihr sogar eine kleine Lampe gekauft. Micha hatte dafür wochenlang ihr knappes Taschengeld gespart. Astrid vergaß es ihr nie.

Gemeinsam mit ihrer Schwester wäre es viel leichter, den Horror der Gefangenschaft und Isolation durchzustehen.

Während sie einfach so dalag, musste sie immer wieder an Micha denken. Was würde sie in dieser Situation tun?

Sicher nicht einfach nur herumliegen.

Micha war seit jeher die Mutigere von ihnen beiden. Diejenige, die von ausgetretenen Pfaden abwich und neue Wege ging.

Ich wünschte, ich wäre mehr wie sie und weniger wie ich, dachte Astrid, und schon wieder kamen ihr die Tränen. Zornig wischte sie sich über ihre Wangen. In diesem Moment hasste sie sich für ihre Wehleidigkeit und ihre Schwäche. Solange alles in geregelten Bahnen lief, funktionierte sie perfekt, aber wehe, wenn nicht …

»Komm schon, Astrid«, sagte sie mit belegter Stimme zu sich selbst. »Du bist kein kleines Mädchen mehr. In der Dunkelheit warten keine Ungeheuer, zumindest jetzt nicht. Das Ungeheuer hat mich hier vergessen.«

Es bedurfte einer großen Kraftanstrengung, sich überhaupt aufzusetzen und die Füße auf den Boden zu stellen. Vorsichtig tastete sie sich mit den Händen Zentimeter um Zentimeter vor. Der Boden war glatter Waschbeton. Es gab kaum Staub. Ihr Entführer hatte offenbar sauber gemacht, bevor er sie hier einsperrte. Einen Meter tastete sie sich voran, den linken Fuß ließ sie dabei wie einen Rettungsanker auf der Matratze. Sie hatte Angst, in der Schwärze die Orientierung zu verlieren.

Schließlich stießen ihre Finger auf einen Widerstand. Es war ein Tischchen. Vorsichtig erkundete sie ihn, bis in ihrem Geist ein Bild entstand. Eine Plastikschale. Etwas Weiches, Haariges. Sie zuckte zurück und wäre beinahe wieder auf ihre Matratze gekrochen, dann wurde ihr klar, was sie berührt hatte. Astrid roch an ihrem Finger.

Eindeutig. Das waren schimmelige Erdbeeren.

Bei ihrer Ankunft waren sie frisch gewesen. Sie hätte die Früchte essen können. Ihr Magen knurrte wie zur Bestätigung. Wie lange war sie also schon hier? Wie lange dauerte es, bis sich ein Flaum aus Schimmel über die Früchte breitete? Zwei Tage oder drei?

»Weiter, weitermachen«, beschwor sie sich. Vielleicht gab es irgendwo mehr zu essen, womöglich sogar Wasser.

Sie zog an der schweren Kette. Noch hatte sie deren maximalen Radius nicht erreicht. Sie tastete weiter, fand eine Plastikschale, dann einen Beutel, in dem es raschelte. Es roch nach Getreide. Gierig schob sich Astrid eine Handvoll Müsli in den Mund und bereute es sofort. Ihr Mund war trocken, sie hatte tagelang nichts getrunken, und das Müsli war staubtrocken. Sie spuckte einen Teil wieder aus, verschluckte sich und musste husten. Ihre Brust zog sich krampfhaft zusammen.

Erst jetzt wurde ihr klar, wie geschwächt sie bereits war. Es dauerte lange, bis sie wieder ruhiger atmen konnte. In ihrem Mund hatte sich etwas Speichel gesammelt, und sie wagte es, noch ein wenig Müsli zu essen.

Vorsichtig tastete sie sich weiter vor. Dort lag etwas auf dem Boden. Ehe sie es zu fassen bekam, rollte es weg.

»Eine Taschenlampe«, flüsterte sie ungläubig.

War das nur ihr Wunschdenken, spielten die Gedanken ihr einen Streich? Wenn es sein musste, würde sie die nächsten Stunden damit verbringen, den Boden abzutasten. Mit fieberhaftem Eifer kroch sie voran. Jetzt war auch egal, dass sie den Kontakt zu der Matratze verlor, und eigentlich brauchte sie ja auch nur der Kette zu folgen, um zurückzukommen.

Da! Da war es wieder! Ihre Finger schlossen sich um einen glatten, kalten Metallgriff. Vorsichtig setzte sie sich hin und barg ihren Schatz in den Händen.

Eine Lampe! Sie richtete sie von sich weg und drückte den Anschaltknopf. Geblendet wandte sie den Kopf ab. Ihre Augen schmerzten, als wäre Säure darin. Trotzdem richtete sie die Lampe auf ihr Gesicht und badete in dem Schein.

Es tat gut, so gut!

Weiße Punkte tanzten vor ihren geschlossenen Lidern wie Sterne in der Dunkelheit. Nach einer Weile richtete sie das Licht von sich weg, auf Wände, Decke und den Winkel, in dem sie gleich neben der Matratze ihre Notdurft verrichtet hatte. Ein Plastikeimer stand nicht weit davon entfernt und gleich daneben, sorgfältig aufeinandergestapelt, zwei Rollen Klopapier.

Astrid fühlte bittere Scham in sich aufsteigen. Hätte sie sich nur nicht von ihrer Angst lähmen lassen.

Sie schwang die Lampe herum. *Dort! Wasser!*

Strauchelnd kam sie auf die Beine, stürzte zu dem Kanister und hielt den Mund unter den kleinen Plastikhahn. Sie trank und trank. Was für eine Erleichterung! Einiges Wasser lief daneben, doch das war ihr in diesem Moment egal. Als sie den Hahn schließlich zudrehte, ging es ihr viel, viel besser. Sie fühlte sich beinahe glücklich, soweit das in ihrer Situation überhaupt möglich war. In ihrem Magen gluckerte es, so viel Wasser hatte sie getrunken. Prall und rund fühlte sich ihr Bauch an.

Ermuntert von ihren bisherigen Erfolgen ging sie zur Tür. Die Kette spannte. Astrid streckte den freien Arm aus und konnte den kalten Stahl gerade noch mit den Fingern berühren. Sie nahm die Taschenlampe in die freie Hand und klopfte vorsichtig mit dem Gehäuse gegen die feuerfeste Tür. Das Metall hallte dumpf wider. So ein Geräusch musste doch ziemlich weit zu hören sein, oder nicht? Sie klopfte weiter.

»Hallo, hallo! Hört mich jemand? Ich bin hier eingesperrt. Hilfe!« Ihre Schreie verhallten, ohne dass etwas passierte. Sie lauschte auf Geräusche. Schritte, Stimmen, Straßenlärm. Doch da war nichts, nur Stille.

Schon fühlte sie die Panik zurückkehren, wie ein Tier, das nur darauf gewartet hatte.

»Hilfe!«, schrie sie laut und immer wieder. Dann krampfte plötzlich ihr Magen. Sie hatte keine Chance, den Reiz zu unterdrücken, die Welle der Übelkeit war zu heftig.

Astrid erbrach einen Schwall Wasser und dann gleich noch einen. Bittere Galle ätzte Mund und Rachen, und sie spürte angewidert, wie ein Bröckchen Müsli brennend in ihrer Nase steckte.

Astrid hastete zurück zum Wasserkanister und wusch sich. Widerlich, es war so widerlich!

* * *

Drei Tage lang hatte Bernhard geduldig abgewartet. Er wollte den Schwestern Zeit geben, sich mit ihrer Lage abzufinden, damit sie empfänglicher für seine Worte wären. Und es gab noch einen zweiten Grund.

Niemand sollte Verdacht schöpfen. Sicherlich hatten die Schwestern irgendjemandem von ihm erzählt, dem netten Mann, der sie mitten in der Nacht zum Flughafen fuhr. Immerhin hatte er sich mit seinem echten Namen vorgestellt. Es schien ihm sicherer. Wenn man sich weiterhin in seinem Umfeld und der Heimatstadt bewegte, könnte es sonst zu schnell passieren, dass man im falschen Moment auf Menschen traf, die einen wiedererkannten.

Also fuhr er auch diesen Morgen in seinen kleinen Betrieb, einer Hausmeisterei, wo seine beiden Angestellten Thorsten und Jussuf bereits dabei waren, alles Nötige für ihre Touren zu packen.

Beide arbeiteten schon eine Weile für Bernhard. Der Türke Jussuf war gelernter Elektriker, souverän und mit seinen fünfzig Jahren die Ruhe selbst. Nie sah man ihn ohne seine alte, verbeulte Thermoskanne, aus der er sich den ganzen Tag über mit schwarzem Tee versorgte, der so dunkel war wie Kaffee.

Thorsten war erst dreiundzwanzig, Gas-Wasser-Installateur und ein großer Autofan. Jede freie Minute schraubte er an seinem Golf GTI oder schwärmte von der Musikanlage, die er eingebaut hatte.

Mit Bernhard als Chef und Zimmermannsmeister waren sie ein perfektes Team, das es mit fast jedem Problem ihrer Kunden aufnehmen konnte. Es waren vor allem Büros und Firmen, die sich keine eigene Hausmeisterei leisteten, wie es früher noch üblich gewesen war.

»Morgen, Chef«, wurde er auch sogleich von Thorsten begrüßt. »Wir haben einen Anruf von Reineke in der Kirchstraße. Sie haben einen Stromausfall in mehreren Zimmern. Jussuf fährt hin, ich hab dafür im Tausch seinen ersten Kunden übernommen, weil es eventuell länger dauern kann.«

Bernhard klopfte ihm im Vorbeigehen anerkennend auf die Schulter. »Prima, auf euch kann man sich verlassen. Morgen, Jussuf.«

Der Mann hob grüßend die Hand und wuchtete eine Plastikbox mit Kabeln und Kleingerät in den Kofferraum seines Dienstwagens. »Ich beeil mich«, sagte er nur und schlug die Heckklappe zu. »Auf dem Tisch steht Baklava, von meiner Frau, bedien dich.«

»Danke«, rief Bernhard ihm hinterher und sah zu, wie beide abfuhren. Wie jeden Morgen würde er die ersten zwei Stunden in seinem Büro verbringen, das glaubten seine Mitarbeiter zumindest. Heute wollte er sich mit dem Papierkram beeilen.

Er nahm ein Stück des türkischen Gebäcks und aß es mit einer Mischung aus leichtem Ekel und Hochgenuss. Es war so süß, das es schon fast grenzwertig war. Pervers lecker.

Er leckte sich die Finger ab und ging die Auftragszettel vom Vortag durch, die sie immer dann schrieben, wenn eine Reparatur nicht mehr von den festen Wartungskosten gedeckt wurde. Alles schien in Ordnung zu sein. Darum konnte er sich also auch genauso gut morgen kümmern.

Bernhard bekam Herzklopfen, dabei hatte er die Handys

der Schwestern noch nicht einmal aus der Jackentasche genommen. Feierlich legte er sie vor sich hin und schaltete sie an.

Am Tag zuvor hatte er an einige Adressen, die ihm wichtig erschienen, Fotos und kurze Nachrichten geschickt.

Es war leicht gewesen, die richtigen Bilder von Hotel und Umgebung im Internet zu finden. Noch ein kurzer Blick auf den Wetterbericht, und schon hatte er alles, was er brauchte. Er fotografierte die Bilder mit dem Handy ab und textete SMS wie: *Es ist superschön hier, ein wenig kühl, aber morgen wird es sonniger, und wir sehen uns das Dorf an.*

Jetzt schaute er sich die Ergebnisse seiner Bemühungen an. Micha hatte zwei Nachrichten, Astrid sogar fünf. Und keiner der Angeschriebenen schöpfte Verdacht.

Er hatte Astrids Telefon auch dafür genutzt, um im Hotel in Irland Bescheid zu geben, dass die Schwestern die Reise aus persönlichen Gründen nicht antreten konnten.

Die Landlady bestand darauf, dass sie trotzdem den vollen Preis zahlen müssten, falls sie keine neuen Gäste fand. Bernhard textete ihr sein Einverständnis und sein Bedauern über ihr Fernbleiben.

Was kümmerte ihn das sicher gut gefüllte Konto der Zwillinge?

Im Geiste ging er noch einmal alles durch. Hatte er wirklich jedes Detail bedacht?

Ja. Dann war es an der Zeit, die Damen zu besuchen. Drei lange Tage waren sie nun allein gewesen. Länger als wohl jemals zuvor in ihrem Leben. Er wollte sie so lange zermürben, bis seine Ideen in ihren Köpfen aufgehen würden wie Korn in sattem Boden.

Die Fahrt zur alten Seilerei dauerte nicht lange. Von außen wirkte alles ruhig. Die Sonne stand an einem beinahe wolkenlosen Himmel, und es versprach ein warmer Tag zu werden, sobald sich der morgendliche Dunst verzogen hätte.

Bernhard fuhr über den Hinterhof und parkte wieder an der Verladerampe, wie er es immer tat.

Er schlang sich eine Tasche über die Schulter und nahm eine Plastikbox. Unter der obenauf liegenden Bohrmaschine war mehr Essen für die Schwestern versteckt.

Im Gebäude verschloss er erst die Außentür, dann schaltete er im Hauptstromkasten das Licht ein. Flackernd erwachte die Innenbeleuchtung zum Leben.

Jetzt war er endlich unbeobachtet und konnte seine Tarnung fallen lassen. Seine Aufregung nahm zu. Das war wie Weihnachten und Geburtstag zusammen. Und er würde diese Zwillinge nicht nur einen Tag beobachten können, sondern so lange er wollte!

Bernhard zelebrierte jeden Schritt hinunter in den Keller. Sie mussten ihn hören können, doch keine von beiden gab einen Ton von sich. Brave Mädchen. Und wenn sie gestorben waren? Nein, sicher nicht, er hatte das Betäubungsmittel sorgfältig dosiert. Die Räume waren außerdem mit allem ausgestattet, was sie zum Leben brauchten. Bernhard hatte sich wirklich Mühe gegeben, alles zu bedenken.

Während er die Treppe hinunterstieg, überlegte er, zu wem er zuerst gehen wollte. Er mochte Micha eindeutig lieber.

»Aber das Beste zum Schluss«, murmelte er vor sich hin und steuerte auf Astrids Zelle zu.

Er lief jetzt nur noch auf Zehenspitzen, blieb direkt vor der Tür stehen und lauschte. Nichts. Absolute Stille.

Bernhard merkte, wie er unwillkürlich zu grinsen begann, dann drückte er den Lichtschalter.

Drinnen geschah etwas. Die Kette rasselte. Ein Stöhnen.

Offenbar hatte Astrid geschlafen und der grelle Lichtschein sie unsanft geweckt.

»Hallo? Ist da jemand? Hilfe, Hilfe, ich bin hier eingesperrt!« Astrids Schreie klangen nur gedämpft durch die Tür.

Bernhard zog eine Maske über den Kopf. Wahrscheinlich würden sie ihn sowieso erkennen, doch ihm gefiel dieses kleine Verwirrspiel. Außerdem würde es so für ihn selbst leichter sein, sein Tun hier von seinem Leben draußen zu trennen.

Er hatte die Maske im Internet bestellt. Ein Fuchskopf. Der Fuchs galt als schlau und listig, und es erinnerte ihn an die Feldmann-Zwillinge, deren Duell während einer Baujagd stattgefunden hatte.

Die Gummimaske fühlte sich seltsam an, und sie stank ein wenig. Die spitze Schnauze würde seine Stimme sicherlich verfälschen.

Astrid schrie mittlerweile aus Leibeskräften. Glaubte sie wirklich, vor der Tür könnte jemand anderes stehen als ihr Entführer? Wie naiv!

Bernhard schloss auf.

Eine Welle von Gestank schlug ihm entgegen. Säuerlicher Mief von Erbrochenem, Urin und Scheiße. Er riss die Tür zur Gänze auf und trat erst einmal wieder zurück. Astrid hockte auf ihrer Matratze und starrte ihn mit weit aufgerissenen Augen an. Als er schließlich eintrat, wich sie noch ein Stückchen weiter zurück und presste sich mit dem Rücken an die Wand.

Bernhard konnte nicht fassen, wie es in dem kleinen Raum aussah. Direkt vor ihm war eine Lache Erbrochenes, neben der Matratze lag … Nein, er wollte es gar nicht so genau wissen.

»Du bist ein Schwein!«, sagte er. »Das wirst du selbst wieder sauber machen.«

Er zog sich Handschuhe an und nahm den Eimer, in dem wenigstens ein Teil ihres Drecks gelandet war. Dass Astrid am ganzen Leib zu zittern begann, sobald er sich näherte, kümmerte ihn nicht.

Er beeilte sich, den Eimer auszuleeren, und kehrte kurz darauf mit heißem Wasser und Scheuermittel zurück. Er hatte die Tür weit offen gelassen. Einfach nur um zu sehen, wie sie reagieren würde. Und er hatte Astrid genau richtig eingeschätzt. Sie hockte noch immer völlig verängstigt auf ihrem Lager.

Er stellte die Putzutensilien vor ihr ab. »Los, mach sauber oder du wirst es bereuen.«

Die Drohung blieb nicht ohne Wirkung. Astrid kroch wie ein geprügelter Hund auf allen vieren los und begann zu schrubben.

Bernhard füllte unterdessen den Trinkwasserkanister auf, der bis auf den letzten Tropfen geleert war, und brachte ihr eine Schale mit Möhren und Kirschtomaten. Mehr Abwechslung würde es zu dem Müsli nicht geben.

Es dauerte eine Weile, bis alles fertig war und Astrid wieder in ihrer Ecke hockte und bereit für das schien, was er mit ihr plante.

Bernhard hatte sich einen Stuhl aus einem anderen Kellerraum geholt, setzte sich rittlings darauf und stützte seinen Kopf auf die Arme, die er auf die Lehne gelegt hatte. Oh, wie er es genoss, ihr dabei zuzusehen, wie sie panisch darüber nachdachte, was nun geschehen würde.

Er konnte ihr Gesicht lesen wie ein Buch.

»Bist, bist du das, Bernhard?«, fragte sie mit zitternder Stimme.

Darauf würde sie keine Antwort bekommen. »Deine Schwester ist nicht so ein Schwein wie du.«

Astrids Stimmung veränderte sich auf einen Schlag. »Micha? Micha ist auch hier? Was haben Sie mit ihr gemacht?« Sie stand auf und hetzte zur Tür. Die Kette spannte sich ruckartig. Astrid fiel auf die Knie. »Micha, Micha!« Sie schrie den Namen ihrer Schwester, als sei sie die Lösung für all ihre Probleme.

Bernhard sah eine Weile zu, dann reichte es ihm. »Ruhe! Oder du wirst sie nie wiedersehen!«

Astrid schrie noch zweimal, dann erst schien sie den Sinn seiner Worte zu verstehen. Wie in Zeitlupe kam sie wieder auf die Beine und starrte ihn mit den Augen eines waidwunden Tieres an.

Mit einer Kopfbewegung schickte er sie wieder zurück auf ihren Platz. Astrid gehorchte und kauerte sich wieder auf die Matratze. »Geht es Micha gut?«

»Vielleicht.« Bernhard zuckte scheinbar gleichgültig mit den Schultern. »Denkst du immer nur an deine Schwester oder auch mal an dich?«

»Sie ist meine Schwester!«

»Das ist weder eine Begründung noch eine Antwort. Ich will, dass du ehrlich bist, sonst werde ich dich bestrafen ...« Er machte eine Kunstpause. »Dich oder sie.«

»Nein, nein, ich werde alles sagen, wirklich!«

»Dann fangen wir an. Was macht deine Schwester besser als du?«, begann er harmlos.

Astrid schien fieberhaft zu überlegen. »Sie ist mutiger als ich. Sie traut sich mehr zu, und sie kann besser mit fremden Leuten und Geschäftspartnern umgehen.«

»Ein guter Anfang. Und du? Was macht dich besser als sie?«

»Was mich besser macht? Ich weiß nicht, über mich selbst etwas zu sagen ist schwierig ...«

»Versuche es, na los.«

Sie sah sich hilfesuchend um, doch von den grauen, nasskalten Wänden würde sie garantiert keine Hilfe bekommen. Astrid berührte unsicher die dicke Kette an ihrem Handgelenk. »Ich bin, glaube ich, im Job besser. Micha ist unkonzentriert und lässt sich schnell ablenken. Ich zieh die Sachen durch, auch wenn sie öde sind oder die Kundenwünsche sich nicht mit meinen Wunschvorstellungen decken.«

Bernhard schnalzte abfällig, was durch die Maske zu einem dumpfen Plopp verfälscht wurde. »Red weiter.«

»Sie ist verantwortungslos, kümmert sich lieber um sich selbst. Ihre eigenen Ziele sind ihr am wichtigsten.«

Ah, da kamen sie der Sache schon näher. »Meinst du, sie denkt jetzt genau so, nur an sich?«

»Nein … das heißt, ich weiß es nicht, vielleicht.«

»Wenn ich sie für etwas bestrafen würde und sie vor die Wahl stelle, ob sie es ausbadet oder du an ihrer Stelle, was glaubst du, würde sie tun?«

Astrid riss erschrocken die Augen auf. Sie antwortete nicht sofort, was ihn wahnsinnig freute. Er war auf der richtigen Spur. Mit einem Ruck stand er auf und war im Nu bei seiner Gefangenen. Astrid schrie und duckte sich, der schallenden Ohrfeige konnte sie dennoch nicht entgehen.

»Mit einem schönen Gruß von deiner Schwester«, sagte er höhnisch und verließ den Raum.

* * *

Micha horchte auf.

Waren das Schritte? Ja, dort kam jemand, ganz deutlich. Ihr Puls schoss hoch. *Ich werde ruhig bleiben und diesem Schwein keinen Grund geben, mir etwas zu tun,* beschwor sie sich. Sie dachte an all die schlimmen Situationen, die sie schon überstanden hatte, allen voran den Überfall in Tijuana, als ihr ein Räuber mit vorgehaltener Pistole alle Wertsachen entwendet hatte. Sie war ruhig geblieben und dadurch bis auf kleinere Blessuren nicht verletzt worden. Am gleichen Tag war ein anderer Tourist nur wenige Straßen entfernt erschossen worden. Vielleicht sogar vom selben Räuber.

Ich kann das, ich komme hier raus, dachte sie und biss energisch die Zähne aufeinander, bis die Kiefer wehtaten.

Sie erhob sich, blieb aber neben der Matratze stehen, darum bemüht, weder angriffslustig noch zu passiv zu wirken. Beides war nicht gut, hatte sie später herausgefunden, als sie nach dem Raubüberfall das Internet nach Antworten durchforstet hatte, was sie in solchen Gefahrensituationen besser machen könnte.

Der Entführer war jetzt direkt vor der Tür. Sie hörte ihn mit einem Schlüssel hantieren und dabei leise fluchen. Dann ging mit einem Mal das Deckenlicht an und flutete ihr kleines Gefängnis mit greller Helligkeit. Sie kniff die Augen zu Schlitzen zusammen und widmete ihre ganze Aufmerksamkeit der Tür, die in diesem Moment aufschwang.

Sie hatte alles erwartet: Bernhard, einen Mann mit einer Motorradsturmhaube, vielleicht sogar eine Frau. Keinesfalls aber eine Fuchsmaske aus Gummi, die aussah, als sei sie vom letzten Karneval übrig geblieben.

Ihr Verstand nahm die Abkürzung zu Horrorfilmen und Splattermovies mit maskierten Killern und Kettensägen, und ihr lief ein eisiger Schauer den Rücken hinunter.

Ihr Entführer trug ein klein gemustertes Oberhemd und Bluejeans, dazu Turnschuhe. Er wirkte auf den ersten Blick nicht wie ein Massenmörder. Andererseits war ihr bislang auch die Begegnung mit solchen erspart geblieben.

»Hallo, Michaela«, klang es gedämpft durch die Maske. »Willst du nicht um Hilfe schreien?«

Sie schüttelte den Kopf. »Ich denke nicht, dass mich hier jemand hört.«

Er ließ die Tür offen stehen, stieß sie sogar noch ein wenig weiter auf, sodass sie an ihm vorbei in einen langen, kahlen Gang sehen konnte. Bis auf zwei Metallkisten und einen Handkarren war er leer. An der Decke zog sich eine Reihe Halogenlampen entlang. Alle waren funktionstüchtig. Dieser Keller, oder was auch immer es war, schien regelmäßig gewartet zu werden. Ein Detail, das Micha die Hoffnung gab, im Fall einer gelungenen Flucht bald auf Hilfe stoßen zu können.

»Du bist sparsam gewesen«, sagte der Entführer und hob den Wasserkanister an, der noch zur Hälfte gefüllt war. »Alle drei Tage gibt es einen neuen.«

»Wie lange wollen Sie mich hierbehalten?«, erkundigte sie sich ruhig und bemüht höflich. Er sollte wissen, dass sie bereit war zu kooperieren und es keinen Grund gab, ihr Leid zuzufügen.

»So lange wie nötig«, gab er einsilbig zurück.

»Wollen Sie Lösegeld?« Allein die Frage kam ihr absurd vor. Wer sollte schon für sie zahlen? Ihre Eltern entstammten der bürgerlichen Mittelschicht, waren weder reich noch arm. Millionen würden sie jedenfalls nicht aufbringen können, um ihre Töchter auszulösen.

Der Mann schüttelte nur den Kopf und ging mit dem Kanister fort. Micha sah ihm nach, trat an die Tür, soweit ihre Fessel es zuließ, und sah hinaus. Am anderen Ende des Gangs war ein Lastenaufzug, auf einer Stahltür daneben war das grüne Zeichen für einen Fluchtweg angebracht.

Wenn sie es je aus der Zelle schaffte, musste sie dort entlang, aber bis dahin würde es noch dauern.

Micha sah sich hektisch um. In einem Winkel neben der Tür hatte sich Staub gesammelt. Sie fuhr mit dem Fuß hinein und schob Krümel und Spinnweben auseinander. Da glänzte etwas Metallisches! Ein krummer Nagel.

Hastig ging sie auf die Knie, doch sie konnte ihn mit der Hand nicht erreichen. Zumindest nicht, solange sie nicht an der Kette zog und deren gesamtes Gewicht nicht auf dem Boden, sondern auf ihrem verdrehten Handgelenk lastete.

Doch sie musste den Nagel haben, vielleicht bekäme sie das Schloss irgendwie damit auf. Ganz gleich, wie utopisch es auch war, sie musste es versuchen. Einen Schrei unterdrückend setzte sie die Kette unter Zug. In ihrem Handgelenk knackte etwas, und es tat höllisch weh. Aber jetzt reichte die Länge. Hastig griff sie nach dem Nagel und versteckte ihn unter ihrer Matratze.

Als der Maskierte mit dem vollen Kanister und einer durchsichtigen Plastiktüte voller Gemüse zurückkehrte, saß sie auf der Matratze und starrte unverfänglich vor sich hin.

In ihrem Handgelenk tobte der Schmerz. Es war so dick geschwollen, dass sich die Kettenglieder tief hineingruben. Sie versuchte das Pochen und Brennen zu ignorieren, so gut es ging.

In ihrer Situation war ein verrenktes Handgelenk das geringste Problem, daran würde sie nicht sterben. Ihr Entführer allerdings … Sie musste dringend herausfinden, warum er sie hier festhielt.

Er hatte sie nicht missbraucht, während sie ohnmächtig war, und hielt auch jetzt Abstand zu ihr. Zwar konnte Micha seine Mimik aufgrund der Fuchsmaske nicht sehen, aber auch so zweifelte sie daran, dass sie von einem Vergewaltiger festgehalten wurde.

Er war wieder weggegangen, um den Eimer, der ihr als Toilette diente, auszuleeren. Als er zurückkehrte, lehnte er sich gegen die Wand und betrachtete sie.

Michas Herz jagte, klopfte in ihrer Kehle und noch mehr in ihrer linken Hand. Jetzt würde etwas geschehen. Aber was? Die Ungewissheit war kaum zu ertragen.

»Du bist keine hysterische Kuh wie Astrid, nicht wahr?«, sagte der Maskierte plötzlich.

Micha rang ungläubig nach Atem. Also hatte er wirklich auch ihre Schwester in seiner Gewalt. Warum verriet er ihr das? Fieberhaft dachte sie nach. *Es war ein Gesprächsangebot.* Sollte sie darauf eingehen? Oder war es ein Fehler, ihn wissen zu lassen, wie wichtig Astrid ihr war? Sie entschied sich für eine möglichst unverfängliche Frage: »Geht, geht es ihr gut?«

»Besser als dir«, entgegnete er lakonisch, und sie war sich sicher, dass er unter seiner Gummimaske lächelte.

Es ekelte sie an. Und es machte ihr Angst.

Fieberhaft überlegte Micha, wie sie ihn überwältigen und sich befreien könnte. Sich und Astrid.

Eignete sich etwas in ihrem kleinen Gefängnis als Waffe? Höchstens der kleine Holztisch neben dem Bett, auf dem die Müslischale stand. Wenn sie ihn damit niederschlug, wenn es ihr gelänge, ihn zu überrumpeln …

Dann wäre ich immer noch hier unten angekettet. Nein, solange sie das Schloss nicht öffnen konnte oder sicher war, dass er ein Handy dabeihatte, mit dem sie die Polizei anrufen konnte, würde sie sich auf sein perverses Spiel einlassen müssen.

Er stand noch immer gegen die Wand gelehnt und sah auf sie hinab wie auf ein exotisches Insekt, das plötzlich in einer Zimmerecke auftauchte.

Micha versuchte seinem Blick zu begegnen, doch die Fuchsmaske machte es ihr unmöglich.

»Tut deine Hand weh?«, fragte er mit einem Mal.

Micha zuckte kaum merklich zusammen und sah dann auf ihr geschwollenes Gelenk. »Ja. Ich glaube, es ist etwas gebrochen.«

»Das ist dumm, jetzt sind eure Chancen nicht mehr ausgewogen.«

»Unsere Chancen? Wofür?«

»Wir werden herausfinden, wer von euch beiden besser ist. Zwillinge sind ein Fehler der Natur. Das ist vielleicht etwas für geklonte Mastrinder, aber nicht für Menschen. Menschen sind Individuen. Zumindest sollten sie es sein. Eine von euch ist ein Fehler, und wir werden gemeinsam herausfinden, welche.«

Er hatte ruhig gesprochen, doch seine Worte machten ihr fürchterlich Angst. »Wir, wir sind uns überhaupt nicht ähnlich«, stotterte sie.

»Nicht? Hast du schon mal in den Spiegel geschaut?« Er lachte. »Ihr habt sogar die gleiche Frisur!«

»Unser Geschmack ähnelt sich, aber wir sind vom Wesen her ganz unterschiedlich.«

»Ist das so?«, fragte er schnarrend. »Beweise es!«

»Wie soll ich das denn beweisen?«

Er zuckte mit den Schultern. »Ist nicht mein Problem. Lass dir etwas einfallen.«

Micha überlegte fieberhaft. Was war wohl die richtige Antwort? Gab es überhaupt eine oder brachte sie sich und ihre Schwester nur unnötig in Gefahr? Vielleicht waren die passenden Worte auch der Schlüssel zu ihrem Gefängnis. Wenn der Kerl nur merkte, dass Astrid und sie völlig unterschiedliche Personen waren, ließ er sie vielleicht frei. Sie hatte mehr Angst um Astrid als um sich selbst, wurde ihr klar.

»Meine Schwester ist viel zielstrebiger als ich. Sie hat ihr Studium in Rekordzeit durchgezogen. Ich hingegen …«

»Du bist kein Versagertyp, versuch nicht, mir das weiszumachen.«

»Das habe ich auch nicht gesagt, aber ich bin anders, und das wollen Sie doch hören, oder?« Sie wurde langsam ärgerlich, und es fiel ihr schwer, das zu unterdrücken. Ihre Nerven lagen blank.

»Ich will mehr über euch wissen, und zwar die Wahrheit. Warum hast du dir keinen anderen Beruf gesucht als sie, warum arbeitest du in derselben Firma wie deine Schwester? Seid ihr am Ende doch nicht so unterschiedlich?«, fragte er bissig.

»Beziehungen.« Micha atmete tief durch. »Wo hätte ich denn sonst ohne Uniabschluss eine Stelle bekommen sollen? Astrid hat ein gutes Wort für mich eingelegt.«

»Nur Vitamin B also?«

»Zumindest am Anfang, ja.«

»Aber jetzt hast du ihnen bewiesen, was du kannst.«

»Ich hoffe es. Hören Sie, was soll das alles hier?« Micha spürte, wie ihre Angst mehr und mehr in Wut umschlug, und es fühlte sich gut an.

»Ich will euch helfen, mehr nicht. Du wirst schon sehen, du wirst schon noch sehen, wie unendlich dankbar du mir sein wirst.«

Er stand auf. Wollte er etwa schon gehen? Wie viele Tage würde er sie diesmal hier unten verrotten lassen?

»Gehen Sie nicht! Reden Sie mit mir!« Sie sprang auf und rannte ihm hinterher. Die Kette spannte sich und riss sie zurück. Der Schmerz feuerte durch ihr Handgelenk, sie fiel auf die Knie und krümmte sich in Agonie.

Der Maskierte schlug die Tür zu und schloss ab. Seine Schritte wurden leiser.

* * *

Bernhard war aufgebracht. Das war nicht so gelaufen wie geplant.

Seit wann stellte die Entführte die Fragen und nicht der Entführer? Micha war eindeutig die Stärkere der beiden, das wusste er schon jetzt, doch sie begann seine Sympathien zu verspielen.

Erst einmal würde er dafür sorgen, dass die Bedingungen für beide gleich waren.

Bernhard sah sich im Flur nach einem passenden Werkzeug um und fand es schnell in einem Stück alten Messingrohrs, das er eigentlich schon seit einer Weile entsorgen wollte.

Als er in die Zelle kam, flüchtete Astrid wie ein erschrockenes Häschen, doch es gab keinen Bau, in dem sie sich verkriechen konnte.

»Astrid, Astrid, beruhige dich«, sang er und ließ es klingen wie ein Wiegenlied. Das Metallrohr in seiner Hand fühlte sich erstaunlich gut an. Er hatte noch nie jemanden geschlagen. Selbst für seinen Bruder war auf dem Dach nur ein ordentlicher Schubs nötig gewesen.

Aber das hier war etwas ganz anderes. Es war berauschend! Und das überraschte ihn.

Astrid presste sich an die Wand.

Er griff nach der Kette, mit der sie festgemacht war, und zog.

»Nein, nein, bitte. Tun Sie mir nichts, bitte!«

Ihr Gewimmer perlte von ihm ab. »Keine Angst, ich sorge nur für einen fairen Wettstreit. Fair, klingt das nicht gut?«

Sie hielt kurz inne und sah ihn fragend an. Für einen winzigen Moment kam offenbar Hoffnung in ihr auf.

Bernhard schlug erbarmungslos zu. Es knackte fürchterlich. Von dem Geräusch brechender Knochen wurde ihm flau.

Astrid begann zu kreischen. Ihre Stimme hallte in dem kleinen Kellerverlies wider. Seine Ohren schmerzten.

»Halt den Mund!« Am liebsten hätte er ihr noch eins übergezogen. Stattdessen ergriff er regelrecht die Flucht. Ihr Gekreisch war wirklich unerträglich. »Mit einem schönen Gruß von deiner Schwester«, rief er ihr noch zu, bevor er den Raum abschloss und mit einem triumphierenden Gefühl die Stufen hinaufging. Er fühlte sich beinahe so berauscht, als sei er frisch verliebt. Beschwingt, leicht.

Die Fuchsmaske behielt er noch auf, während er zusammenpackte. Als er sie abnahm, verflog ein Teil der Magie, und er wurde wieder Bernhard Hildebrandt, Chef eines kleinen Hausmeisterei-Betriebs. Er packte seinen Wagen, schloss ab und sah ernüchtert auf seine Liste.

Als Nächstes kam ein Mehrfamilienhaus an die Reihe. Treppenhauslampen wechseln. *Großartig.*

KAPITEL 8

Hauptwache Bochum

Bei einer Razzia war ein Lager mit über zweihundert gestohlenen Fahrrädern gefunden worden. Cornelias war nicht dabei. Sie hatte bei den Kollegen der Abteilung vorbeigesehen und war nun enttäuscht auf dem Rückweg, als sie ein zufällig mitgehörter Gesprächsfetzen innehalten ließ.

Sie sah sich um. An einem Tisch redete ein junger Mann auf einen Kollegen ein, der scheinbar nur mit halbem Ohr zuhörte. Die Geschichte seines Gegenübers nahm er nicht ernst. Cornelia verabscheute es eigentlich, sich in solche Gespräche einzumischen, doch diesmal war ihre Neugier geweckt.

»Entschuldigen Sie, wenn ich mich einmische, Herr Steen.«

Der blonde Beamte lehnte sich auf seinem Bürostuhl zurück. Er hatte ein weiches, sommersprossiges Gesicht und sah aus wie die personifizierte Gutmütigkeit. Jetzt blickte er sie an, als sei an einem langweiligen Tag endlich etwas Interessantes passiert. Nämlich sie.

»Ach, kein Problem, setzen Sie sich. Herr Lärch, das ist meine Kollegin Frau Arents.« Er erhob sich. »Ich hole eben Kaffee.«

Cornelia gab dem jungen Mann die Hand. »Habe ich das gerade richtig gehört? Sie möchten eine Vermisstenanzeige für ein Zwillingspaar aufgeben?«

Lärch, jung, dynamisch in Jeans und Sakko, rutschte näher

an den Schreibtisch heran. »Sie werden mir auch wieder nur sagen, dass ich mir keine Sorgen machen soll.«

»Was ist denn passiert?«

»Meine Freundin Astrid ist seit fünf Tagen fort. Sie ist mit ihrer Schwester in den Urlaub geflogen, nach England. Am Anfang habe ich mir auch keine Gedanken gemacht. Sie hat sich per SMS gemeldet, nur kurz, das wäre sicher bei vielen Frauen auch okay, aber nicht bei ihr. Auf Geschäftsreisen telefonieren wir jeden Abend, weil sie es so will. Ich sage das nur, damit Sie mich nicht für einen Kontrollfreak halten oder so.«

Der junge Mann errötete und strich sich die halblangen Haare zurück.

»Aber da hat Sie etwas irritiert?«

»Ja. Sie rief nicht an. Ich habe es bei ihr versucht, aber nichts. Dann habe ich ihre Schwester Michaela angerufen. Auch bei ihr: nichts. Nur kurze, einsilbige SMS. Seit gestern kommen nicht mal mehr die. Da habe ich angefangen, mir wirklich Sorgen zu machen. Ich habe dem Hotel geschrieben. Es ist eine winzige Pension in Wales, ich war auch schon einmal dort. So erfuhr ich, dass die beiden nie im Hotel angekommen sind. Angeblich haben sie per Mail abgesagt.«

»Und von Ihrer Freundin kamen SMS, die deutlich machten, dass sie dort sei?«

Er nickte und begann nervös am Ärmel seines Sakkos zu spielen. »Und jetzt sagen Sie mir nicht, dass sie fremdgeht. Astrid ist ein grundehrlicher Mensch. Wenn sie lügt, sieht man es ihr an der Nasenspitze an. Ich kann mir nicht vorstellen, dass sie so was durchzieht, vor allem nicht mit ihrer Schwester zusammen.«

»Das wäre in der Tat etwas merkwürdig. Haben Sie die beiden zum Flughafen gebracht?«

»Nein. Astrid hat bei ihrer Schwester übernachtet, weil sie

schon so früh raus mussten. Sie wollten sich entweder ein Taxi rufen oder ein Bekannter von Micha wollte sie fahren.«

Das klang alles irgendwie beunruhigend. Entweder betrog die Vermisste ihren Freund, und ihre Schwester gab ihr Rückendeckung, oder es war wirklich etwas passiert. »Kennen Sie diesen Bekannten?«

»Leider nein.«

»Waren Sie schon bei der Schwester Ihrer Freundin und haben nachgesehen, ob sie womöglich gar nicht weggefahren ist?«

Er sah sie ungläubig an. »Nein. Warum bin ich da nicht selbst drauf gekommen. Ich werde gleich vorbeifahren.«

»Falls Ihnen etwas merkwürdig vorkommt oder auf einen Einbruch hindeutet, fassen Sie nichts an und melden Sie sich sofort bei uns.«

»Geht klar.« Er sah an ihr vorbei. Steen war zurück und stellte drei Becher auf den Tisch. »Und? Was halten Sie davon?«

»Ich denke, wir sollten Herrn Lärchs Sorgen ernst nehmen. Machen Sie bitte eine Abfrage, ob die Schwestern am Flughafen angekommen sind und ihre Reise angetreten haben?«

»Ja, wird gemacht.«

»Herr Lärch kommt mit mir, und ich setze die beiden Vermisstenanzeigen auf«, sagte Cornelia.

»Denken Sie nicht, das ist ein wenig vorschnell?«, fragte Steen.

Sie schüttelte den Kopf. Nein. Sie war sich sicher, dass der junge Mann seine Freundin gut genug kannte, um sie richtig einzuschätzen. Und die Sache, dass die beiden Zwillinge waren, ließ ihr keine Ruhe. Noch würde sie davon allerdings weder Steen noch dem jungen Mann etwas sagen. Sie wollte sie nicht wegen einer kaum begründbaren Ahnung beunruhigen.

Während Steen telefonierte, ging sie mit Martin Lärch an ihren eigenen Schreibtisch. Der junge Mann gab ihr eine genaue Beschreibung der beiden Schwestern.

»Ich habe auch Fotos dabei.«

Er reichte ihr einen Umschlag. Die Bilder zeigten zwei junge, fröhliche Frauen, die sich wirklich erstaunlich ähnlich sahen. Genau wie bei den Feldmann-Zwillingen.

»Da sehen Sie, Michaela hat hier eine kleine Narbe, so können Fremde sie am leichtesten auseinanderhalten. Natürlich merken die beiden sofort, wenn jemand unsicher ist und genau hinsieht.« Er lächelte traurig.

Cornelia verabschiedete sich von ihm und versprach, sich zu melden, sobald es etwas Neues gab.

»Ich fahre dann jetzt zu Michas Wohnung und danach zur Arbeit. Aber ich gebe Ihnen auf jeden Fall Bescheid.«

Cornelia sah ihm kurz hinterher, dann betrachtete sie wieder die Fotos. Hoffentlich gab es wirklich keinen Zusammenhang zwischen den Schwestern und dem Fall Feldmann.

Minuten später rief Steen an. »Richtigen Riecher gehabt, Frau Arents, aber deshalb sind Sie ja auch bei der Kripo gelandet und nicht bei der Streife wie ich.« Er lachte. »Die Schwestern sind weder nach London geflogen noch sonst wohin. Sie haben nicht eingecheckt, und das Gepäck wurde auch nicht aufgegeben. Jetzt sagen Sie bitte nicht, ich soll alle Überwachungsvideos überprüfen.«

Cornelia seufzte. »Nein, ich denke, das bringt nichts. Wahrscheinlich sind sie nicht mal in die Nähe des Flughafens gekommen. Ansonsten gibt es für so etwas eine Gesichtserkennungssoftware. Sie müssten sich jedenfalls nicht alle Videos aus Düsseldorf anschauen.«

»Ein Hoch auf die Technik.«

»Ja, sicher. Vielen Dank, Herr Kollege. Wenn Sie nichts dagegen haben, würde ich mich auch weiterhin um diese Sache kümmern.«

»Klar, gerne. Ich ersticke eh in Arbeit.«

»Wer tut das nicht. Auf Wiedersehen.«

* * *

Alte Seilerei

Astrid wälzte sich auf ihrem Matratzenlager hin und her. Ihre Hand tat schrecklich weh. Noch nie im Leben hatte sie solche Schmerzen gehabt, und es gab keine Möglichkeit, ihnen zu entkommen.

Sie hatte versucht, den Bruch notdürftig zu verbinden. Alles, was sie dazu benutzen konnte, war ein Streifen des Bettlakens. Der beißende Schmerz schien mit jeder verstreichenden Stunde schlimmer zu werden. Und so sehr sie es auch versuchte, es gelang ihr nicht, der Pein durch Schlaf zu entgehen.

Das stete, glühende Pulsieren hielt sie wach, als stünde ein Folterknecht mit einer riesigen Trommel neben ihr.

Astrid wusste nicht, was sie noch tun konnte, um ihr Leid zu lindern. Vielleicht sollte sie die Hand kühlen.

Sie klemmte die Essensschüssel zwischen den Knien fest und wischte sie mit der gesunden Hand sauber. Dann füllte sie das Gefäß mit Wasser aus dem Kanister. Eine langwierige und verschwenderische Prozedur, wenn man nur eine Hand benutzen konnte.

Sie setzte sich wieder auf die Matratze, richtete die Taschenlampe aus, so dass ihr Schein bestmöglich Licht gab, und löste so vorsichtig wie möglich den Verband.

Der quälende Schmerz trieb ihr Tränen in die Augen. Sie kümmerte sich nicht weiter darum, ließ sie einfach laufen und entfernte Lage um Lage.

Bei der letzten Schicht schrie sie laut auf. Wimmernd betrachtete sie den offenen Bruch im milchigen Licht der Taschenlampe. Ein winziges Stückchen Knochen hatte die Haut durchstoßen. Die Haut drum herum war rot und schwarz verfärbt.

Was war ihr Entführer nur für eine Bestie! Womit hatte sie das verdient?

Astrid klemmte die Lampe zwischen die Knie und betastete die Wunde vorsichtig. Jede noch so leichte Berührung war allerdings sehr schmerzhaft. Eine Stelle war merkwürdig hell. Sie betastete sie sacht, da brach auch schon Eiter und Wundflüssigkeit hervor. Und es stank bestialisch.

Astrid wurde übel. Sie wandte sich ab und würgte, doch es kam nichts. Sie hatte schon den ganzen Tag vor Schmerzen nichts zu sich genommen. Nur widerstrebend sah sie die Verletzung wieder an. Ekelte sich.

Würde sie die Hand verlieren? Oder einfach hier unten in diesem dreckigen Loch krepieren? Wenn sie es nicht schaffte, die Wunde zu reinigen, standen ihre Chancen schlecht. Also musste sie sich überwinden. Vorsichtig, ganz vorsichtig, legte sie die Hand in die gefüllte Schale. Die Kälte tat wohl. Astrid wusch die Wunde, so gut sie es vermochte, und verband sie dann mit einem neuen Stoffstreifen.

Dann aß sie etwas, weil sie wusste, dass ihr Körper nun jedes bisschen Energie brauchen würde, und legte sich wieder hin.

Astrid fiel in einen fiebrigen Schlaf und träumte, ein überlebensgroßer Fuchs hacke ihr mit einer Axt die Hand ab. Als sie dann mit rasendem Herzen erwachte, fühlte sie sich wie in einem Glutofen. Sie trat die Decke von sich und presste die gesunde Hand auf den kühlen Boden. Das brachte kaum Erleichterung.

Sie hatte stark geschwitzt, alles klebte an ihr. Die Kleidung ebenso wie das Kopfkissen.

Astrid versuchte sich zu beruhigen. Fiebriges Pulsieren schien das Innere ihres Kopfs zu beherrschen und die Gedanken zu lähmen. Sie konnte es sehen. Rote Ringe, die sich im Rhythmus ihres Herzschlages weiteten und zusammenzogen. Dabei spielte es in der Dunkelheit ihres Gefängnisses keine Rolle, ob ihre Augen offen oder geschlossen waren. Sie rieb mit der gesunden Hand über ihr Gesicht, aber die Bilder ließen sich nicht vertreiben, sondern breiteten sich stattdessen aus wie Schwingungen auf einer Wasseroberfläche, wenn man Steine springen ließ. Sie versuchte die Erinnerung festzuhalten, wie sie damals mit ihren Eltern und Micha am Baldeneysee war. Eine Zeit lang waren sie jedes Wochenende dort gewesen, um zu picknicken und die Schwäne zu füttern, vor denen sie immer ein wenig Angst gehabt hatte.

Die Erinnerung ließ sich nicht festhalten. Astrid tastete nach der Taschenlampe und schaltete sie an. Nun war ihr Arm bis zum Ellenbogen hinauf feuerrot, und auf der Innenseite zeichnete sich schwach eine dunkle Linie ab.

* * *

Bernhards Haus

Bernhard war schrecklich wütend. Er hatte sich, verdammt noch mal, auf ein Wochenende bei den Schwestern gefreut.

Er wollte weit kommen, sie mindestens dazu bringen, dass sie einander genauso sehr hassten wie ihn.

Und jetzt das!

»Verdammte Scheiße!« Er trat die Tür des Badezimmers zu.

Irgendwo musste er doch noch Antibiotika haben. Nacheinander riss er die Schubladen eines Schränkchens auf und schleuderte alles hinaus, was ihm unwichtig erschien. Zahnpasta, Rasierschaum, alte ranzige Shampoos flogen in die Badewanne, dazu noch jede Menge abgelaufene Arzneimittel.

»Na endlich.« In der letzten Schublade, im hintersten Winkel, bekam er die ersehnte Packung in die Hand und gleich darauf noch eine. Er hatte sie vor einer Weile gegen Grippe bekommen und sich dann doch dazu entschlossen, es erst einmal ohne die Holzhammermethode zu probieren.

Es war zwar nicht die beste Lösung, aber Antibiotika halfen doch eigentlich immer, oder? Es war nicht umsonst das Wundermittel der modernen Medizin.

»Ich kann ja wohl schlecht in eine Apotheke gehen und etwas gegen offene Brüche verlangen«, schnaubte er.

Ausgerüstet mit einem großen Erste-Hilfe-Koffer, von denen sie in der Firma einige auf Lager hatten, fuhr er zurück zur alten Seilerei.

Astrid war kaum noch ansprechbar. Gegenwehr war von ihr nicht zu erwarten. Er verband sie, schmierte einfach Salbe auf den Riss in der Haut und flößte ihr ein Glas Wasser ein, in dem er zwei Tabletten aufgelöst hatte.

Sie schien ihn gar nicht mehr richtig wahrzunehmen. Wälzte sich hin und her, und wenn sie mal die Augen öffnete, waren sie fieberglänzend und sahen einfach durch ihn hindurch.

Immer wieder nuschelte sie zwei Namen: Micha und Bastian. Das musste wohl ihr Freund sein.

Schließlich ging Bernhard zu Michaela und ließ sich von ihr ein paar Fragen beantworten. Die richtige Stimmung wollte trotzdem nicht aufkommen.

Er hatte es versaut. Warum hatte er nur so fest zugeschlagen? Bernhard konnte sich vor lauter Sorge kaum auf seine zweite Geisel konzentrieren. Er hatte sein eigenes Experiment verdorben, verdorben, verdorben! Hoffentlich erholte sich Astrid bald wieder. Bis dahin würde er die Sache vertagen müssen.

* * *

Bochum – Zwei Tage später

Der Anruf hatte Cornelia aus dem Bett gerissen. Nun saß sie gähnend in ihrem Dienstwagen und fuhr dorthin, wo die Automatenstimme des Navis sie lotste.

Robin fuhr in einem zweiten Wagen hinter ihr her. Sie konnte ihn im Rückspiegel sehen, wie er sich mit Merve unterhielt.

Cornelia wusste nicht genau, was sie am Fundort erwartete. Nur so viel: Die Feuerwehr war zu einem Waldbrand ausgerückt, den sie schnell unter Kontrolle hatte. Nichts Ungewöhnliches in einem Spätsommer, wenn viele Jugendliche sich zu geheimen Partys im Wald trafen und unerlaubt Lagerfeuer anzündeten. Der Boden war relativ trocken, und was anfangs nur ein kleiner Spaß war, geriet schnell außer Kontrolle.

Normalerweise ergriffen die jungen Leute dann die Flucht, manche riefen sogar noch selbst die Feuerwehr.

Dieses Mal hatte es einen Toten gegeben, oder eine Tote. Die Leiche war so schwer verbrannt, dass es sich auf den ersten Blick angeblich nicht feststellen ließ.

Cornelia bog von einer Straße nach rechts in einen geschotterten Forstweg ein.

Ein Streifenwagen mit eingeschaltetem Blaulicht hielt unerwünschte Gaffer von der Weiterfahrt ab. Dahinter parkte ein grüner Geländewagen von der Forstverwaltung.

Cornelia drosselte das Tempo und wurde von den Kollegen durchgewunken. »Zweite rechts«, rief man ihr zu.

Ihre Scheinwerfer schweiften über dicke, verdrehte Stämme. Die Buchen beiderseits der Straße waren sicher schon über hundert Jahre alt. Ein seltsamer Nebel waberte zwischen den Stämmen. Und dann roch sie es auch schon. Verkohltes Holz. Eigentlich angenehmer Lagerfeuergeruch, den sie in den nächsten Wochen immer wieder mit angesengtem Fleisch und tiefen Brandwunden in Verbindung bringen würde.

»Verdammt«, fluchte sie leise. Sie war ausgerechnet an diesem Abend bei ihren Eltern zum Grillen eingeladen. Ihr Vater feierte seinen Geburtstag nach. Und er würde es sich von seiner Tochter nicht ausreden lassen, den ganzen Abend lang vor seinem teuren Weber-Grill zu stehen und Schweinenackensteaks von links nach rechts zu drehen.

Cornelias Magen übte sich schon bei der Vorstellung davon in Protest und zog sich so sehr zusammen, dass es sich anfühlte, als habe sie einen Stein im Bauch. Die altbewährte Taktik ihres Körpers, mit den Tücken ihres Berufs klarzukommen. Jetzt machte es auch nichts mehr, dass sie keine Gelegenheit zum Frühstücken gehabt hatte.

Cornelia schlug das Lenkrad ein. Vor ihr wurde der Wald von Blaulicht und Fahrzeugscheinwerfern erhellt.

In diesem Gebiet waren die Baumstämme nicht mehr braun, sondern schwarz. Von manchen platzte die Rinde und entblößte darunterliegende, helle Holzschichten. Harz quoll wie Blut hervor. Hier hatte das Feuer nicht die Wipfel erreicht. Die Kronen waren grüngelb, die Blätter an den unteren Ästen hatten sich aufgrund der Hitze zusammengerollt und trudelten nun einzeln oder in kleinen Scharen zu Boden.

Cornelia parkte den Wagen und stieg aus.

Der Brandgeruch war allgegenwärtig, Ascheflocken trieben im Wind. Cornelia griff ins Handschuhfach und schob sich Einmalhandschuhe und eine Gesichtsmaske aus Papier in die Jackentasche. Vielleicht würde sie die Maske brauchen.

Ein Feuerwehrmann marschierte auf sie zu. Er musste sie sofort bemerkt haben.

Sie kannte ihn, hatte ihn in den vergangenen Jahren schon häufiger gesehen. Cornelia fluchte innerlich. Warum kann ich mich nur so schlecht an Namen erinnern!

Der Mann hatte dunkle Haare und trug einen Schnurrbart, in dem sich die ersten grauen Haare zeigten. Links viel mehr als rechts, was sein breites Gesicht immer ein wenig schief aussehen ließ. Er war einer der Einsatzleiter der Bochumer Feuerwehr, so viel wusste sie zumindest noch.

»Frau Arents, ich denke, Sie brauchen wir hier.« Er streckte ihr die Hand entgegen, fast schon eine Pranke.

»Herr …«

»Schimmel«, ergänzte er und sah sich ernst um.

Jetzt traten auch Robin und Merve hinzu und begrüßten den Oberbrandmeister.

»Also, was haben wir?«, forderte Cornelia ihn auf.

»Ich erkläre es Ihnen unterwegs.« Er schleuste sie an zwei Löschfahrzeugen vorbei, wo Feuerwehrmänner und auch eine Frau dabei waren, zusammenzupacken. Einige reinigten ihre Masken, andere rollten die Schläuche ein und säuberten sie vorher sorgfältig von Sand und Schmutz.

»Wie Sie sehen, war es ein kurzer Einsatz für uns. Wir hatten das Feuer schnell unter Kontrolle. Bis zu unserer Ankunft war fast nur die Laubschicht und Totholz betroffen. Die Bäume stehen noch zu sehr im Saft, da muss so ein Feuer erst ein wenig in Fahrt kommen und mehr Hitze entwickeln. Das ist gut für die Forstwirtschaft, es entstand kaum Sachschaden.«

Sie liefen durch eine dicke Schicht aus Asche und verkohlten Hölzern. In kleinen Senken hatte sich Löschwasser gesammelt. Wo es trocken war, wirbelte jeder Schritt Asche auf. Merve, die als Letzte ging, hustete bereits. Cornelia brannten die Augen, und auch Robin blinzelte häufig. Nur Oberbrandmeister Schimmel schien es nichts auszumachen. Unbeirrt setzte er seinen Bericht fort.

»Es war fast windstill, der Brand breitete sich dementsprechend fast gleichmäßig aus. Wir haben an zwei Fronten mit den Löscharbeiten begonnen, um gefährdete Bereiche zuerst zu sichern.« Er wies nach rechts, wo der Wald dicht mit jungen Bäumen bewachsen war. Der rabiate Kampf ums Licht hatte einigen so sehr zugesetzt, dass sie abgestorben und trocken zwischen den anderen standen.

»Stangenholz ist sehr anfällig«, sagte Schimmel. »Als die beiden Trupps in der Mitte ankamen, bemerkten sie die Leiche. Anscheinend war sie im Zentrum des Feuers. Da wir auf den ersten Blick weder einen Grill noch typische Spuren eines Lagerfeuers erkennen konnten, gehen wir bei jetziger Sachlage davon aus, dass der Brand sich von der Leiche her ausbreitete. Alles spricht für Brandstiftung.«

»Also hat jemand versucht, einen Toten zu entsorgen, indem er ihn oder sie im Wald anzündete«, folgerte Cornelia.

»Oder lebend«, warf Robin ein.

»Oder lebend. Gibt es Spuren eines Brandbeschleunigers?«

»Unsere Experten arbeiten daran, wir wollten mit den Proben aber auf Sie warten.«

»Vielen Dank.« Jetzt konnte Cornelia den Fundort sehen. Die Feuerwehr hatte den Bereich bereits abgeflattert.

Zwei Feuerwehrleute standen außerhalb des rot-weißen Bandes und tranken Kaffee aus einer Thermoskanne.

»Meine Herren, wenn es hier nichts mehr zu tun gibt, zurück zum Einsatzwagen«, ermahnte Schimmel sie, und die beiden Männer trollten sich.

Ein weiterer Mann war anwesend. Er trug Handschuhe und beugte sich über einen Koffer, in dem Cornelia Tüten und allerlei Behältnisse erkennen konnte.

»Das ist Herr Pawelski. Er wird Ihnen hoffentlich später sagen können, ob Brandbeschleuniger im Spiel war.«

Der Mann kam zu ihnen und gab ihnen nacheinander die Hand. Er war relativ klein, hatte graues Haar mit einer Halbglatze und sah aus, als würde er recht viel Zeit im Labor oder vor dem Fernseher verbringen.

»Ich fürchte, wegen der Löscharbeiten werden Sie nicht mehr viel finden. Der Boden ist ziemlich aufgewühlt. Die Kollegen haben erst sehr spät gemerkt, dass es sich um einen Körper und nicht um einen Baumstamm handelte«, sagte Pawelski.

»Nachvollziehbar«, meinte Robin nur und nickte.

Die Feuerwehrleute wechselten einen erleichterten Blick, als hätten sie erwartet, zusammengestaucht zu werden.

»Ich überlasse das Feld dann Ihnen.« Der Einsatzleiter hob zum Abschied die Hand und marschierte zu den Löschfahrzeugen zurück.

Cornelia zog Handschuhe an, reichte auch Merve ein Paar und duckte sich unter dem Flatterband hindurch.

»Kann ich Proben nehmen?«, erkundigte sich Pawelski.

Sie nickte und ging neben der Leiche in die Hocke. Sie lag auf dem Bauch, die Arme seltsam angewinkelt, die Hände, oder das, was von ihnen übrig war, zu Klauen gekrümmt. Das Gesicht war so sehr verbrannt, dass die Wangenknochen bloß lagen. Die Nase fehlte, die Augen waren nur noch tiefe Höhlen, aus denen schaumige Flüssigkeit lief. Cornelia versuchte, den Geruch von angebranntem Fleisch zu ignorieren. »Ich sehe keine Spur von Bekleidungsresten«, sagte sie und atmete dabei so flach wie möglich. »Es könnte ein Mann oder eine Frau sein.«

»Mehr wird uns wahrscheinlich erst der pathologische Befund sagen können.« Robin verschränkte die Arme vor der Brust. »Auch über den Täter, falls es einen gibt, wird uns die Leiche wohl am meisten Auskunft geben. Schau dir das an. Alles zerwühlt. Die haben mit ihrem Wasserstrahl alles meterweit verspritzt.«

»Nichts mehr in situ, das denke ich auch. Aber schau.« Sie wies mit dem Finger auf einige verkohlte Stöckchen und Rundhölzer, die kreuz und quer unter der Leiche lagen. »Offenbar wurde darunter Reisig aufgeschichtet. Ein deutlicher Hinweis auf Fremdeinwirkung. Vielleicht finden wir da etwas, sobald der Körper abtransportiert wurde.« Cornelia erhob sich und war froh, erst einmal nicht mehr auf das verbackene, aufgeplatzte Fleisch blicken zu müssen.

»Schauen wir uns ein wenig um, bis der Fotograf hier ist. Vielleicht gibt es ein paar Kleinigkeiten, die das Feuer verschont hat. Und irgendwo muss auch das Reisig herkommen.«

Sie verteilten sich und begannen die verkohlte Laubschicht zu untersuchen. Merve vermeldete als Erste und bedauerlicherweise auch als Einzige einen Fund. Es war ein altes, klobiges Taschenmesser, das so eine dicke Rostschicht aufwies, dass es mit Sicherheit schon Jahre im Freien gelegen hatte. Das Feuer hatte den Plastikgriff schmelzen lassen.

»Wahrscheinlich hat es jemand beim Pilzesuchen verloren«, sagte sie enttäuscht, steckte es aber trotzdem in eine Tüte und markierte den Fundort.

Der Rauch des Brandes hatte sich schon fast völlig verzogen, als man mit den Fotos vom Fundort fertig war. Der Pathologe Dr. Mirko Goldhagen traf genau rechtzeitig ein.

Robin bemerkte ihn als Erster.

»Dann sind wir jetzt weg«, meinte er schlicht, und Cornelia glaubte, ihren Ohren nicht zu trauen. »Das ist jetzt nicht wahr!«

»Gibt noch genug anderes zu tun, und ich hab diese Woche schon eine Leiche gehabt. Du bist dran.« Er ließ sich auf keine weitere Diskussion ein, und Cornelia wusste auch, warum. Es war seine ganz eigene perfide Art, sich an ihr für die Beschwerde bei der Dienstaufsicht zu rächen. Damit musste sie jetzt wohl klarkommen. »Na, dann macht euch noch einen schönen Tag«, gab sie schnippisch zurück.

Merve blickte bedauernd zurück und fragte sich jetzt vermutlich, wo sie da wohl reingeraten war.

Cornelia wandte sich unterdessen dem Pathologen zu. »Morgen, Mirko.«

»Das heißt *guten* Morgen, guuten, Conny.«

»Ja, ja. Wo ist dein Assistent?«

»Der steckt bis über beide Ohren in Arbeit. Willst du Details?« Er grinste diabolisch.

»Nein, danke, darfst du mir gerne ersparen. Das, was wir hier haben, reicht völlig.«

»Ich hörte was von Barbecue.«

Cornelia verzog nur den Mund. »Komm mit und sieh es dir selbst an. Fotos sind schon gemacht worden, es steht dir frei, weitere anzufordern. Da der Fundort nur noch Asche ist, wird es an dir hängen bleiben, so gut wie alle Fragen zu beantworten.«

Mirko verschaffte sich einen kurzen Überblick, dann breitete er eine Plastikfolie aus. »Wir drehen sie um, und zwar so, dass sie direkt auf der Folie zu liegen kommt. Ich will kein Gewebe verlieren.«

Cornelia nickte nur und stellte sich ans Fußende.

»Auf drei und vorsichtig.«

Sie schafften es gemeinsam. Cornelias Magen zog sich noch ein Quäntchen mehr zusammen. Erstaunlich, dass das überhaupt noch möglich war.

Während sich Mirko der verkohlten Leiche widmete, ließ Cornelia Fotos von den aufgeschichteten Stöcken machen, auf die man sie gebettet hatte. Erst dann schob sie die verkohlten Reste vorsichtig auseinander und suchte nach Hinweisen.

»Bingo«, murmelte sie schließlich, als ein geschwärztes Zippo-Feuerzeug aus einem Aschehäufchen rutschte. Sie fasste es ganz vorsichtig an den Kanten und ließ es in eine Tüte gleiten.

»Weiblich!«, vermeldete der Pathologe im nächsten Moment.

Cornelia wandte sich um. »Sicher?«

»Eindeutig. Auf den ersten Blick zwischen zwanzig und Mitte dreißig.« Er leuchtete der Toten mit einer kleinen Taschenlampe in den geöffneten Mund. »Sie war auf jeden Fall beim Zahnarzt. Gute Arbeit. Wenn wir Glück haben, finden wir heraus, wer es ist.«

»War sie tot, als sie angezündet wurde?«

»Kann ich jetzt noch nicht sagen. Die Positionierung der Extremitäten deutet zumindest eher auf Reglosigkeit. Sie war entweder bewusstlos oder tot. Die Handhaltung kommt von der Hitzeeinwirkung, kennst du sicher auch vom Fleischbraten, die Sehnen verkürzen sich und …«

»Halt den Mund, Mirko.«

Seine Mundwinkel zuckten, als er sich anschickte zu grinsen, unterdrückte es aber noch rechtzeitig, als er sah, wie weiß sie geworden war. Im nächsten Moment klingelte sein Handy.

Cornelia hielt Abstand, während er telefonierte.

Der Wald besaß noch immer etwas sehr Gespenstisches, obwohl sich der meiste Rauch verzogen hatte und die Sonne durch das welke Blätterdach schien. Zwischen den Stämmen konnte sie in einiger Entfernung unversehrten Wald erkennen. Dicht und grün, mit wenigen herbstlichen Farbtupfern. Dort, wo sie stand, war alles schwarz oder grau, als hätte eine unheimliche Kraft die Farbe hinausgesogen. Selbst ihre Bluejeans wies mittlerweile eine eher graue Tönung auf. Jede Bewegung wirbelte neue Asche auf.

Cornelia bemerkte einen Eichelhäher, der in der Nähe über den verwüsteten Boden stolzierte und etwas im Schnabel trug. Eine Buchecker oder Eichel vielleicht. Er sah in ihre Richtung und legte in einer scheinbar fragenden Geste den Kopf auf die Seite. Überlegte er, ob von ihr Gefahr drohte? Offenbar konnte sie ihn von ihrer Harmlosigkeit überzeugen, denn der Vogel begann eifrig verkohlte Blätter und Asche zur Seite zu schieben, dann hämmerte er die Nuss in den Boden und schaufelte etwas Asche darüber. Mit einem triumphierenden Krächzen erhob er sich in die Luft. Cornelia sah kurz die blauen Flügel aufblitzen, dann verlor sie ihn aus den Augen.

Es war das erste Schöne, was sie an diesem Morgen sah. Dieses verbrannte Land würde nicht lange schwarz bleiben.

Und jetzt, da sie darauf achtete, bemerkte sie überall kleine Vögel und anderes Getier, das die verkohlten Stämme zurückeroberte.

»Du lächelst«, stellte der Pathologe fest und baute sich vor ihr auf.

Cornelia überlegte kurz, ihm von ihrer Beobachtung zu berichten, dann verwarf sie den Gedanken. Der Eichelhäher, der das Leben zurück in den Wald brachte, war ihr kleiner, kitschiger Schatz. »Kann jedem mal passieren«, erwiderte sie daher nur.

»Das am Telefon waren gerade die Bestatter, sie haben sich ein wenig verfahren, sind aber gleich da. Die bringen die Tote dann zu mir ins Institut.«

»Gut, bekomme ich heute schon Ergebnisse von dir?«

»Ich schneide sie gleich auf. Mündlich bekommst du auf jeden Fall etwas, schriftlich …« Er zuckte mit den Schultern. »Ich gebe heute Abend noch ein Seminar zum Thema *Degenerative Hirnerkrankungen, Infarkte und Tumore.* Könnte dir auch gefallen.«

»Na ja, wohl eher nicht.«

»Aber was du tun könntest: Such alle vermissten Frauen der letzten Wochen raus, die in das Altersraster passen. Fang mit denen aus der näheren Umgebung an. Ich mache als Allererstes eine Röntgenaufnahme von ihrem Kiefer, dann können wir abgleichen. Lass dir von den Ärzten die Daten mailen. Vielleicht können wir ihr so ihre Identität zurückgeben.«

»Das wäre schön.«

***

Cornelias Wohnung

Cornelia hatte fast eine halbe Stunde geduscht, bis ihre Haut krebsrot war und ihr Bad sich, nein, eigentlich die ganze Wohnung, in ein tropisches Biotop verwandelt hatte. Selbst der große Ficus im Wohnzimmer hatte feucht glänzende Blätter.

Die Verspätung nahm sie gerne in Kauf. Ihre Eltern waren ihre Unpünktlichkeit gewohnt, mussten sie doch froh sein, wenn sie überhaupt an den wichtigsten Feiertagen anwesend war. Sogar die letzten beiden Weihnachten hatte sie auf der Wache verbracht. Am Fest der Liebe geschahen statistisch gesehen die meisten Morde und Selbstmorde.

Cornelia schlüpfte in ein dunkelgrünes Strickkleid, das ihr rotes Haar besonders gut zur Geltung brachte. Ihre Mutter Heidi nannte es immer ihr Waldhexenkleid.

Sie brauchte Wohlfühlkleidung, um genügend Abstand von der Arbeit zu bekommen. Beinahe hätte sie den Umschlag vergessen, in dem das Geschenk für ihren Vater steckte. Zum Einkaufen hatte sie wie immer keine Zeit gefunden, und so waren es Gutscheine für einen Abend im Essener Varieté GOP geworden.

Die Fahrt zum Haus ihrer Eltern dauerte mit dem Auto nur fünf Minuten. Normalerweise wäre sie an einem lauen Abend wie diesem mit dem Fahrrad gefahren, doch das war ihr ja gestohlen worden.

Cornelia versuchte, den Ärger nicht an sich heranzulassen.

Als sie parkte, hörte sie die anderen bereits im Garten lachen. Die Stimmen klangen ein wenig zu laut, wie bei vielen Menschen, wenn sie Alkohol getrunken hatten.

Das Einfamilienhaus stammte aus den Siebzigerjahren, ein schlichter, schmuckloser Kasten, der allerdings durch den liebevoll gestalteten Garten aufgewertet wurde.

Neben der Haustür hatte ihr Vater sorgfältig Holzscheite aufgestapelt. Cornelias Kindheitserinnerungen waren voll mit gemütlichen Abenden vor dem Kamin, wo sich die gesamte

Familie versammelte, um zu lesen oder Gesellschaftsspiele zu spielen. Ihre Mutter besaß eine riesige Spielesammlung.

Cornelia sparte sich das Klingeln und ging direkt in den Garten. Das Holztürchen stand bereits einladend offen.

»Conny, wir dachten schon, du kommst nicht mehr!«, rief ihre Mutter. Cornelia lief einen sorgfältigen Bogen um den heftig qualmenden Grill und ließ sich umarmen.

»Gab viel zu tun, jetzt bin ich ja hier. Sieht schön aus mit den Lampions in den Bäumen.«

»Ja, nicht wahr? Die sind mit Solarzellen, stell dir vor. Was heute nicht alles möglich ist!«

Cornelia machte die Runde und begrüßte die Freunde ihrer Eltern mit Handschlag. Ihr Bruder Markus stand auf und drückte sie lange. Er hatte wie sie rote Haare, die er sich zu einem kurzen Stoppelschnitt rasierte, weil er die Farbe so scheußlich fand. Auch zum Geburtstag ihres Vaters hatte er nicht auf ein nerdiges T-Shirt verzichten können. *It's dangerous to go solo, take a wookie with you* – stand darauf.

»Star Wars? Schon wieder?«, fragte sie.

Er grinste. »Ich bin Informatiker, ich darf das. Du trägst ja auch Amtsfarben.«

»Wir haben schon seit einer kleinen Ewigkeit blaue Uniformen, Bruderherz, abgesehen davon trage ich nie eine.«

Cornelia sah sich um. »Wo ist das Geburtstagskind?«

»Holt wahrscheinlich mehr Fleisch aus der Garage. Da steht jetzt ein Zweitkühlschrank für Notfälle. Vorräte sind wichtig. Die Zombie-Apokalypse kann jederzeit …«

»Ich hab dich auch vermisst, du Spinner«, sagte Cornelia lachend und ging sich etwas zu trinken holen. Dass Markus gekommen war, erleichterte sie sehr. Sonst würden die Freunde ihrer Eltern wieder die üblichen Fragen herauskramen, die sie schon immer einer Polizistin stellen wollten, oder sie baten um irgendwelche Schauergeschichten, passend für den kleinen Nervenkitzel zum Bier.

Ihr Vater steuerte mit einem Tablett auf sie zu, auf dem sich rohe Steaks, Würste und Schweinebauch stapelten.

»Herzlichen Glückwunsch, alter Mann«, sagte sie lachend und küsste ihn auf die Wange. »Nur noch ein Jahr bis zum Ruhestand.«

»Damit mich mein Weib dann rund um die Uhr terrorisieren kann, großartig. Was soll ich für dich auf den Grill legen?«

Cornelia musterte die rosarote Palette und dachte: *Körperteile.* »Nichts, danke.«

»Nichts? Mach deinen Vater nicht unglücklich. Bist du jetzt doch ganz unter die Vegetarier gegangen? Heidi hat für den Notfall auch Grillkäse da.«

Cornelia verschränkte die Arme. »Gar nichts vom Grill, sei mir nicht böse. Für mich gibt es heute nur kalte Platte.«

Ihr Vater sah sie ernst an, dann nickte er. »Berufsbedingt«, meinte er nur.

»Genau. Es tut mir leid.«

»Kein Problem, in der Küche steht tonnenweise Salat.«

»Großartig!«

Der Abend verlief besser als erwartet. Markus' gute Laune war einfach ansteckend, und er lenkte das Gespräch nicht ein einziges Mal auf ihren Job. Stattdessen berichtete er ihr von den Marotten seiner Kollegen und der Überlegung, sich demnächst ein Terrarium voller Rennmäuse anzuschaffen.

Gegen halb elf klingelte ihr Diensthandy.

Cornelia erhob sich und ging zum Telefonieren in den hinteren Teil des Gartens, wo der Rasen bereits feucht vom Nachttau war.

»Arents«, meldete sie sich knapp.

»Pawelski hier, von der Feuerwehr, Brandermittlung. Ich dachte, ich sage Ihnen persönlich Bescheid. Ich habe die Erdproben durch einige Tests laufen lassen. Wir haben eindeutige Hinweise auf Brandbeschleuniger. Den Rückständen nach Benzin. Ich schätze, ungefähr zwei bis drei Liter. Ein kleiner Reservekanister voll. Die detaillierte Analyse faxe ich an Ihr Büro.«

»Vielen Dank, Herr Pawelski.«

»Ist mein Job. Einen schönen Feierabend dann.«

»Den wünsche ich Ihnen auch.«

Cornelia steckte ihr Handy ein und legte den Kopf in den Nacken, um die Lampions zu betrachten, die ihre Mutter in den alten Apfelbaum gehängt hatte.

So schnell war die Arbeit wieder zurück in ihrer Freizeit. Trotzdem war sie froh, dass sich der Brandermittler noch so spät bei ihr gemeldet hatte. So wusste sie ihre Vermutung nun bestätigt. Zur Identität der Toten hatte sie bislang noch nichts herausgefunden. Es gab siebzehn Vermisste aus der näheren Umgebung, die in das Altersraster passten. Sie hatte viel herumtelefoniert und gemailt, um die Zahnarztdaten anzufordern. Nicht jeden Arzt hatte sie erreicht, und mancher hatte nur alte, nicht digitalisierte Unterlagen. Frühestens am nächsten Tag würden sie mit dem Abgleich beginnen können. Dann musste sie auch wieder nach Essen in die Rechtsmedizin. Ihr Chef Reinle hatte ihr die Leitung der MK Waldbrand übertragen. Ihr Team bestand bislang nur aus ihr selbst, Merve und Robin, der sich allerdings noch um zwei weitere Fälle kümmerte und nur sporadisch dazustoßen sollte. Ein Glück. Zwischen ihnen herrschte Eiszeit, oder schlimmer noch, kalter Krieg.

* * *

KAPITEL 9

Alte Seilerei

Die Sache mit dem Nagel war ein absoluter Reinfall gewesen. Micha hatte versucht, damit das Schloss aufzubekommen. Erreicht hatte sie nichts. Mehrfach war sie abgerutscht und hatte die Spitze in ihre Haut gestochen, bevor ihr improvisiertes Werkzeug schließlich so stumpf war, dass sie es nicht mehr einsetzen konnte.

Es war erstaunlich, wie sehr diese kleine Niederlage in einer sowieso schon aussichtslosen Situation ihre Stimmung ins Bodenlose stürzen ließ. Resignation machte sich breit, dabei war es genau das, was sie sich von Anfang an vorgenommen hatte zu vermeiden.

Sie durfte den Mut nicht verlieren.

Ihr Entführer hatte immerhin nicht versucht, sie zu berühren. Er gab ihr genug zu essen und zu trinken, wenngleich ihr Müsli mittlerweile zum Hals heraushing und sie es, falls sie je wieder freikam, nie wieder essen könnte.

Aber was, verdammt, hatte der Typ eigentlich mit ihnen vor? Sie gefangen halten wie ein exotisches Haustier? Und was würde passieren, wenn er die Lust daran verlor, alle paar Tage nach ihr zu sehen und ihr unsinnige Fragen über ihre Kindheit zu stellen? Brachte er sie dann um, oder würde er sie freilassen? Vielleicht auch einfach nicht mehr wiederkommen und sie hier langsam ihrem Tod entgegensiechen lassen?

Noch immer rationierte Micha Wasser und Essen genau. Und jeden Tag machte sie ein wenig Sport.

Zwar gab es keine Möglichkeit, die Zeit zu messen, aber Michaela war sich sicher, schon mindestens eine Woche hier gefangen zu sein. Noch eine weitere und in der Welt da draußen würde man ihre Rückkehr erwarten.

Die Familie würde beginnen, sich Sorgen zu machen, oder tat es vielleicht jetzt schon? Mit viel Glück würde jemand sie finden.

Micha betastete ihr Handgelenk. Sie musste nicht die Taschenlampe einschalten, um zu wissen, dass die Schwellung zurückging. Die Kettenglieder schnitten nicht mehr in die Haut. Die Verletzung tat noch immer weh, aber mittlerweile hatte die Heilung eingesetzt.

Sie wollte nichts überstürzt versuchen, um sich nicht zu verletzen, aber vielleicht würde die Schwellung so weit verschwinden, dass sie die Kette mit etwas Gewalt über die Hand streifen könnte. Das musste geschehen, wenn ihr Entführer im Zimmer war und die Tür offen stehen ließ.

Sie malte sich aus, wie sie ihm mit dem Tischchen eins überzog und dann einfach hinausrannte, hinaus in die Freiheit. Sie würde Astrid suchen und finden, und dann würde alles wieder gut.

Die Vorstellung erregte sie derart, dass sie aufstand und dreißig Kniebeugen machte. Nur nicht schwach werden, eine Flucht, die misslang, weil sie nicht schnell genug lief oder auf halber Strecke schlapp machte, könnte sie sich niemals verzeihen.

* * *

Essen Uniklinikum, Pathologie

Cornelia stand vor der Lichtwand und betrachtete die Röntgenbilder. Links war das von der Toten, rechts klemmte Mirko Goldhagen nacheinander die Aufnahmen fest, die sie mitgebracht hatte. Bislang gab es keine Übereinstimmung. Nicht mal annähernd.

»Das wäre ja auch zu einfach gewesen«, seufzte sie.

»Nun denn, ein paar fehlen ja noch. Wenn deine Kollegin sie wirklich sofort hierher weiterleitet …«

»Auf Merve ist Verlass, denke ich zumindest … Sie ist ja neu.«

»Macht einen sympathischen Eindruck«, sagte er, und sie wechselten einen langen Blick. Manches blieb besser ungesagt. So auch, dass Merve Sabrina, deren Stelle sie übernommen hatte, niemals ersetzen konnte. Sabrina, die Cornelias Partnerin gewesen und bei einem gemeinsamen Einsatz ermordet worden war. Erstickt, mit dem Gesicht in eisigem Schlamm.

»Ja, sie ist nett. Ich sehe mal nach, ob mehr Infos gekommen sind.« Cornelia lief den kurzen Gang hinunter zu Dr. Goldhagens Büro und versuchte, ihre Trauer wieder an den Ort zu verbannen, wo sie ihren Alltag nicht beeinträchtigen würde. Sie musste funktionieren.

»Sehr schön«, sagte Cornelia, als sie den Blätterstapel sah, der sich unter dem Drucker angesammelt hatte. Das widerspenstige Gerät warf die einzelnen Seiten offenbar im hohen Bogen heraus.

Sie klaubte sie vom Boden auf und kehrte zu Goldhagen zurück. »Das ist ja eine Teufelsmaschine!«

»Ich hab dich noch warnen wollen, aber da warst du schon weg. Klemm die Seiten mal da an.«

Cornelia hängte das erste Bild auf, dann wurde sie stutzig. Das zweite … »Schau mal, das sieht aus, als würde es passen.«

»Ja, du hast recht. Astrid Fischer, das Alter passt auch.«

Cornelia lief es eisig den Rücken hinunter. »Verdammt, wenn das wahr ist, dann haben wir es womöglich nicht nur mit einer, sondern zwei Toten zu tun! Sie und ihre Zwillingsschwester wurden vor drei Tagen als vermisst gemeldet, sind aber offenbar schon über eine Woche weg.«

»Gehen wir rüber, ich klär dich über die Todesursache auf. Dann weißt du, was du den Eltern sagen kannst.«

Cornelia folgte Goldhagen in den Sektionsraum, wo die verkohlte Leiche auf einem Metalltisch lag.

»Verbrennungen dritten Grades an hundert Prozent des Körpers, aber das weißt du schon. Sie starb nicht an dem Feuer, die Lunge war normal und ohne Inhalationstrauma, also weder eingeatmete Rußpartikel noch verbranntes Gewebe. Der Todeszeitpunkt liegt circa zwölf bis vierundzwanzig Stunden vor dem Feuer. Ihr Körper hat sich selbst vergiftet.«

Cornelia sah ihn verwundert an. »Sie hat sich vergiftet?«

»Ja, schau hier, was siehst du?« Er wies auf ihr Handgelenk. Es hatte eine seltsame Form. Cornelia musste sich näher heranbeugen, um mehr zu erkennen, und sofort stieg ihr wieder der Geruch von verkohltem Fleisch in die Nase.

»Schaut da ein Stück Knochen raus?«

»Gut bemerkt. Sie hatte einen offenen Bruch, der augenscheinlich nicht medizinisch versorgt worden ist. Sie bekam eine Sepsis. Blutvergiftung. Die Thrombozytenzahl ist rapide abgefallen. Ihre Nieren haben versagt, die anderen Organe waren stark angeschwollen. Im Blut habe ich Reste von Antibiotika gefunden, aber die konnten sie in dem Stadium auch nicht mehr retten.«

»Das heißt, jemand entführt sie, sie bricht sich das Handgelenk und stirbt. Der Entführer versucht, ihre Leiche zu entsorgen und sie durch Feuer bis zur Unkenntlichkeit zu verbrennen.«

»Was dem Täter auch beinahe gelungen wäre. Was du noch wissen solltest, sie wurde höchstwahrscheinlich nicht missbraucht. Aber eine Auffälligkeit habe ich. Schau hier.«

Er zeigte ihr eine Aufnahme, auf der ihr gebrochenes Handgelenk mehrfach vergrößert war. Sie konnte Schatten in der geschwärzten Haut erkennen. »Was ist das?«

»Hämatome. Das Blut hat sich an den Stellen abgelagert, wo großer Druck ausgeübt wurde. Sie war angebunden, mit einer Kette. Die Kettenglieder haben ungefähr die Maße fünfzehn mal acht Millimeter.«

»Danke.«

Cornelia sah auf das zur Unkenntlichkeit verbrannte Gesicht und versuchte es irgendwie mit den Porträts der vermissten Astrid in Übereinstimmung zu bringen. Es war unmöglich. Der Kopf der Toten war nicht viel mehr als ein geschwärzter Schädel mit prominent hervorstehenden Zähnen.

»Ich hoffe, wir finden ihre Schwester noch rechtzeitig.«

»Ich drücke euch die Daumen«, meinte der Pathologe und deckte die Leiche vorsichtig ab. »Fährst du jetzt zu ihrer Familie?«

»Ich will nicht, aber ich muss.«

»Sie sollten sich die Leiche nicht ansehen, versuche es ihnen auszureden.« Er rieb ihr aufmunternd über den Rücken. »Ich möchte jetzt nicht mit dir tauschen.«

* * *

Cornelia fuhr zuerst zurück auf die Wache und ließ die Fahndung nach den Zwillingen noch einmal intensivieren. Dann brach sie gemeinsam mit Merve auf, um Astrids Eltern die schreckliche Nachricht vom Tod ihrer Tochter zu überbringen. Sie hatte bereits mehrfach mit ihnen telefoniert, nachdem offensichtlich geworden war, dass die Schwestern ihre Urlaubsreise nicht angetreten hatten.

Im Wagen saß Merve schweigend neben ihr und sah mit ihren großen, dunklen Augen aus dem Fenster. Offenbar war sie in Gedanken versunken oder wollte nicht mit ihr reden.

Cornelia musste unwillkürlich daran denken, dass ihre neue Kollegin in den vergangenen Tagen vor allem mit Robin und den anderen Kollegen zusammengearbeitet hatte. Worüber ihr Ex wohl mit ihr gesprochen hatte? Wusste sie von ihrer gescheiterten Beziehung und dem von ihr angestrengten Verfahren gegen ihn?

Cornelia sah wieder auf den kleinen Bildschirm des Navigationsgerätes, dann zurück zu Merve. »Alles in Ordnung?«, brach sie die immer unangenehmer werdende Stille.

Merve nickte. »Ja, ja.« Sie streckte sich im Beifahrersitz, bis es in ihrem Rücken leise knackte. »Ich muss nur immer an die andere Schwester denken, an diese Michaela. Es muss ihr schrecklich gehen. Wir müssen sie finden, aber wie?«

»Wir sollten uns auf den Unbekannten konzentrieren, der die Schwestern abgeholt hat. Ich bin mir sicher, dass das der Täter ist und sie nicht erst am Flughafen abgefangen wurden. Der Fundort der Toten lässt auf jeden Fall vermuten, dass auch die andere Schwester irgendwo im Stadtgebiet festgehalten wird.«

»Vielleicht hat er sie entführt, weil sie Zwillinge sind. Womöglich sind das nicht die ersten verschwundenen Zwillinge«, warf Merve ein.

»Das ist eine gute Idee. Würdest du dich darum kümmern, sobald wir zurück sind? Wenn es zeitlich irgendwie reinpasst, such doch auch einige Infos generell zu eineiigen Zwillingen zusammen. Sagen, Mythologisches, was das Internet so ausspuckt.«

»Mache ich.«

Cornelia zögerte. »Merve?«

»Ja?«

»Es tut mir leid, dass du ausgerechnet jetzt zu uns kommen musst, wo Robin und ich uns in den Haaren liegen. Es ist eine blöde Situation.«

Sie seufzte und sah sie nachdenklich an. »Weißt du, immerhin redet ihr miteinander, wenn auch manchmal etwas … na ja … unschön. Es gibt wohl keine Abteilung, in der alles glatt läuft, und ich finde es viel schlimmer, wenn hinter vorgehaltener Hand Böses geredet wird, als wenn es mal etwas direkter zur Sache geht. Bislang scheinen sich ja zumindest keine richtigen Parteien unter den Kollegen gebildet zu haben. Soweit ich das mitbekommen habe, können die meisten deine Position nachvollziehen, aber eben auch seine.«

»Ich hoffe, es wird mit der Zeit wieder besser«, sagte Cornelia und verspürte ein wenig Erleichterung. »Ich glaube, da vorne ist es. Der Blumenladen.«

Die Eltern der Zwillinge betrieben einen kleinen Handel mit Gartenbedarf und Grünpflanzen.

Sie parkten direkt vor dem Geschäft. Sobald Cornelia die Fahrertür öffnete, roch es angenehm nach Rosen, die vor dem Geschäft als Sonderangebot der Woche angepriesen wurden. Sie mochte die alten, englischen Sorten, aber heute nahm sie diese kaum wahr. Ein hartnäckiger Kloß hatte sich in ihrem Hals festgesetzt.

Dies war der härteste Teil ihres Jobs. Sie wappnete sich innerlich, musste es, sonst würde sie irgendwann an der Trauer der Hinterbliebenen zerbrechen. Es gab viele Kollegen, die irgendwann das Handtuch warfen oder zu notorisch schlecht gelaunten Einzelgängern wurden. Andere tranken.

Sie spürte sich langsam ruhiger werden, als richte sich in ihrem Inneren eine schützende Mauer auf.

Als sie den Laden betraten, klingelte eine kleine, altmodische Messingglocke. Es duftete nach Blumen, die hier palettenweise in Rollwagen standen. Astern und blaue Glockenblumen, Heide und Enzian. Die neue Herbstbepflanzung.

Cornelia schaute sich um. Eine Frau, die den Zwillingen eindeutig ähnlich sah, beriet soeben ein älteres Paar, das sich offenbar einen neuen Rasenmäher anschaffen wollte.

»Was machen wir?«, fragte Merve leise.

»Warten. Sie soll nicht in Anwesenheit Fremder davon erfahren.«

Sie harrten beinahe eine Viertelstunde bei den Blumen aus, bis das ältere Paar den Laden verließ. Ohne einen Rasenmäher. Sie wollten am nächsten Tag noch einmal wiederkommen.

Die Ladeninhaberin kam auf sie zu. Cornelia konnte ihr die Sorge um ihre vermissten Töchter ansehen. Sie war blass trotz sommerlicher Bräune, und unter ihren Augen lagen tiefe Schatten, als habe sie nächtelang keinen Schlaf gefunden. Das Lächeln, das sie ihnen im Näherkommen schenkte, war so offensichtlich nicht echt, dass es wehtat, wenn man es sah.

»Wie kann ich Ihnen helfen?«

»Frau Fischer?« Sie nickte und faltete die Hände vor der Brust. Sie waren sehnig und ein wenig erdverschmiert und sagten so viel mehr über diese Frau aus als die Maske der Freundlichkeit, hinter der sie ihre Gefühle versteckte.

»Arents von der Kriminalpolizei, wir hatten telefoniert. Das ist meine Kollegin Frau Demirata.«

Sie nickte und zog die Schultern ein wenig hoch, als würde

sie sich für einen Schlag wappnen. »Haben Sie die Mädchen gefunden?«

»Ist Ihr Mann auch da?«, fragte Cornelia.

»Nein, er ist am Großmarkt.« Sie schlug die Hand vor den Mund, als sie zu ahnen begann, warum die Polizistinnen gekommen waren.

Cornelia schluckte. »Frau Fischer, Ihre Tochter Astrid ist …«

Die Frau schrie auf. »Nein, nein, sprechen Sie nicht weiter, das darf nicht … nein!«

»Sie ist tot. Es tut mir leid.«

Merve griff der Frau gerade noch rechtzeitig unter die Arme, als ihre Knie nachgaben. Gemeinsam führten sie Frau Fischer zu einer Gartenbank. Cornelia blieb bei ihr sitzen, während Merve zur Ladentür ging und das Schild auf »geschlossen« drehte.

Sie hatten lange bei ihr gesessen, gemeinsam auf die Rückkehr von Herrn Fischer gewartet und vorsichtig Fragen gestellt. Leider bekamen sie keinen neuen Hinweis auf den eventuellen Aufenthalt von Michaela Fischer oder den Entführer.

Als sie enttäuscht wieder das Revier erreichten, legte ihr Robin gerade einen Zettel auf den Schreibtisch.

»Was ist das?«

»Ah, gut, dass du kommt. Ruf da mal an. Ist ein Kollege von der Streife. Vielleicht hat der was für dich.«

»Was denn?« Sie zog ihre leichte Sommerjacke aus.

»Ruf an und frag ihn selbst.« Robin verließ das Zimmer, ohne sie anzusehen, und zog die Tür hinter sich zu.

Ich sollte wirklich mit ihm reden, dachte Cornelia gequält, *mich womöglich entschuldigen*.

Sonst würde sich die Situation nicht verbessern, sondern eher jeden Tag ein bisschen schlimmer werden. Sie waren beide stur. Deshalb hatten sie sich früher auch so gut verstanden. Wie auch sie selbst konnte Robin so schnell nichts aus der Fassung bringen, aber war sein Zorn erst einmal geweckt, hielt er daran fest wie an einem alten Familienschatz.

Trotzdem würde ihr Gespräch warten müssen. Sie hatte einen Anruf zu erledigen. Aber wenn sie ehrlich zu sich selbst sein wollte, dann war das Telefonat vor allem eines: der perfekte Grund, den sie vorschieben konnte, um dem schwierigen Gespräch aus dem Weg zu gehen.

Anrufen bezügl. Zwillingen, stand auf dem Zettel. Und ein Name: *Benedikt Güttner PK*. Das Kürzel stand für den Dienstgrad des Polizeikommissars. Robin hatte kein Wort zu viel für sie übrig.

Cornelia griff zum Telefon und wählte.

Güttner meldete sich nach dem zweiten Klingeln.

»Hier Arents, mein Kollege Schenz meinte, Sie hätten eventuell einen Hinweis für mich zu den Fischer-Zwillingen.«

»Ja, genau.« Er räusperte sich. Im Hintergrund konnte Cornelia Straßenlärm hören. Wahrscheinlich saß er gerade im Streifenwagen. »Es tut mir leid, dass ich mich erst jetzt melde, aber ich hatte es einfach vergessen. In der Nacht, in der die Gesuchten verschwunden sind, haben wir Verkehrs- und Alkoholkontrollen durchgeführt. In einem Wagen, einem dunklen Kombi, saß ein Mann mit zwei jungen Frauen. Auf mich wirkten sie völlig betrunken. Angeblich hatte er sie vom Flughafen von einer Urlaubsreise abgeholt. Der Mann war nüchtern und die Papiere in Ordnung. Ich habe ihn fahren lassen. Das ist alles.«

»Und die Frauen waren die vermissten Zwillinge?«

»Da bin ich mir eigentlich ziemlich sicher. Sie sahen sich

wirklich sehr ähnlich. Tatsächlich kann ich mich besser an sie erinnern als an den Fahrer. Es tut mir leid.«

Aufgeregt nahm sich Cornelia einen Stift und einen Notizblock zur Hand. »Erzählen Sie mir alles, woran Sie sich erinnern. Wo hat die Kontrolle stattgefunden?«

Er nannte ihr die Schnellstraße, einen Autobahnzubringer. »Der Wagen war grau oder dunkelblau. Ein Kombi, vielleicht ein Volvo, und er hatte eine Firmenaufschrift. Was, weiß ich nicht mehr.«

»Und der Mann?«

»Mittelgroß, dunkles Haar, um die vierzig. Der Vorname war etwas altmodisch ... mit B, glaube ich. Björn nicht. Bernd, ich weiß nicht.«

Bernd – Börni. Cornelia stellte spontan die Verbindung zwischen beiden Fällen her. Konnte das sein? Jemand hatte es auf Zwillinge abgesehen ... ermordete den einen und ließ den anderen laufen. Dann müssten sie Michaela doch bald lebendig finden! Aber ihr Gedankensprung hatte einen Haken. Der Feldmann-Zwilling war nicht von einem Unbekannten ermordet worden, sondern von seinem Bruder. Und Astrid Fischer war schlussendlich an einer Blutvergiftung gestorben.

»Frau Arents, sind Sie noch da?«, klang es aus dem Hörer.

»Ja, ja, natürlich. Was ist Ihnen noch aufgefallen?«

»Mehr fällt mir im Moment nicht ein.«

Cornelia überlegte. »Sind Sie sich sicher, dass die Frauen betrunken waren?«

»Eigentlich schon. Es roch nach Alkohol, und als ich einer mit der Taschenlampe ins Gesicht geleuchtet habe, reagierte sie wie eine Betrunkene.«

»Vielen Dank.« Sie verabschiedete sich und starrte auf ihre Notizen. Für ihre krakelige Handschrift sollte sie sich schämen. »Und wenn beide Fälle doch zusammenhängen«, sagte sie leise und unterstrich einzelne Worte mit dem Bleistift, bis die kurze Spitze abbrach. Das kleine, kegelförmige Bruchstück rollte auf dem Blatt hin und her. *Bernd – Börni?* stand dort.

***

Bochum – Bernhards Wagen

Es war gewaltig schiefgegangen.

Wütend starrte Bernhard auf das Autoradio, wo im Anschluss an die Nachrichten noch eine Polizeidurchsage gelaufen war.

Sie suchten nach Zeugen, die seine Zwillingsweiber gesehen hatten, und in dem Zusammenhang auch nach einem dunkelhaarigen, mittelgroßen Mann. Also nach ihm.

»Verdammte Scheiße!« Er schlug mit der Faust gegen das Lenkrad. Alles war schiefgelaufen. Er hatte einen riesengroßen Fehler gemacht.

Nun würde er nie herausfinden, welche der Frauen die Richtige war. Womöglich hatte durch seinen Fehler jetzt die Schwächere überlebt.

Er hatte alles riskiert, um Astrids Leiche wegzuschaffen und unkenntlich zu machen. Bedauerlicherweise hatten die Bullen trotzdem schon am nächsten Tag gewusst, wer sie war.

Und Micha? Was sollte er nun mit ihr machen?

Sie wusste nichts vom Tod ihrer Schwester, und er würde es ihr auch nicht erzählen. Aber er konnte sie nicht ewig dort einsperren, oder doch?

Vielleicht gelang es ihm, sie dazu zu bringen, ihm dankbar

zu sein. Immerhin hatte sie sich nicht mal die Hände schmutzig machen müssen. Zum Kampf auf Leben und Tod war es nie gekommen.

Sie war frei. Nie wieder würde sie sich anhören müssen, was ihre Schwester alles besser konnte als sie. Würde nie wieder verwechselt werden. Nie wieder … ach so vieles!

Wenn sie nur verstand, welch ein Geschenk er ihr damit gemacht hatte! Er hätte zu gerne gesehen, wie sie sich nun in ihrer neuen Welt ohne die Kopie schlug. Aber dafür müsste er sie freilassen, und sie würde ihn verpfeifen … noch.

»Stockholm-Syndrom«, sagte er leise. Das war es, was ihm jetzt helfen könnte. »Wir haben alle Zeit der Welt, Micha.« Er würde versuchen, ihr Vertrauen zu gewinnen, und mit kleinen Zugeständnissen auch ihre Sympathie.

Das änderte aber nichts daran, dass er nicht an sein Ziel gekommen war. Wie schon die Feldmann-Zwillinge waren auch die Fischer-Schwestern kein voller Erfolg, und beides war schon viel zu schnell vorbei gewesen.

Es war frustrierend.

Wenn er darüber nachdachte, so schienen Männer die besseren Kandidaten für sein Projekt zu sein. Sie waren robuster und auch schneller aufeinanderzuhetzen. Vielleicht waren aller guten Dinge drei?

Seit er mit dieser Sache angefangen hatte, war er regelrecht süchtig danach geworden. Er brauchte es. Und er hatte immer neue Ideen, wie er seine Ziele erreichen könnte.

Also blieb nur eines: Er benötigte zwei neue Zwillinge – und zwar so schnell wie möglich.

* * *

Eine Pizza! Micha leckte sich die letzten Reste von den Fingerspitzen. In der Eintönigkeit ihrer Gefangenschaft war heute ein richtiger Feiertag. Ihr Entführer hatte ihr eine echte, noch dampfende Pizza mitgebracht, und sie hätte ihn dafür beinahe küssen wollen.

Sie hatte sie langsam gegessen. Jedes neue Stück wie ein Ritual zelebriert. Die Pizza war viel zu schnell kalt geworden. Aber auch die kalten Reste schmeckten ihr in dieser Situation besser als alles, was sie je in einem Spitzenrestaurant serviert bekommen hatte.

Mit ihrem Entführer war irgendetwas geschehen. Er schien sie plötzlich anders wahrzunehmen, sich mehr um ihr Wohlergehen zu kümmern und nicht nur für ihr bloßes Überleben zu sorgen.

»Wenn du dich benimmst, bekommst du mehr. Besseres Essen oder vielleicht ein Buch, wenn du willst?«, hatte er gefragt, und sie war sich sicher, dass er unter der Fuchsmaske lächelte.

Micha hatte sich ein Buch gewünscht und ein wenig Licht. Dafür hatte er ihr einen Handfeger dagelassen und ihr das Versprechen abgenommen, ihre kleine Zelle zu reinigen. Seiner Rückkehr sah sie daher schon fast erwartungsvoll entgegen. Die Angst vor ihm schwand immer mehr.

Doch erst einmal würde sie es genießen, satt zu sein, und sich am angenehmen Nachgeschmack von Tomaten, Knoblauch und Oregano erfreuen.

Während Michaela auf der Matratze lag und in die absolute Stille ihres Gefängnisses hineinlauschte, betastete sie ihr verrenktes Handgelenk. Es tat fast nicht mehr weh. Die Schwellung war vollständig verschwunden.

Als ihr Entführer gekommen war, hatte sie sicherheitshalber ein Kettenglied so verdreht, dass es quer stand und die Fessel enger aussah. Er sollte nicht merken, dass sie sich womöglich bald befreien konnte.

Sollte sie es versuchen?

Jetzt würde er garantiert nicht so schnell wiederkommen.

Ihr Herz begann zu jagen, als sie das Kettenglied zurückdrehte und ihre Fessel wieder lockerer wurde. Mit aufeinandergepressten Zähnen schob sie die Kette Stück für Stück über die Handwurzel. Es tat etwas weh, aber sie ließ sich wirklich ganz langsam darüberschieben.

Als die Kette schließlich mit leisem Klirren über die Finger rutschte und herunterfiel, hätte Micha vor Freude am liebsten einen kleinen Schrei losgelassen. Begeistert griff sie nach ihrer Taschenlampe und tanzte durch den Raum. Es war nicht viel Platz, aber sie streckte die Arme aus und drehte sich wie eine Ballerina um die eigene Achse.

Wieder und wieder und wieder, bis ihr von all den Drehungen ganz schwindelig war. Der kleine graue Kellerraum drehte sich vor ihren Augen, schwankte und vollführte seltsame Sprünge.

Micha ging zu der gegenüberliegenden Wand, die sie nie zuvor berührt hatte, weil die Kette zu kurz gewesen war. Ehrfürchtig legte sie beide Hände auf die abgeblätterte Farbe, von der leichter Modergeruch aufstieg, dann lehnte sie sich ganz dagegen, ihr Gesicht fest an die kalte Wand gepresst.

Eine Weile kostete sie ihren kurzen Triumph einfach aus, dann begann sie zu überlegen, wie sie am besten aus ihrem Gefängnis entkommen konnte.

Bislang hatte ihr Entführer die Tür zur Kammer immer offen stehen lassen, während er Essen holte oder den Eimer ausleeren ging, der ihr als Toilette diente. Er kam jedes Mal ungefähr nach fünf Minuten wieder zurück. Ihr blieben also ungefähr vier, um so weit zu laufen, dass er sie nicht mehr wiederfände.

Aber was war mit Astrid?

Sie konnte ihre Schwester doch nicht zurücklassen! Irgendwo in diesem Gebäude hielt er sicherlich auch sie gefangen. Angekettet wie sie selbst. Aber es gab nichts, womit sie ihre Ketten lösen oder die Tür aufschließen konnte.

Der Entführer trug die Schlüssel zu ihrem Gefängnis immer bei sich. Würde sie es schaffen, ihn niederzuschlagen und ihm den kostbaren Bund abzunehmen?

Ihre Hände begannen zu zittern. Der bloße Gedanke an einen Kampf machte ihr Angst. Schon einmal war es dem Maskierten gelungen, sie beide zu überwältigen und zu verschleppen. Konnte sie das Risiko eingehen, es mit ihm aufzunehmen? Ohne eine Waffe? Wenn sie versagte, würde sie womöglich nicht nur ihr eigenes Leben riskieren, sondern auch Astrids.

Ihre Entscheidung war gefallen. Wenn sie floh, dann alleine, um so schnell wie möglich mit Hilfe zurückzukehren.

Bis dahin würde sie ihren Entführer in Sicherheit wiegen und alles tun, was er von ihr verlangte. Also griff Michaela zu Handfeger und Kehrblech und reinigte ihr Gefängnis so gut es ging. Dann begann das Warten.

* * *

KAPITEL 10

Hauptwache

Die Handy-Ortung brachte keine Ergebnisse, und die Funkzellenabfrage war auch nur gering verwertbar. Cornelia starrte auf die Kopie eines Stadtplans, in den sie jeweils mit einem roten und einem blauen Filzstift die Zonen eingekreist hatte, von der aus der Entführer die Handys der Schwestern benutzt hatte.

Kein Standort war zweimal gewählt worden, und immer war eine große Straße in der Nähe.

»Der hat vom Auto aus die SMS verschickt, da bin ich mir sicher.« Cornelia rieb sich die Stirn.

»Und die Bilder, die er verschickt hat?« Robin stand hinter ihr und beugte sich ebenfalls über die Karte.

Cornelia klickte auf einige Dateien und öffnete mehrere Fenster nacheinander. Das erste zeigte das Hotel und war an die Mutter der Zwillinge gesandt worden. »Das hier ist von einem Druck abfotografiert. Wenn der Entführer ihr Gepäck hat, dann vielleicht auch einen mitgenommenen Katalog.«

Sie schloss das Fenster und vergrößerte das nächste Bild. »Das ist sogar vom Bildschirm eines Rechners abfotografiert, hier an der Ecke ist eine kleine Spiegelung. Ich habe das Bild bei Google Maps gefunden. Bei dem dritten liegt meine Vermutung ähnlich, auch wenn nichts auf einen Bildschirm hinweist.«

»Was für ein gewieftes Schwein.« Robin drückte den Rücken durch und stöhnte. Er bekam schnell Rückenschmerzen, wenn er nicht auf seine Haltung achtete.

»Jetzt sind die Handys vermutlich ausgeschaltet, oder?«

Sie seufzte. »Ja, schon seit dem zweiten Tag der Entführung kam nichts mehr. Sie können also nicht mehr geortet werden. Eigentlich bin ich mir sogar sicher, dass er sie nicht mehr hat. Wahrscheinlich liegen sie im Müll oder in irgendeinem Kanal.«

»Aber alle Daten, die wir haben, stammen aus Bochum oder von der Essener Stadtgrenze, das ist doch schon mal etwas. Es kann doch nicht so schwer sein, den Kerl hier zu finden.«

»Ich weiß nicht, wo ich weitermachen soll.«

Cornelia stieß sich mit den Füßen ab, rollte auf ihrem Bürostuhl zurück und sah Robin an. »Wir haben die Nachbarn befragt und die Verwandten und Freunde. Niemand weiß etwas über den mysteriösen Fremden. Was kann ich denn sonst noch versuchen?«

Er zuckte ratlos mit den Schultern. »Du kannst eigentlich nur warten, bis er was macht. Oder du nimmst dir noch mal das Zwillingsmotiv vor. Lies dich durch Märchen und Mythen, das hat dich bei der Sache mit Lokes Mond doch auch weitergebracht.«

Cornelia sah ihn an und schwieg. Alles führte immer wieder zu diesem Fall zurück. Jetzt fiel ihr auch seine Bemerkung über das klärende Gespräch, das sie schon lange hätten führen müssen, wieder ein. Sie war es Robin und nicht zuletzt auch sich selbst schuldig.

»Cornelia, tut mir leid. Mehr fällt mir im Moment auch nicht ein.« Er wandte sich zum Gehen, doch sie war aufgesprungen und hielt ihn am Arm fest, bevor ihr überhaupt klar war, was sie sagen wollte. Nur dass sie etwas sagen musste, war sicher. »Wir müssen reden, Robin.«

»Kannst du es nicht einfach ruhen lassen?«

»Nein, denn immer wenn ich dich sehe, muss ich daran denken.«

»Na, dann ist es doch besser, wenn ich verschwinde«, sagte er zornig.

»Nein!« Cornelia hielt ihn am Arm fest und zog die Bürotür zu, damit sie ungestört waren.

Robin sah sie mit einer Mischung aus Neugier und Zorn an.

Er biss die Zähne aufeinander, was sein Gesicht noch kantiger wirken ließ, und ballte die Hände zu Fäusten. Unter Cornelias rechter Hand spannten sich seine Muskeln abwehrend.

»Robin, so geht das nicht weiter, so können wir doch nicht die nächsten Jahre zusammenarbeiten.«

Er schnaubte abfällig und streifte ihre Hand von seinem Arm. »Wie sonst?«

Sie sah zu ihm auf und suchte seinen Blick. Robin wich ihr aus und stierte ins Leere. Noch deutlicher konnte er nicht machen, wie verletzt er war.

Cornelia kämpfte mit der Fassung und den Worten. Sie fielen ihr schwer. »Als Erstes möchte ich mich entschuldigen. Vielleicht hätte ich das Verfahren unter normalen Umständen gar nicht angestrengt. Eigentlich bin ich mir sogar sicher. Aber ich war noch immer so wütend auf dich, weil unsere Beziehung auseinandergebrochen war. Es war unprofessionell von mir. Ich hätte Privates nicht mit Dienstlichem vermischen sollen. Es tut mir leid.«

Er trat von einem Fuß auf den anderen und sah ihr endlich wieder in die Augen. »Und es ist dir wirklich ernst damit?«

»Ja. Es war längst überfällig.«

»Entschuldigung angenommen.«

Cornelia wich seinem Blick aus. Sie warf ihm Vincents Tod noch immer vor und auch, nicht auf ihr Urteil Rücksicht genommen zu haben, aber sie glaubte ihm auch, dass er aus Angst um sie gehandelt hatte. So sehr die Trennung sie auch entzweit hatte, er bedeutete ihr noch immer etwas und sie sicher auch ihm.

»Versuchen wir, wieder vernünftig und respektvoll miteinander umzugehen.«

Robin nickte. »Versuchen wir es.«

* * *

Bochum – Bernhards Wagen

Genervt ließ sich Bernhard auf den Fahrersitz fallen. Der gesamte Freitag war damit draufgegangen, bei einem Kunden neue Überwachungskameras zu installieren und die Schmierereien einiger Sprayer zu entfernen. Nun war der Nachmittag bereits weit vorangeschritten.

Über den nahen Wohnhäusern hingen düstere Wolken, die schnell in seine Richtung zogen. Der schwülwarme Herbsttag versprach mit einem Knall zu Ende zu gehen. Menschen hetzten an seinem Wagen vorbei, sahen sich immer wieder nach der rasch heraufziehenden Front um.

Bernhard hatte Kopfschmerzen. Wetterfühlig wie eine Frau, ein Ärgernis, mit dem er sich schon sein Leben lang herumschlug. Er durchsuchte das Handschuhfach, aber die ersehnten Aspirin waren nirgends zu finden.

Heute hatte er den Kombi in der Werkstatt stehen lassen

und stattdessen den Iveco-Transporter genommen. Den Wagen hatte er erst vor einem Monat angeschafft, und die Firmenbeschriftung auf den Seiten fehlte noch. Weiße Transporter gab es wie Sand am Meer, und genau darauf setzte er.

Heute Abend war es wieder so weit. Er würde neue Zwillinge bekommen. Und diesmal waren es Männer.

Er kannte die beiden schon eine ganze Weile flüchtig, hatte dann aber Astrid und Micha den Vorzug gegeben, was sich im Nachhinein als Fehlentscheidung herausstellte.

Jetzt würden Gideon und Florian beweisen dürfen, wer von beiden der Fehler der Natur war und wer nicht.

Bernhard startete den Wagen mit wachsender Vorfreude. Er hatte die Brüder, die beide als Maler und Lackierer arbeiteten, zu sich in die Werkstatt eingeladen. Angeblich um Billard zu spielen und bei ein paar Drinks über gemeinsame Aufträge zu sprechen. Es würde belgisches Bier mit kräftigen Rauch- und Lakritznoten geben, in dem der Geschmack des Bentazepams kaum auffallen würde. Eigentlich sollte nichts schiefgehen, trotzdem war er schon den ganzen Tag lang nervös. Wenn sie Lunte rochen, wäre er den Männern körperlich kaum gewachsen. Deshalb hatte er sich damals für die Mädchen entschieden.

Die Fahrt bis zur Werkstatt war nicht weit. Er parkte den Transporter im Hof und streckte sich genüsslich, sobald er ausgestiegen war. Im Innenhof roch es nach warmem Asphalt und auch ein wenig nach gärendem Müll, dabei waren die Abfalleimer frisch geleert.

Bernhard rümpfte die Nase und betrat das kühle Gebäude. Nur sein Mitarbeiter Jussuf war noch da und packte soeben seine Teekanne ein. Sie wünschten einander ein schönes Wochenende, und Bernhard begann umgehend mit seinen Vorbereitungen.

Der Billardtisch stand abgedeckt im Werkraum neben Schleifmaschinen und anderem Gerät. Er hatte noch genau eine Stunde, bevor sie auftauchen würden. Die Vorbereitungen würden ihn beruhigen.

Alles, was er nicht brauchte, schob er zur Seite. Dann saugte er den Raum gründlich mit dem Industriesauger und rückte schließlich den alten Billardtisch, den er einmal von einem Kunden geschenkt bekommen hatte, in die Mitte.

Langsam wich seine Nervosität freudiger Erwartung. Solange er etwas zu tun hatte und alles nach Plan verlief, war er äußerlich die Ruhe selbst.

Er ließ das Radio laufen, ein Livekonzert der Dire Straits, und ging in die kleine Küche im Pausenraum. Im Kühlschrank wartete das Bier auf seine Bestimmung. Er hatte Gläser besorgt, auch wenn er sonst gerne aus Flaschen trank, aber so würde es leichter sein, das Betäubungsmittel unterzumischen.

Zwei Tüten scharfer Paprikachips, und alles war fertig.

Um kurz nach sieben klopfte es am Tor.

Draußen warteten die Schrenner-Brüder. Beide hatten blondes, strohiges Wuschelhaar und auffallend blaue Augen, waren untersetzt und kräftig.

»Hi, ich bin Gideon«, stellte sich der Linke vor und tippte sich scherzhaft auf die breite Brust. »Grünes T-Shirt.«

»Florian in Blau«, sagte der Zweite lachend. »Du kannst mich Flo nennen, das machen alle. Danke für die Einladung.«

»Gerne, kommt rein.«

»Bekommen wir eine kleine Führung?«, fragte Gideon.

Jetzt nur die Ruhe bewahren, dachte Bernhard und zwang sich zu lächeln. Sie wollten sich umsehen, da war doch nichts weiter dabei. Er begleitete sie in sein schlichtes Büro, ließ sie einen Blick in den Pausenraum werfen, führte sie kurz durch die Garage und beide Werkräume.

»Schöne Werkstatt, viel Platz. Ich hab mir einen Hausmeistereidienst irgendwie kleiner vorgestellt«, meinte Gideon anerkennend.

»Wir machen ja auch mehr als diese kleinen Dienstleister. Ich habe zwei Mitarbeiter, zusammen decken wir alles ab, von der Elektroinstallation über die Dachdeckerei bis zu Gas/Wasser.«

»Schlaue Geschäftsidee! Deine?«

Bernhard nickte stolz. »Wir haben eine sehr hohe Kundenzufriedenheit. Allerdings würde ich gerne auch einen festen Subunternehmer im Bereich Maler- und Lackierarbeiten an der Hand haben. Eigene Leute einzustellen, geht mir derzeit einen Schritt zu weit.«

»Verstehe.« Gideon rieb sich das Kinn. »Also, da müssten wir erst mal mit dem Senior reden, aber prinzipiell wäre sicher nichts dagegen einzuwenden.«

Bernhard schlug ihm kumpelhaft auf die Schulter. »Klingt schon mal gut, aber schauen wir erst mal. Ich möchte die Leute, mit denen ich solche Vereinbarungen mache, gerne vorher kennenlernen.«

»Jau, kein Thema, deshalb sind wir ja hier«, stimmte Flo zu und grinste ein Poster an, das im Pausenraum an der Wand hing. Darauf räkelte sich eine barbusige Schönheit am Strand. »Da geht doch die Sonne auf, wenn man so was beim Frühstücken sieht. Unser Senior duldet keine Bilder von hübschen Weibern.«

»Er hat Angst vor Mutti«, lachte Gideon und stieß seinen Bruder fröhlich mit dem Ellenbogen an.

Bernhard reichte es so langsam. Er hatte nichts gegen Smalltalk, solange sie dabei ihr Bier tranken.

»Seid ihr mit dem Auto hier?«, lenkte er daher das Gespräch in eine andere Richtung.

Flo grinste verschmitzt. »Ne, natürlich nicht. Du hattest doch was von exotischem Bier erzählt, oder hab ich mich verhört?«

»Nein, hast dich nicht verhört. Kommt mit und werft einen kurzen Blick auf die Schätze.« Bernhard führte sie zu dem kleinen Kühlschrank in der Küche und öffnete die Tür, als gälte es Vorhänge für eine besondere Bühnennummer zu heben.

Die Brüder betrachteten die Sammlung staunend.

»Wenn das okay ist, würde ich das da mal probieren, das Gulden Draak 9000«, sagte Gideon und zog eine schwarze bauchige Flasche heraus. Auf dem Etikett war ein goldener Drache abgebildet.

»Gute Wahl«, meinte Bernhard grinsend, »aber ich warne dich besser. Das Zeug hat mehr als zehn Umdrehungen.«

Gideon lachte. »Passt schon.«

Florian schob unentschieden die Flaschen umher und nahm schließlich eine mit blauem Etikett. Sie war groß und mit einem Sektkorken verschlossen. »Fünfzehn Prozent? Das ist krass.«

Bernhard schloss den Kühlschrank und nahm den Brüdern die Flaschen ab. »Solche Schätze trinkt man aus einem Glas. Ich bringe es gleich rüber. Macht es euch drüben schon mal gemütlich.« Er drückte Florian noch zwei Tüten Chips in die Hand und Gideon eine Plastikpackung mit kleingeschnittenem Käse sowie eine Tüte Brezeln.

Sie zögerten kurz, dann war Bernhard allein in der kleinen Küche. Jetzt musste alles ganz schnell gehen. Er nahm die Gläser aus dem Schrank, gab das Betäubungsmittel hinein und öffnete zuerst die Golden-Draak-Flasche. Gerade als er eingoss, kam Florian zurück.

Verdammt, jetzt nur nichts anmerken lassen, dachte er und kämpfte den Anflug von Panik herunter, der sich als heißes Kribbeln in seinem Nacken bemerkbar machte.

»Ein Bier mit einem Sektkorken, die Belgier spinnen echt!«

Bernhard schob ihm das präparierte Glas mit dem Golden Draak hin und widmete sich der verkorkten Flasche. Solange sich der andere auf die exotische Flasche konzentrierte, würde ihm nicht auffallen, dass das leere Bierglas gar nicht so leer war, wie es den Anschein hatte.

»Achtung, Achtung! Höchste Konzentration«, verkündete er lachend und löste vorsichtig den Korken. Mit einem leisen Plopp rutschte er heraus.

»Riech mal dran.« Er reichte ihn an Florian weiter und nutzte die kurze Ablenkung, um das Glas heranzuziehen und einzugießen. Geschafft. Jetzt würden sie es nur noch trinken müssen, doch daran zweifelte er eigentlich nicht.

»Riecht klasse. Und was nimmst du?«

Bernhard nahm eine Flasche Hoegaarden Wit Blanche aus dem Kühlschrank und öffnete sie. »Das hier. Hell, leichte Orangen- und Koriandernote.« *Und es hat kaum Alkohol*, dachte Bernhard.

»Klingt irgendwie nach Mädchenbier«, lachte Florian.

Gemeinsam trugen sie die Biere hinüber und stießen auf einen tollen Abend an.

Schon nach zwanzig Minuten, die erste Runde Billard hatten sie soeben beendet, begannen die Betäubungsmittel deutliche Wirkung zu zeigen. Gideon feierte seinen knappen Sieg, indem er mit seinem Queue herumtanzte und seinem Bruder beinahe versehentlich ins Gesicht stach.

Florian goss sich lieber mit schiefem Grinsen aus der Flasche seines Bruders nach. »Das Zeug knallt aber ganz schön«, meinte er lallend.

Bernhard tat sein Möglichstes, um den Schein zu wahren.

Sein Bier hatte nicht mehr Prozente als das deutsche Durchschnittspils. Der fruchtige Geschmack machte es seiner Meinung nach eher zu einem Bier für Frauen. Aber das kümmerte ihn nicht, er musste vor allem bei klarem Verstand bleiben und nüchtern genug, um seinen Plan durchzuziehen. Bei seinem Glück würde er an einem Freitagabend womöglich wieder in eine Polizeikontrolle geraten.

»Ich glaube, wir bekommen Spaß zusammen, Jungs!« Er hob sein Glas, und sie stießen noch einmal an. Florian leerte sein Bier in einem Zug.

Bernhard konnte sich ein Grinsen nicht verkneifen. Feiert nur schön, dachte er. Es wird für lange Zeit eure letzte Party sein. Er sah sie schon in ihren Zellen, wo bereits alles perfekt vorbereitet war. Nur sie dorthin zu schaffen, würde ein Kraftakt werden.

Florian versuchte die Kugeln in der Mitte des Tisches auszurichten und merkte gar nicht, dass er die Schablone vergessen hatte. Gideon beobachtete ihn grinsend und stützte sich dabei schwer auf den Tisch. Nicht mehr lange und ihm würden die Beine wegsacken.

Florian schien noch nicht so weit, oder die Wirkung war bei ihm anders. Mit Grauen dachte Bernhard daran, dass das Betäubungsmittel in seltenen Fällen die entgegengesetzten Effekte hervorrief und Menschen in Erregungszustände versetzte.

»Du fängst an, Herr Gastgeber«, meinte Gideon mit schwerer Zunge.

Bernhard konzentrierte sich und legte gut vor, obwohl es ihm schwerfiel, auf die Kugeln zu schauen und nicht auf die unsicheren Bewegungen seiner Opfer. Dann setzte er den Queue absichtlich falsch an, und die Kugel rollte an der anderen vorbei.

»Auch dein Glück ist irgendwann vorbei«, lachte Florian.

»Aber hoffentlich nicht so bald«, erwiderte Bernhard. »Los, Gideon, du bist dran.«

Der Angesprochene benutzte seinen Queue wie eine Gehhilfe und wankte um den Tisch herum in Position. Dazu grinste er schief und hatte dabei die Augen halb geschlossen. Bernhard hielt vor Aufregung den Atem an.

Es dauerte, bis Gideon es geschafft hatte, sich am Tisch einigermaßen gerade auf den Beinen zu halten. Leicht schwankend hob er den Queue, doch als er sich zum Stoß vorbeugte, kippte er plötzlich vornüber und schlug mit dem Gesicht auf eine Kugel.

Florian begann laut und gackernd zu lachen. Gideons Beine gaben nach. Er knickte ein, rutschte nach hinten weg und schlug der Länge nach auf den harten Estrichboden der Werkstatt.

Der Knall, mit dem sein Schädel aufkam, ging Bernhard durch Mark und Bein. Nicht dass es wieder schiefging und ihm nur ein Zwilling übrig blieb.

»Scheiße, Gideon, was machst du denn?« Florian kniete sich neben seinen Bruder und drehte dessen Kopf zur Seite.

Da war Blut auf dem Boden.

Bernhard trat einen Schritt zurück. In ihm kam Panik auf. Die Brüder sollten beide gleichzeitig k.o. gehen, nicht das! Was sollte er jetzt nur tun?

Florian sah zu ihm auf. Die Angst um seinen Bruder hatte die Wirkung des Betäubungsmittels unterdrückt. »Wir müssen einen Arzt rufen!«

»Unsinn, doch nicht für so was. Vielleicht hat er das Bier nicht vertragen. Leg seine Beine hoch, ich hole etwas Kaltes für seinen Kopf. Der ist gleich wieder fit.«

»Meinst du?« Florian kam schwankend auf die Beine und musste sich einen Moment lang selbst am Billardtisch festhalten. »Da stimmt doch was nicht«, murmelte er und torkelte auf einen Stuhl zu.

Bernhard lief in den Pausenraum, nahm einen Kühlakku aus dem Eisfach und wickelte ihn in ein Geschirrtuch. Beides reichte er an Florian weiter, der unterdessen die Beine seines Bruders auf den Stuhl hochgelegt hatte.

»Der ist völlig weggetreten«, sagte er mit belegter Stimme. Er hatte Angst um seinen Bruder und bemerkte gar nicht, in welcher Gefahr er selber schwebte.

Bernhard nahm die große Dreiviertelliter-Bierflasche und holte aus. Florian hockte mit dem Rücken zu ihm und sah sich im letzten Moment um. Das dicke Glas krachte nicht wie geplant gegen die empfindliche Schläfe, sondern gegen die Stirn. Die Flasche rutschte aus Bernhards Hand und zerschellte am Boden.

Florian schrie. Aber er wurde nicht ohnmächtig, ganz im Gegenteil.

Mit einem animalischen Knurren stürzte er vor und rammte Bernhard den Kopf in den Magen. Dem blieb für einen Augenblick die Luft weg. Sein Zwerchfell krampfte und sandte ein Schmerzgewitter in alle Richtungen. Er donnerte Florian seine Faust ins Gesicht, doch der Junge schien die Kraft und Ausdauer eines Bullen zu haben. Er quittierte den Hieb lediglich mit einem Grunzen und riss Bernhard die Füße weg. Hart schlug er auf dem Boden auf.

Florian blutete aus einer Platzwunde an der Stirn, seine Augen wirkten durch die Betäubungsmittel glasig und irgendwie leer.

»Du Schwein!«, presste er hervor und wollte sich auf Bernhard wälzen, doch der wich einem Hieb aus und rutschte zur

Seite. Florians Faust traf nicht sein Kinn, sondern den steinharten Estrich. Er stöhnte auf.

Bernhard nutzte die Gelegenheit zu zwei Faustschlägen auf die Schläfe seines Gegners, kam dann auf die Beine und trat noch zweimal zu. Florians Gegenwehr erstarb.

Keuchend sah Bernhard auf sein ohnmächtiges Opfer hinab. »Hab ich euch doch«, keuchte er.

Sein Magen tat weh. Die Muskulatur krampfte noch immer, alles fühlte sich schmerzhaft verhärtet an. Er hatte Nasenbluten. Vorsichtig betastete er sein schmerzendes Gesicht. Es durfte auf keinen Fall anschwellen. Niemand sollte etwas Ungewöhnliches an ihm bemerken.

Bernhard hob den Kühlakku auf und drückte ihn auf die pochende Stelle. Mit dem Fuß stieß er beide Brüder noch einmal an, doch sie regten sich nicht.

Aber er wollte auf Nummer sicher gehen. »Bevor ich euch einpacke, bekommt ihr noch was«, sagte er und holte noch mehr Betäubungsmittel, das er ihnen direkt auf die Zunge gab. Damit sollten sie für die nächsten Stunden nichts mehr mitbekommen.

Trotzdem hatte er keine Zeit, um lange zu verschnaufen oder sich von Florians rechtem Haken zu erholen. Überall war Blut, nur einige Tropfen, aber wie es aussah, hatte nicht nur er, sondern auch beide Zwillinge etwas verloren. Er musste alle Spuren verschwinden lassen, bevor seine Kollegen am Montag etwas bemerkten.

Doch erst einmal würde er die Brüder verstauen.

Aus der Garage rollte er zwei Metallkisten herein. Er hatte sie im Internet bestellt. Normalerweise wurden sie für Bühnen-Equipment benutzt und hielten so einiges aus. Sie waren schwarz, die Ecken metallbeschlagen.

Er nahm den Deckel ab und kippte die erste Kiste direkt

neben Gideon auf die Seite. Dann schob und zerrte er so lange, bis er den Körper drinhatte.

Verdammt, war das anstrengend. Und er hatte erst die Hälfte geschafft.

Er nutzte die Hebelwirkung und stellte die Kiste wieder aufrecht. »Deckel drauf. Perfekt.« Die Schnappverschlüsse herunterzudrücken und zu hören, wie sie einrasteten, war Musik in seinen Ohren.

Florian war schwerer als sein Bruder, oder es kam ihm nur so vor, weil ihn die Kraft verließ. Diesmal war er vorsichtig, obwohl er Arme und Beine am liebsten mit Gewalt in die enge Box gestopft hätte. Ihm durfte nicht wieder so ein Missgeschick passieren wie bei Micha. Beide Brüder sollten die exakt gleichen Voraussetzungen bekommen.

Er schob die schweren Kisten in die Garage und beförderte sie mit dem kleinen Gabelstapler auf die Ladefläche des Iveco, den er zuvor rückwärts hineingefahren hatte. In der alten Seilerei würde er es mit dem Entladen leichter haben. Dort gab es die Rampe.

Bernhard verzurrte die Kisten mit Spanngurten und schlug die Hecktüren zu.

Erleichtert lehnte er sich gegen die kühlen Türen und ließ für einen Augenblick die Stille auf sich wirken. In der Werkstatt sprang der Kühlschrank mit einem fernen Summen an, ganz leise nur. Im Transporter knackte es, als das Material sich dem Gewicht der Ladung anpasste. Dann wieder Stille.

Nur Bernhards eigener Atem blieb als steter Rhythmus. Nur er, der vorgab, was wann und wie geschah.

»Ich habe die Kontrolle«, sagte er bestimmt. Es gefiel ihm, wie seine Stimme klang. Der leichte Nachhall in der großen Garage ließ ein festliches Gefühl aufkommen.

Wenn ich nur mit dieser Stimme zu ihnen sprechen könnte,

dachte er. Dann war der kurze Augenblick des Triumphs auch schon wieder vorbei.

Er kehrte in die Werkstatt zurück und bemerkte den alten, einäugigen Kater Pirat, der neben einigen Blutflecken stand und ihn ansah, als sei er bei etwas Verbotenem ertappt worden. Genüsslich leckte er sich das Maul.

Das Tier war vor Jahren einfach aufgetaucht und geblieben. Im Austausch für die hin und wieder erlegte Maus wurde er von den Männern gefüttert.

»Hast du das gerade wirklich aufgeleckt?«

Er antwortete mit einem hohen, piepsenden Miauen, das so gar nicht zur kräftigen Statur und dem breiten Kopf des Tigerkaters passen wollte.

Einige Flecke waren nur noch hellrosa Schatten.

»Na los, mach weiter, Graf Dracula«, forderte Bernhard ihn belustigt auf und brachte die Bierflaschen in die Küche, um sie auszuleeren. Die Gläser unterzog er einer noch gründlicheren Reinigung mit heißem Wasser und sehr viel Spülmittel.

Danach nahm er sich den Billardtisch vor, die Queues und die Kugeln, bevor er alles zusammen in eine Ecke schob. Dort verteilte er eine Ladung Staub über dem Tisch und deckte ihn ab. Auch die alte Wachsplane wurde wieder in ihren ursprünglichen Zustand versetzt. Er blies eine Handvoll Dreck und Sägemehl aus dem Industriestaubsauger darüber, und die Illusion war perfekt.

Bernhard wischte sich die Hände an der Hose sauber und hustete, weil so viel Staub in der Luft hing.

Jetzt blieb nur noch das Blut. Von dem versiegelten Estrich war es leicht zu entfernen und optisch bald nicht mehr auszumachen. Trotzdem ging er auf Nummer sicher und tropfte etwas Epoxidharz auf die Stellen. Das Zeug war, einmal gehärtet, kaum noch abzubekommen. Am Montag wären diese

Stellen von den unzähligen Öl-, Teer- und Farbflecken auf dem Boden nicht mehr zu unterscheiden. Es sah hier nun aus, als wäre nie etwas geschehen, und er konnte endlich aufbrechen.

***

KAPITEL 11

Alte Seilerei

Michaela hatte ihn gehört, doch er war nicht zu ihr gekommen. Ihr Entführer war eindeutig in dem Gebäude. Sie hatte ihn fluchen hören, als er offenbar etwas Schweres transportierte.

Ihre Fantasie malte die schauerlichsten Bilder. War ihre Schwester etwa tot, und er beseitigte die Leiche? Doch nein, das war es sicher nicht. Bernhard kam ihr nicht vor wie ein Mörder. Ein kranker Spinner, ja. Aber ein Mörder? Andererseits hatte sie sich schon einmal sehr in ihm geirrt. Hoffentlich nicht auch dieses Mal!

Michaela wartete angespannt darauf, dass er die Tür zu ihrem Gefängnis öffnete, doch er kam nicht.

Es verging bestimmt eine Stunde, bevor sie es aufgab, auf seine Rückkehr zu lauschen.

Sie fiel in einen unruhigen Schlaf und träumte von ihrem zehnten Geburtstag, den sie gemeinsam mit Astrid und einer Schar anderer Kinder in einem Streichelzoo gefeiert hatte. Das war so lange her.

Sie rannten über Wiesen, spielten Verstecken im Heu, das fürchterlich juckte und pikste. Tagelang hatte sie rote Punkte auf der Haut gehabt, aber das war es wert gewesen.

Ein Geräusch ließ sie zusammenzucken und im Dunkel die Augen aufreißen.

Da erklangen Schritte auf dem Gang, und sie wusste mittlerweile genau, zu wem sie gehörten. Nervös betastete sie ihren linken Arm. Zum Glück hatte sie sich vor dem Einschlafen wieder die Kette über die Hand gestreift. Jetzt blieben ihr nur noch Sekunden, bevor der Entführer bei ihr wäre.

Sie bedeckte ihre Augen mit der Linken, da ging auch schon die Deckenlampe an und tauchte den kleinen Raum in gleißende Helligkeit.

Ein Schlüssel klirrte und die Tür schwang auf.

»Guten Morgen, Micha«, klang es gedämpft hinter der Fuchsmaske hervor. »Wie geht es dir?«

»Ganz okay«, sagte sie und zog die Beine an.

Ihr Entführer sah sich in dem Kellerraum um, den sie so gut es ging gereinigt hatte. Die Maske machte die Situation gespenstisch. Seine Mimik nicht zu sehen, raubte ihr die Ruhe, doch schließlich nickte er. »Gut gemacht.«

»Sogar auf den Rohren ist kein Staub mehr, und hätte ich die richtigen Reinigungsmittel gehabt …«

»Nächstes Mal, Micha. Erst mal bekommst du deine Belohnung. Nur einen Moment, bitte.«

Er verließ den Raum. Alles in Micha schrie, jetzt die Kette loszuwerden und die Flucht zu versuchen. Die Tür stand offen, schien sie zu rufen wie ein geheimnisvolles Portal in eine Märchenwelt. Aber sie zwang sich zur Ruhe. Sie durfte nicht von ihrem Plan abweichen.

Ihr Entführer kehrte nach wenigen Minuten zurück und stellte ein Plastikschälchen mit Oliven und Feta vor ihr ab. »Bitte sehr, lass es dir schmecken.«

Er hockte sich vor sie und sah ihr dabei zu, wie sie die Packung aufriss und den köstlichen Knoblauchduft einatmete.

Bleib ruhig, bleib ruhig, bleib ruhig, beschwor sie sich. Der Gedanke lief in Endlosschleife, während sie versuchte, den Schein zu wahren.

Obwohl sie nur aus einem Discounter waren, schmeckten die Oliven herrlich, und sie musste ihrem Entführer nicht einmal vorspielen, wie sehr sie das Essen mochte. Das Lächeln in ihrem Gesicht war echt. Sie schob sich ein Stück Ziegenkäse in den Mund, das regelrecht auf der Zunge zerschmolz.

Als sie unter dem wachsamen Blick ihres Entführers über die Hälfte der Packung geleert hatte, kehrte die Unruhe zurück. Sie hatte genug davon, angestarrt zu werden, er sollte endlich verschwinden und ihr den Weg frei machen.

»Bald werden wir richtig gute Freunde, du und ich«, durchbrach er die Stille. Michaela blieb beinahe der letzte Bissen im Hals stecken. Sie antwortete nicht, aber er schien es auch nicht zu erwarten. Sie zwang sich zu schlucken und dachte, *wir werden niemals Freunde, eher bringe ich dich um.*

»Darf ich mir den Rest aufheben?«, fragte sie, weil sie keinen weiteren Bissen mehr herunterbekam.

»Aber sicher, Micha. Teile es dir ruhig ein. Was soll ich dir das nächste Mal mitbringen?«

Die Frage erwischte sie kalt. »Etwas Süßes vielleicht. Du darfst mich gerne überraschen.«

»Sehr gerne.« Er erhob sich. »Ich mache erst mal sauber, später können wir uns dann unterhalten. Erst die Arbeit, dann das Vergnügen.«

Michas Herz tat einen Satz. Jetzt würde es gleich so weit sein! Jede Faser ihres Körpers war angespannt. Ihr Atem ging ganz leise und flach.

Der Maskierte zog sich einen Handschuh an, nahm den stinkenden Eimer mit Fäkalien und verließ den Raum. Die Tür stand sperrangelweit offen, wie immer.

Frische Luft drang herein und machte deutlich, was für ein Gestank in dem kleinen Gefängnis herrschen musste. Micha nahm es gar nicht mehr wahr und hatte versucht, sich damit abzufinden, dass sie stank und ihre Haare fettig an der Kopfhaut klebten. Bald würde das alles der Vergangenheit angehören.

Sie lauschte gebannt, wie sich die Schritte ihres Entführers entfernten. Dann war es so weit.

Ihre Hand zitterte vor Aufregung, als sie das Öl aus der Olivenpackung über die Kette goss. Sie musste kaum nachhelfen, die eisernen Glieder rutschten problemlos über ihr Handgelenk. Mit angehaltenem Atem lief sie zur Tür, bewaffnete sich mit dem alten Metallkehrblech, das dort stand, und spähte hinaus.

Der fensterlose Gang war in beide Richtungen verlassen.

Nichts zu hören und auch nichts zu sehen. Nach links lockte die Tür mit dem Schild Notausgang, die den Weg in die Freiheit bedeutete. Nach rechts war der Gang länger, und dort gab es viele weitere Türen, beinahe wie Zellen in einem Gefängnis. Irgendwo dort war sicher Astrid.

Sie konnte nicht einfach davonlaufen, ohne ihr zu sagen, dass sie floh und Rettung nur noch eine Frage von Stunden war.

Micha zögerte. Alles zog sie zum Fluchtweg hin, doch sie würde es sich nie verzeihen, wenn sie Astrid jetzt im Stich ließe.

Ihre Füße fühlten sich schwer an wie Blei, doch nachdem sie den ersten Schritt gemacht hatte, konnte sie nicht nur gehen, sondern rennen.

Die erste Tür ähnelte der zu ihrem eigenen Gefängnis aufs Haar. Sie drückte die Klinke, rüttelte vorsichtig. Nichts.

Mittlerweile dröhnte der Puls in ihren Ohren wie die Schritte einer marschierenden Armee.

»Astrid, Astrid, bist du da drin?«

Sie lauschte. Da war doch etwas, hinter der Tür befand sich jemand.

»Hallo? Schwester!«

Ketten rasselten, dann schwere, schlurfende Schritte. »Wer ist da?« Das war die Stimme eines Mannes. Oh Gott, gab es etwa noch mehr Gefangene? War etwa hinter jeder Tür jemand angekettet? »Wer bist du?«

»Florian. Florian Schrenner.«

»Bist du auch entführt worden? Wo ist Astrid?«

Sie musste das Ohr dicht an das Schlüsselloch halten, um ihn zu hören. Seine Worte waren enttäuschend. »Ich kenne keine Astrid. Wo ist Gideon?«

Micha kam ein schrecklicher Verdacht. »Ist er dein Bruder?«

»Zwillingsbruder, wir …«

Sie rannte einfach los. Zur nächsten Tür. Sie stand offen. Ein leerer Raum, dominiert von einem riesigen Heizungskessel. Es stank nach Öl. Weiter. Der nächste Raum war wieder verschlossen. Sie klopfte, doch sobald eine Männerstimme ertönte, lief sie weiter. Dann gab es plötzlich keine Türen mehr. Der Flur führte in eine Halle, wo gerade ratternd ein alter Lastenaufzug anfuhr.

»Scheiße!«, fluchte Micha unterdrückt und duckte sich in eine kleine Kammer, wo sie sich hinter zwei Metallboxen versteckte. Der Entführer war auf dem Rückweg, und ihr blieb nicht mehr genug Zeit, um die ganze Strecke zurückzulaufen, ohne gesehen zu werden.

Sie presste sich ganz dicht an die Wand und versuchte so leise wie möglich zu sein. Die Kisten warfen tiefdunkle Schatten.

Er wird mich nicht sehen, aber bestimmt riecht er mich, dachte sie panisch. Sie selbst konnte jetzt überdeutlich den säuerlichen Gestank ausmachen, der aus ihrer Kleidung stieg.

Die Schritte wurden lauter und lauter. Hallten an den kahlen Wänden des Flurs wider und ließen ihren Magen krampfen. Ihr wurde übel vor Angst.

Dann konnte sie plötzlich das spitze Profil der Gummimaske sehen. Der Mann rückte sie im Vorbeigehen gerade. Er ließ den gereinigten Eimer ein wenig hin und her schwingen und summte irgendeinen Werbejingle.

Sie musste ihr Versteck verlassen, bevor er ihre Zelle erreichte. Vorsichtig spähte sie um die Ecke.

Ihr Entführer war an der Metalltür stehen geblieben, hinter der sich Florian verbarg, und drückte das Ohr dagegen. Hatte er auch so an ihrer Tür gestanden und gelauscht? Sie bekam eine Gänsehaut.

Jetzt oder nie, Micha!, dachte sie und lief auf Zehenspitzen in die große Halle. Gespenstisch ragten Gerätschaften, Winden und Seile vor ihr auf. Der Lastenaufzug, den ihr Entführer genommen hatte, stand noch da, doch sie konnte ihn nicht benutzen, er war zu laut.

Also blieben nur die Treppen. Mit einer Hand am Geländer lief sie zuerst auf Zehenspitzen, nach der ersten Kurve begann sie zu rennen.

Im nächsten Moment schrie ihr Entführer seine Wut hinaus. Er hatte ihr Verschwinden bemerkt.

Die einsetzende Panik verlieh ihr Flügel. Plötzlich war es unwichtig, dass ihre Lungen vor Anstrengung schmerzten und ihre Beine brannten. Sie rannte nur noch. Die Treppen endeten. Ein Gang war beleuchtet. Sie hetzte dort entlang und spürte einen kühlen Luftzug, der ihr wie ein Wink Gottes erschien.

Dort musste ein Ausgang sein. Sie folgte dem Luftzug und

stand unvermittelt vor einem breiten Rolltor. Micha bückte sich und versuchte es hochzuschieben, doch es geschah nichts.

»Ich bring dich um!«, brüllte ihr Entführer. Der Fahrstuhl setzte sich in Bewegung.

»Oh nein, bitte nicht, bitte nicht!«, wisperte sie und rüttelte an dem Tor, doch nichts rührte sich.

Dann wurde ihr plötzlich klar, dass ein derartiges Tor sicher nicht von Muskelkraft bewegt wurde. Irgendwo musste es einen Schalter dafür geben. Sie sah sich hektisch um und entdeckte einen Stromkasten.

Wenn sie die Sicherung ausschaltete, würde vielleicht der Fahrstuhl stehen bleiben und ihren Entführer einsperren. Micha drückte einen Knopf nach dem anderen. Der Fahrstuhl hielt mit einem Ruck an, dann ging mit einem lauten Klacken das Licht aus, und es war stockfinster. Die plötzliche Dunkelheit machte ihr Angst, als wäre sie wieder in ihre Zelle versetzt, aus der es keinen Ausweg gab.

Panisch begann sie erneut auf Knöpfe zu drücken, aber sie konnte sie nicht sehen, und vorher hatte sie sie so schnell gedrückt, dass sie keine Ahnung hatte, welche Sicherung wofür zuständig war.

Summend nahm der Fahrstuhl wieder die Arbeit auf.

»Falsch, falsch«, wisperte sie und schaltete ihn sofort wieder ab.

Mittlerweile rauschte das Blut in ihren Ohren wie eine heranrasende Sturmflut. Weiter. Der nächste Schalter. Klack. Und endlich wurde es wieder hell. Halogenröhren flackerten auf. Licht und Schatten zuckten über die Wände.

Sie nahm die Bewegung gerade noch aus dem Augenwinkel wahr, als sie auch schon an der Schulter gepackt wurde.

»Das hast du dir aber auch nur gedacht«, knurrte ihr Entführer, die Worte gedämpft durch die Fuchsmaske, deren Gummigestank sie jetzt auch deutlich riechen konnte.

Seine Finger bohrten sich in ihre Muskeln. Für einen Augenblick fiel Michaela in eine Art Schockstarre. Es war vorbei, sie würde hier niemals wieder herauskommen.

Der Entführer versuchte, sie mit sich zu zerren. »Komm jetzt!«

Ein Schritt, noch ein Schritt. Zurück in Richtung Keller, wo er sie erneut anketten würde wie ein Tier, wo sie eingehüllt in den Gestank ihrer Fäkalien dahinvegetieren sollte.

Nein! Michaelas Körper versteifte sich. Sie würde nicht wieder dorthin gehen. Nie wieder.

»Nein«, kam es jetzt auch über ihre Lippen.

Der Maskierte schlug ihr mit der freien Hand ins Gesicht. Ihr Kopf flog zur Seite, brennender Schmerz auf der Wange.

Er schlug noch einmal zu. Sie versuchte erfolglos, sich zu ducken.

»Komm jetzt«, brüllte er. »Und lass das verdammte Kehrblech fallen!«

Erst jetzt wurde ihr klar, dass sie ihre improvisierte Waffe noch immer in der linken Hand hielt. Es war ihre verletzte, ihre schwache Hand, aber sie musste es versuchen. Sie war doch kein Lamm, das sich nicht wehrte und nur hilflos blöken konnte.

Michaela ließ den Maskierten einen Augenblick lang in der Illusion, sie würde ihm folgen, ließ sich beinahe zehn Meter in Richtung Aufzug zerren, bevor sie ausholte und zuschlug.

Die Ecke des Blechs krachte auf seinen Kopf. Er schrie, und sie schlug gleich noch einmal zu. Diesmal traf sie seinen Arm. Er ließ sie los und trat nach ihr. Die Schuhspitze traf Michaela auf Kniehöhe und ließ sie straucheln. Nur das bewahrte sie davor, von seiner Faust im Gesicht getroffen zu werden.

Die Fuchsmaske schien seine Sicht stark einzuschränken. Micha wich zur Seite, dorthin, wo er durch die kleinen Öffnungen kaum etwas sah, trat gegen seinen Oberschenkel und fasste den Griff des Kehrblechs mit beiden Händen, um es mit all ihrer Kraft auf seinen Kopf zu schlagen.

Er brach zusammen und wälzte sich zur Seite.

Michaela rannte los. Sie musste hier raus, bevor er sich wieder erholt hatte. Erst jetzt bemerkte sie die Tür ungefähr sechs Meter weiter neben dem Rolltor.

Und sie war nicht verschlossen.

Draußen empfing sie die Dunkelheit einer bewölkten Nacht.

Michaela stolperte eine kurze Treppe hinunter. Im Gegensatz zur Helligkeit der Halogenlampen war es hier draußen pechschwarz. Sie blinzelte. Mit einer Hand an der Wand tastete sie sich beinahe blind voran. Nur langsam wurde es besser, und ihre Augen gewöhnten sich an die spärlichen Lichtverhältnisse. Sie konnte einen weiten kahlen Innenhof erkennen, der von allen Seiten von Zäunen und Mauern umgeben war. Ein weiteres Gefängnis!

Sie rüttelte am Tor. Es war verschlossen, der Spalt zwischen Metallstreben und der sich anschließenden Mauer zu schmal, um sich hindurchzuquetschen. Sehnsüchtig sah sie durch die Lücke auf eine Zufahrtsstraße. Sie war wie ausgestorben, weit und breit weder Fußgänger noch Autofahrer zu sehen.

Micha rannte weiter, immer an der hohen Mauer entlang.

Es durfte doch nicht sein, dass ihre Flucht hier endete!

»Hilfe, Hilfe, ich bin entführt worden!«, schrie sie in der Hoffnung, doch noch von irgendjemandem gehört zu werden.

Sie umrundete das Gebäude und glaubte schon, endgültig in der Falle zu sitzen, als sie zwei große Metallcontainer entdeckte, die dicht an der Außenmauer standen.

Noch einmal mobilisierte sie all ihre Kräfte, rannte zu ihnen hin und zog sich an Griffen und Leisten in die Höhe. Das rostzerfressene Metall schnitt ihr in die Hände. Doch die Angst ließ sie sämtliche Schmerzen vergessen.

Auf der anderen Seite des Gebäudes schlug die Tür auf, und dann näherten sich rasche Schritte.

Verzweifelt riss Michaela das rechte Bein hoch und schob es auf die glatte Kante des Containers. Prompt rutschte sie ab, als sie versuchte, sich mit aller Kraft hinaufzuziehen, ohne auf dem schmalen Rand das Gleichgewicht zu verlieren. Im letzten Moment gelang es ihr, den Sturz abzufangen. Ihr Knie schlug gegen die Kante, und der Schmerz zuckte bis in die Zehenspitzen hinab.

Mit zusammengebissenen Zähnen griff sie nach der Mauerkante, die nun nur noch einen halben Meter über ihr verlief, und zog sich hinauf.

Sie schaute nicht zurück, wollte nicht wissen, wie nah ihr Verfolger schon herangekommen war.

Ihr größtes Problem lag jetzt vor ihr. Denn die Mauer war fast drei Meter hoch, und sie musste auf der anderen Seite hinunterspringen.

In der Dunkelheit erkannte sie kaum etwas, aber zumindest der erste Meter hinter der Mauer war eindeutig noch betoniert. Das würde ein harter Sprung. Dahinter gab es nur noch Gestrüpp. Blühende Schmetterlingssträucher und stachelige Schlehen. Sie drehte sich vorsichtig auf den Bauch, um sich langsam herunterzulassen, und verlor den Halt.

Der Aufprall sandte eine Schockwelle durch ihren Körper. Micha schrie und fiel vornüber. Ihr Sturz wurde von den Büschen unsanft gebremst. Die Dornen der Schlehen zerkratzten ihr Gesicht.

Sie kippte langsam auf die Seite und zog gepeinigt die Beine an. In ihrem rechten Knöchel hatte es fürchterlich geknackt.

Auf der anderen Seite der Mauer hörte sie ihren Entführer fluchen, und dann rannte er los. Seine Schritte hallten über den Asphalt. Er musste nicht den schwierigen Weg nehmen und über den Container klettern, sondern konnte einfach das Tor aufschließen.

Noch war sie nicht in Sicherheit. Sie musste weiter! Durfte nicht darauf warten, dass der Schmerz nachließ.

Sie stützte sich mit den Händen auf und belastete vorsichtig die Beine. »Ah, verdammt!«

Ihr kamen vor Wut und Schmerz die Tränen. Es musste wirklich etwas gebrochen sein. Aber darauf konnte sie jetzt keine Rücksicht nehmen. Humpelnd bahnte sie sich einen Weg durch das Gestrüpp.

Über ihr riss die dichte Wolkendecke auf, und das Mondlicht schien hell auf ihre Umgebung. In der Ferne fiel ihr ein Lichtschein am Horizont auf, vielleicht lag da eine Straße. Dorthin musste sie es schaffen.

Weiter, nur weiter, zum Ausruhen war später noch Zeit genug.

Die Arme schützend vor das Gesicht haltend, zwängte sie sich immer tiefer in das Gebüsch hinein und musste die Zähne zusammenbeißen, damit ihr kein Schrei herausrutschte.

Hinter ihr knackten Äste. Ihr Verfolger war nun ebenfalls auf der überwucherten Brache unterwegs.

Micha schlug Haken und wich von dem Plan ab, auf direktem Wege dem Licht entgegenzulaufen, denn genau das würde der Entführer von ihr erwarten.

Als sie eine Gruppe verwilderter Birken erreichte, wandte sie sich scharf nach links und lief damit beinahe wieder auf ihr Gefängnis zu. Hinter einer Brombeerhecke, die sich über einem Haufen Schrott ausbreitete, wie ein Krake der seine Beute umklammerte, hockte sie sich hin.

Sie presste eine Hand auf Mund und Nase, um sich nicht durch ihre Atemgeräusche zu verraten.

Michaela konnte ihren Verfolger hören, wie er sich fluchend einen Weg durch das Unterholz bahnte. Erst wurden die Geräusche lauter, dann wieder leiser. Er hatte tatsächlich ihre Spur verloren.

Die Erleichterung schien ihr jetzt die letzten Kraftreserven zu rauben. Sie zweifelte, ob sie sich wieder aufraffen könnte, um weiterzugehen. Ihr Fuß schmerzte fürchterlich, sobald sie ihn auch nur ein bisschen bewegte.

Nach einer Weile kehrte ihr Entführer wieder um und ging zum Gebäude zurück. Vermutlich würde er sich jetzt ins Auto setzen und die nahen Straßen patrouillieren.

Es ist besser, ich bleibe hier, bis es hell ist, dachte Michaela. Wenn sie die Straße am Morgen während des Berufsverkehrs erreichte, würde er sie nicht einfach niederschlagen und ins Auto zerren können.

Sie zog die Beine an und schlang die Arme um die Knie. Jetzt, da ihr Puls langsam ruhiger wurde, begann sie zu frieren. Die Spätsommernächte wurden bereits empfindlich kalt, und sie hatte auf der Flucht geschwitzt. Nun bedeckte der Angstschweiß sie wie eine eisige Schicht. Sie begann zu zittern.

Aber ich lebe, ich atme, dachte sie.

Micha starrte vor sich hin, versuchte sich irgendwie wach zu halten, ohne dabei an die grauenhafte Zeit zu denken, die nun hoffentlich hinter ihr lag. Sie konzentrierte sich auf ihre Umgebung.

Nach einer Weile begannen die ersten Vögel zu singen. Die Wolkendecke schwand, und es wurde immer kälter. Micha sah dem Mond bei seiner Wanderung zu, starrte Käfern hinterher, die sich ihren Weg durch den Schutt neben ihr suchten. Mittlerweile wusste sie, woraus der Haufen bestand. Da waren Fliesen, Ziegel, Teile eines Waschbeckens, Metallrohre mit verrosteten Bruchstellen. Das Mondlicht gab allem einen bläulichen Anstrich und dem trostlosen Ort einen Hauch von Magie.

Michaela empfand fast alles als schön. Nachdem sie Tage und Wochen in einem kahlen Raum verbracht hatte, lechzten ihre Sinne nach Abwechslung.

Michaela war eingeschlafen. Sie zuckte zusammen, als es ganz in der Nähe raschelte, und stellte erstaunt fest, dass soeben die Sonne aufging. Ein Amselweibchen hüpfte neben ihr über den Boden und wendete auf der Suche nach Insekten Blätter und abgebrochene Zweige. Der kleine braune Vogel nahm kaum Notiz von ihr.

Michaela lauschte einen Moment. Jetzt konnte sie die Straße ganz deutlich hören. Es waren schon einige Autos unterwegs. Sie musste ihren Weg fortsetzen. Sie stützte sich mit den Händen auf dem Boden ab und kam mühsam auf die Beine. Als sie versuchte, den rechten Fuß zu belasten, war der Schmerz so heftig, dass ihr kurz schwarz vor Augen wurde.

»Nicht gut«, keuchte sie.

Wie sollte sie die Strecke bis zur Straße schaffen, wenn sie nicht einmal stehen konnte? Es waren bestimmt einige Hundert Meter bis dorthin durch Gestrüpp und über unebenes Gelände.

Sie brauchte eine Krücke oder zumindest einen Stock. Es dauerte eine Weile, bis sie ein rostiges Stück Rohr gefunden hatte, das sogar einen Knick am oberen Ende hatte, den sie sich unter die Armbeuge klemmen konnte.

Vorsichtig bahnte sie sich ihren Weg über Scherben und zerbrochene Ziegel.

Nach ein paar Metern musste sie jedes Mal innehalten, um Atem zu schöpfen und zu warten, bis der Schmerz ein wenig nachließ. Mittlerweile waren überall Vögel unterwegs. Sie schienen Michaela zu beobachten und gaben ihr das Gefühl, nicht alleine zu sein.

Von ihrem Entführer fehlte jede Spur.

Würde sie es tatsächlich schaffen? Schon konnte sie die Menschen in den vorbeifahrenden Autos erkennen. Dunkle kleine Schatten hinter der Windschutzscheibe. Auch Radfahrer gab es.

Michaela zuckte zusammen und strauchelte. Hinter ihr raschelte es. Sie fasste ihre Krücke fester, bereit zuzuschlagen, und drehte sich um. Eine Brombeerranke, die sie zur Seite geschoben hatte, bewegte sich langsam wieder in ihre ursprüngliche Position zurück, wobei die Dornen über Laub und Steine kratzten. Ihr Herzrasen war also völlig unbegründet.

Es dauerte bestimmt eine Stunde, bis ihre improvisierte Krücke endlich mit einem Klacken auf Asphalt stieß. Michaela war von der Anstrengung schweißgebadet, und für einen kurzen Moment schloss sie die Augen. Die Autos wehten ihr den Geruch von Abgasen entgegen, und sie wurde unwillkürlich von einer Welle des Glücks überspült. Hier, an der stark befahrenen Straße, war sie in Sicherheit! Hier würde er es nicht mehr wagen, sie anzugreifen. Jetzt musste sie so schnell wie möglich zur Polizei und Hilfe für ihre Schwester und die Männer holen.

Michaela humpelte näher an den Fahrbahnrand. Dort kam ein Taxi. Sie hob ihre improvisierte Krücke, signalisierte anzuhalten, doch der Fahrer hupte nur und fuhr ungebremst vorbei. Er war allein gewesen, das hatte sie deutlich gesehen. »Was für ein Idiot!«

Weit und breit war keine Kreuzung zu sehen, wo sie es bei stehenden Fahrzeugen hätte versuchen können.

Niemand hielt an. Weder ein Taxi noch sonst jemand. Michaela sah an sich hinunter. Ihre Jeans war mehr braun als blau. Shirt und Bluse dreckige Lumpen. Auf ihren Armen waren Blutergüsse und verkrustete Kratzer von den dornigen Büschen. Die meisten Landstreicher sahen sauberer aus und rochen sicherlich zehnmal besser als sie. Die Chance, mit ihrem Aussehen eine Mitfahrgelegenheit zu finden, war gleich null.

Aber sie musste hier weg und so schnell wie möglich zur Polizei! Um ihrer Schwester willen. Entschlossen betrat Michaela die Fahrbahn und stellte sich dem Verkehr mit ausgebreiteten Armen in den Weg.

Statt anzuhalten, wechselten die Wagen hupend die Spur, mehr als ein Fahrer zeigte ihr einen Vogel oder schrie ihr eine Beleidigung zu. Einer fuhr so nah an ihr vorbei, dass sie glaubte, eine Berührung am Oberschenkel zu spüren. Er hatte sie fast erwischt. Ihr kamen vor Wut die Tränen. Das konnte doch nicht wahr sein!

Humpelnd zog sie sich auf den Gehweg zurück, als sie plötzlich ein langsamer werdendes Auto hinter sich hörte. Und tatsächlich hielt ein alter Volvo mit abgenutzt fiependen Bremsen neben ihr an. Die Farbe war so ausgeblichen, dass die ursprüngliche Lackierung kaum noch zu erkennen war.

Michaela zog die Nase hoch, wischte sich die Tränen ab und öffnete die Beifahrertür.

Hinter dem Steuer saß ein kleiner dunkelhaariger Mann mit verlebtem Gesicht und schütterem Haar. »Du Hilfe?«, fragte er in gebrochenem Deutsch.

»Ja, bitte.« Sie legte die Hände in einer flehenden Geste zusammen. Der Mann lächelte ein beinahe zahnloses Lächeln und klopfte mit einer Hand auf den Beifahrersitz. »Komm.«

Vorsichtig setzte sie sich hin und benutzte beide Hände, um ihren schmerzenden Fuß zu platzieren, dann zog sie die Tür zu. Im Wagen war es warm und roch nach abgestandenem Zigarettenqualm, gegen den auch das verblasste Duftbäumchen am Rückspiegel nicht ankam.

»Vielen Dank, dass Sie mich mitnehmen«, sagte Michaela und lächelte seit langer, langer Zeit wieder einmal.

Der alte Mann legte eine Hand auf die Brust. »Ich, Danilo … du?«

»Michaela.«

»Ah, gut.« Er kämpfte mit der Gangschaltung, dann rastete sie ein, und der Wagen setzte sich ruckelnd in Bewegung.

»Ich muss zur Polizei. Fahren Sie mich bitte hin, ich habe kein Geld, aber ich werde …«

Danilo schüttelte heftig den Kopf. »Nix Geld!« Er bekreuzigte sich und bot ihr aus einer zerknautschten Packung eine Zigarette an. Sie lehnte ab. Ob ihr seltsamer Retter verstanden hatte, wo sie hinwollte?

Sie sah sich in dem Wagen um. Auf der Rückbank war ein einziges Durcheinander aus Tüten und Beuteln. Es sah aus, als hätte er vor einer Weile einen Altkleidercontainer geplündert.

»Was passiert?«, fragte er, als sie im dichten Verkehr der Bochumer Innenstadt vor einer Ampel hielten.

»Ich bin entführt worden.« Michaela würgte an den Worten.

»Nicht verstehen.«

»Eingesperrt von bösem Mann. Viele Tage.«

Der Alte riss entsetzt die Augen auf und murmelte etwas in einer fremden Sprache, bevor er sich wieder bekreuzigte. »Du weggelaufen?«

»Ja.«

»Gut, gut.«

Sie musste ihn zur Polizeistation lotsen und war froh darüber, bis zur Ankunft nur noch über Straßen und Richtungen zu sprechen, statt über ihre Entführung.

* * *

Hauptwache Bochum

Cornelia hatte soeben ihren Rechner hochgefahren, als ihr Telefon klingelte. Gebannt hörte sie zu und war schon nach den ersten Worten aufgesprungen.

Sie rannte quer durch das Büro, die Treppe hinunter, an erstaunten Kollegen vorbei, hinab ins Erdgeschoss, wo eine verwahrloste Frauengestalt auf ein Rohr gestützt wartete. Ein uniformierter Beamter stand neben ihr und sprach leise auf sie ein.

Wenn dies wirklich Astrid Fischer war, dann hatte sie zwei Wochen in der Gewalt ihres Entführers überlebt.

»Frau Fischer?«

Sie sah auf. Es war tatsächlich die verschwundene Zwillingsschwester! Sie umklammerte einen Becher mit Kakao, den ihr jemand aus dem Automaten gezogen haben musste.

»Ich bin Cornelia Arents. Wir haben nach Ihnen gesucht, Frau Fischer. Wie sind Sie hergekommen?«

Sie sah zur Tür. »Ein Mann hat mich gefahren, Danilo … Jetzt ist er weg.«

»Hat jemand den Mann gesehen, der Sie hergebracht hat?«, fragte Cornelia aufgebracht, doch Frau Fischer hob abwehrend die Hand. »Er war es nicht. Er hat … mir geholfen.«

»Kommen Sie, wir bringen Sie erst mal in ein ruhiges Zimmer.« Sie half ihr beim Gehen und merkte, dass sie starke Schmerzen hatte. »Einen Moment.«

Cornelia winkte einen Kollegen heran. »Wir brauchen einen Arzt, und es müssen Spuren gesichert werden.«

»Ich kümmere mich darum.«

Sie brachte Michaela Fischer in einen Gesprächsraum, wo sie ihr half, ihren verletzten Fuß hochzulegen. Doch die junge Frau war unruhig. Hastig berichtete sie von ihrer Entführung und wie sie die letzten beiden Wochen angekettet in einem Kellerraum verbracht hatte.

Cornelia hörte ihr gebannt zu und nahm ihre Aussage auf.

»Heute Nacht konnte ich fliehen, aber ich bin nicht die einzige Gefangene gewesen. Meine Schwester ist noch da und zwei Männer. Sie müssen sich um sie kümmern.«

Mittlerweile war auch Robin eingetroffen. Sie wechselten einen Blick. War es klug, ihr jetzt vom Tod ihrer Schwester zu berichten, oder würde die Trauer sie dann so sehr überwältigen, dass sie sich nicht mehr auf ihre Aussage konzentrieren könnte?

Offenbar waren sie einer Meinung. Der Toten war nicht mehr zu helfen, den Lebenden hingegen schon. Sie würden die traurige Nachricht also zunächst für sich behalten. Ihnen war klar, dass die Zeit drängte.

Robin brachte einen Laptop in das Zimmer, und Michaela Fischer zeigte ihnen auf einem Satellitenbild, wo sie gefangen gehalten worden war.

»Und Sie sind sich ganz sicher, dass es dieses Gebäude war?«, erkundigte sich Robin.

»Ja, dort, sehen Sie diese Container? Da bin ich drübergeklettert, um vom Hof zu kommen.«

Robin zog fragend die Brauen zusammen. »Geht das auch von der anderen Seite? Könnten wir von dort auf das Gelände kommen?«

»Mit einer Leiter bestimmt. Die Mauer ist fast drei Meter hoch, ich musste springen, und ich denke, ich habe mir den Knöchel gebrochen.«

»Jetzt sollen gleich zwei Teams in Zivil rausfahren und das Gebäude beobachten. Wir müssen einen Plan ausarbeiten, wie wir am besten reingehen, ohne das Leben der Geiseln zu gefährden. Und Sie erzählen uns bitte alles, was Sie wissen. Jedes Detail kann hilfreich sein«, forderte Cornelia sie auf. »Was können Sie uns zu dem Täter sagen? War es eine Person aus Ihrem vertrauten Umfeld?«

»Könnten Sie ein Fenster aufmachen?«, bat sie. »Ich habe so lange in einem stickigen Keller ausharren müssen … Ich kann so nicht …«

»Natürlich.«

Der frische Luftzug schien sie augenblicklich zu beruhigen. »Astrid und ich wollten in den Urlaub. Ein Bekannter hat uns abgeholt, wir hatten schon auf der Autofahrt sehr viel Spaß. Es gab Kuchen und Sekt, dann hatte ich einen Filmriss. In einem Moment haben wir noch auf Wales angestoßen«, sie schluckte. »Das Nächste, woran ich mich erinnern kann, ist der Kellerraum. Mein linkes Handgelenk tat fürchterlich weh. Es muss passiert sein, als ich bewusstlos war.«

Cornelia musste an die verbrannte Leiche der Zwillingsschwester denken und an die Todesursache: Blutvergiftung aufgrund eines offenen Bruchs am linken Arm. Was hatte das zu bedeuten? Was für ein System steckte dahinter?

»Was können Sie zu dem Entführer sagen?«

»Ich weiß nicht, ob es Bernhard war. Er hat uns abgeholt, aber ich ... Der Entführer trug immer eine Maske. Sie war aus Gummi und stellte einen Fuchskopf dar. Seine Stimme klang dadurch immer dumpf und ... nicht wie eine normale Stimme. Ich kann nicht sagen, ob er es war.«

Bernhard, Börni, das war der gleiche Mann. Cornelia war sich sicher. »Hat er einen Nachnamen?«

»Schäfer, das hat er zumindest gesagt.«

Es klopfte an der Tür, und ein Polizist trat ein. Er hatte kleine Plastikgefäße dabei und Einmalhandschuhe.

»Frau Fischer, das ist Herr Schneider. Er wird jetzt Proben bei Ihnen nehmen. Vielleicht bekommen wir so die DNA des Entführers heraus.«

»Ja, in Ordnung. Was muss ich machen?«

»Strecken Sie einfach die Hände aus. Ich schaue unter den Nägeln nach.«

Sie nickte und wies auf ihren Arm. »Er hat mich hier festgehalten. Vielleicht ist etwas Blut auf der Bluse auch von ihm. Ich habe mit ihm gekämpft.«

Der Beamte half ihr, das verdreckte Kleidungsstück abzulegen, während sich Cornelia nach den Verletzungen erkundigte, die der Entführer womöglich erlitten hatte.

»Am Arm und am Kopf auf jeden Fall. Ich habe ihn mit einem Kehrblech geschlagen.« Ihr Mundwinkel zuckte, doch für ein Lächeln reichte es nicht. »Ich hatte Angst, dass er mich doch noch überwältigt und ich dann keine Hilfe mehr holen kann. Nur deshalb bin ich weggelaufen.« Sie presste die Hände auf die Augen. »Ich habe meine Schwester dort zurückgelassen. Sie müssen sie herausholen, bevor er ihr etwas antut, Sie müssen sich um sie kümmern!«

Cornelia konnte ihr nicht länger in die geröteten Augen blicken und dabei verschweigen, dass der Mensch, der ihr am nächsten stand, schon beinahe eine Woche tot war. Wann kam nur endlich der Arzt? Sie hätte ihr lieber erst ein Beruhigungsmittel verabreichen lassen, bevor sie Frau Fischer mit der Todesnachricht konfrontierte.

»War der Entführer bewaffnet? Haben Sie eine Schusswaffe bei ihm gesehen?«

»Nein, niemals.«

»Ich danke Ihnen.« Cornelia klammerte sich an ihrem Kaffeebecher fest, als könnte sie dem Unvermeidlichen so entgehen. Die Frau sah sie fragend an, als wisse sie, dass ihr etwas verschwiegen wurde. Cornelia ließ sich noch einmal alle Details der Fabrik beschreiben, dann war es so weit.

»Frau Fischer, ich muss Ihnen etwas sagen. Es betrifft Ihre Schwester Astrid«, begann sie.

* * *

KAPITEL 12

Hauptwache Bochum

Cornelia sah dem Entführungsopfer nach. Michaela Fischer saß auf der fahrbaren Trage eines Rettungswagens und starrte mit aufgerissenen Augen ins Nichts. Nachdem sie im Vernehmungsraum zusammengebrochen war, hatte der Notarzt ihr ein Beruhigungsmittel gespritzt. Sie hatte aufgehört zu schreien und sprach stattdessen kein Wort mehr. Die Trauer spielte sich nur noch in ihrem Kopf ab.

Der Arzt hatte bei der Erstuntersuchung festgestellt, dass ihr rechter Mittelfuß mindestens einen Bruch aufwies, und Cornelia hatte umso mehr Bewunderung für die Frau, dass sie es trotzdem bis zur Straße und weiter zum Revier geschafft hatte.

Nun wartete sie auf Robin und zwei weitere Kollegen. Mit insgesamt zehn Leuten, die in aller Eile zusammengestellt worden waren, würden sie den Entführer hochnehmen, wenn er noch nicht geflohen war. Hoffentlich hatte er seinen anderen Opfern nichts angetan, nachdem Frau Fischer entkommen war und er damit rechnen musste, aufzufliegen.

Sie trafen sich auf dem Parkplatz und besprachen sich kurz. Cornelia gab jedem Team einen Ausdruck mit dem Luftbild der Anlage und einer groben Zeichnung, die sie nach Erzählungen der Zeugin angefertigt hatte.

»Cornelia und ich nehmen mit einem weiteren Team den

Vordereingang, die anderen verteilen sich um das Gebäude. Wer möchte klettern?«

Zwei junge Kollegen von der Streife wechselten einen zögernden Blick, der Robin nicht entging. »Freiwillige gefunden. Ihr lasst euch von zwei Kollegen helfen, die danach die Überwachung des südlichen Geländebereichs übernehmen. Hier müsst ihr hoch«, sagte er und zeigte ihnen die Container, über die das Entführungsopfer geflohen war.

Cornelia meldete sich zu Wort. »Frau Fischer hat den Entführer nie mit einer Schusswaffe gesehen, wir gehen aber erst mal davon aus, dass er eine hat. Seid also entsprechend vorsichtig. Wahrscheinlich handelt es sich um einen Einzeltäter. Er hat mindestens zwei weitere Opfer in seiner Gewalt. Männer und ebenfalls Zwillinge, genau wie die Entführte.«

»Los, schnappen wir uns den Kerl!«

Cornelia stieg zu Robin in den Wagen. Die Schutzweste fühlte sich im Sitzen an wie ein Korsett. Sie löste die Klettverschlüsse ein wenig und drehte sich Robin zu. »Du musstest mich in deiner Nähe haben, um auf mich aufzupassen, nicht wahr?« Er hatte verkündet, mit ihr zusammen reinzugehen, ohne sich vorher mit ihr abzusprechen.

Ertappt wandte er den Kopf. Seinem Blick nach zu urteilen erwartete er, dass sie wieder anfangen würde zu streiten. Doch Cornelia schwieg. Sein unsicherer Gesichtsausdruck ließ sie lächeln. »Kontrollfreak«, sagte sie grinsend.

Erleichtert atmete er auf. »Und? Ist das so schlimm, dass du mir wichtiger bist als die anderen? Wir waren immerhin lange ein Team. Ich arbeite gerne mit Leuten, auf die ich mich verlassen kann. Dir vertraue ich blind.«

»Danke für die Blumen.«

»Das meine ich ernst, Conny.«

»Ich auch.«

Er ließ ihre Worte so stehen und lenkte den Wagen tiefer in das Industriegebiet hinein.

»Du wärst lieber über die Mauer eingestiegen, ich weiß das«, sagte Cornelia.

»Na ja, aber da kann ich dich Hinkebein ja nicht mitnehmen.«

Cornelia schlug ihm spielerisch mit der Faust an den Oberarm.

»Aua. Übrigens, wir sind gleich da.«

Seine Worte machten die lockere Atmosphäre schlagartig zunichte. Cornelia schluckte und studierte den Plan noch einmal, obwohl sie ihn fast auswendig kannte, und kontrollierte ihre Dienstwaffe. Der Schlitten der Glock glitt geräuschlos hin und her. Eine Kugel war im Lauf, das Magazin voll. Wie vor jedem Einsatz hoffte sie, die Waffe nicht einsetzen zu müssen.

Bislang hatte Cornelia sie zwar mehrfach ziehen müssen, aber noch nie abgedrückt. Im Gegensatz zu Robin. Sie sah zu ihm hinüber, und ihr wurde klar, dass er das Gleiche gedacht hatte wie sie.

Vincents Tod betraf sie beide, wenn auch auf völlig unterschiedliche Weise.

Robin kontaktierte den Kollegen, der einen Schweißbrenner zum Öffnen des Eingangstores dabeihatte. Von ihm würde es abhängen, wie schnell sie hineinkamen.

Robin bog links ab und hielt dann in der Nähe einer Tankstelle, direkt hinter ihnen parkten zwei weitere Zivilfahrzeuge. Hier warteten sie, bis die anderen auf Position waren.

»Ist es das Gebäude da vorne?« Cornelia wies auf einen mehrgeschossigen grau verputzten Bau, der hinter einer leer stehenden Lagerhalle aufragte.

»Ich denke, ja.«

»Kein Wunder, dass niemand etwas bemerkt hat und er sie zwei Wochen lang einsperren konnte.«

»Wir sollten später trotzdem mal die Leute an der Tankstelle befragen. Es ist doch naheliegend, dass sie ihn hin und wieder gesehen haben.«

Augenblicke später hatten alle ihre Positionen erreicht, und die Geländerückseite war gesichert. Sie hatten zuvor diskutiert, ob sie Blaulicht einsetzen sollten, sich dann aber einmütig dagegen entschieden. Zu groß war das Risiko, dass der Entführer panisch reagieren und die anderen Entführten verletzen oder gar töten würde.

Also fuhren sie langsam heran, hielten direkt vor dem Tor und stiegen aus. Der Kollege mit dem Schneidbrenner schien die Flamme bereits im Wagen entzündet zu haben. Das Gas fauchte, als er die Brennstoffzufuhr erhöhte.

Cornelia begann unter ihrer Kevlarweste plötzlich zu schwitzen, trotzdem zerrte sie die Verschlüsse fester. Das Adrenalin war da und weckte in ihrem Körper urzeitliche Instinkte. Kampf oder Flucht?

»Moment«, sagte sie und stieß das Tor an. Es schwang auf. Der Schneidbrenner war nicht nötig, und das Fauchen erstarb sofort in schwarzem Qualm.

»Und los!« Robin hielt seine Pistole in der Hand, und Cornelia versuchte, ihre miesen Erinnerungen im Zaum zu halten. Es zählte nur das Hier und Jetzt.

Der Innenhof war gespenstisch leer. Nicht mal Unrat oder Herbstblätter gab es, so als würde jemand ihn regelmäßig fegen. Seltsam für ein leer stehendes Fabrikgebäude. Sie umkreisten den Backsteinbau und blieben nah an der Wand, damit sie aus den Fenstern in den Obergeschossen nicht so leicht entdeckt werden konnten.

Auf der Rückseite gab es ein großes Rolltor, das einen Ladebereich verschloss, einige Meter daneben war eine Tür. Aus diesem Ausgang musste Michaela Fischer geflohen sein.

Cornelia bedeutete ihren Kollegen, es dort zu versuchen.

* * *

Alte Seilerei

Bernhard sah die beiden Fahrzeuge langsam näher kommen und vor der Einfahrt anhalten. Verdammt, jetzt waren sie also tatsächlich da, und er saß in der Falle – dachten sie.

Schnell lief er eine Etage höher. Auf dieser Ebene gab es keine Zwischenwände, nur eiserne Streben, die in regelmäßigen Abständen über den riesigen Raum verteilt waren. Bernhard lief von einem Fenster zum nächsten, immer darauf bedacht, von draußen nicht gesehen zu werden.

Er zählte acht Polizisten, vier davon trugen Uniform.

»Wenn ihr glaubt, ihr könnt mich erwischen, dann habt ihr euch geschnitten.« Die drohende Gefahr, geschnappt zu werden, war berauschend. Schon schlugen sie unten gegen das Rolltor. Es würde nicht mehr lange dauern, bis sie im Gebäude waren.

Bernhard hastete wieder eine Etage tiefer. Hier gab es riesige Maschinen und Winden, hölzerne Spulen und eiserne Konstrukte, auf denen einst die verschiedenen Seilstränge aufgespannt gewesen waren. Die verschiedenen Ebenen der Seilerei wurden von einem Gewirr aus Tunneln und Schächten miteinander verbunden. Er hatte diesen Ort nicht durch Zufall ausgewählt. Er war perfekt. Bernhard kannte ihn wohl besser als jeder andere.

Im Erdgeschoss krachte es. Die Tür war auf.

Höchste Zeit, sein Versteck aufzusuchen. Bernhard öffnete die Abdeckung für einen Schacht, stieg hinein und schloss die Luke wieder.

Kurz zweifelte er an seinem Plan. War es nicht zu eng? Zu dunkel? Würde er so lange still ausharren können, ohne sich durch eine Bewegung zu verraten?

Ganz gleich, ob die Polizisten ihn fanden, mit Michas Flucht hatte für ihn ein neues Leben begonnen, für das er eigentlich schon mit dem Tod seines Bruders die Weichen gestellt hatte.

Er würde die Firma verlieren, die wenigen Freunde, die er hatte, und womöglich auch den Kontakt zu seinem Vater. Aber er würde frei sein – frei oder tot – wie seine Kopie.

Bernhard lauschte, während unter ihm das Gebäude langsam zum Leben erwachte. Bald würden die Bullen eine unliebsame Überraschung erleben.

Cornelia folgte Robin durch die aufgebrochene Tür in das Gebäude. Ein kurzer leerer Flur lag vor ihr.

»Die Geiseln sind im Keller?«, fragte er flüsternd.

»Ja, das hat sie gesagt.«

Sie erreichten den Hauptraum des Gebäudes. Durch einige Fenster im oberen Drittel der Hallenwände fiel gelbliches Licht. Staub lag in der Luft. Riesige Maschinen und Gerätschaften reckten starre Enden empor wie Arme sterbender Kreaturen.

Es sah gespenstisch aus. Dort war der Fahrstuhl, von dem Frau Fischer gesprochen hatte, gleich daneben lag die Treppe.

»Gehen wir runter!«

Robin nickte angespannt. Die Pistole mit beiden Händen haltend, bewegte er sich langsam die Stufen hinunter. Unten war das Licht schwächer, dämmerig. Cornelia schaltete ihre Taschenlampe an und leuchtete voraus.

»Scheint okay zu sein«, flüsterte sie. »Das müsste der Gang sein, von dem die Kellerräume für die Gefangenen abzweigen.«

Robin nickte nur. Sein lautes Atmen schien sich an den Wänden zu brechen.

Ihr Kollege hatte die Statur eines Ringers und war zudem anderthalb Kopf größer als sie. Wenn er vorausging, versperrte er ihr die Sicht.

Wenn jetzt etwas geschah, würde sie nicht rechtzeitig schießen können. Innerlich fluchend, bewegte sie sich in seinem Schatten weiter auf die erste Tür zu. Es war eine massive Feuerschutztür.

Er ging daran vorbei und drückte die Klinke. Sobald die Tür einen Spalt offen stand, trat Cornelia sie auf, und beide gingen wieder in Deckung.

»Polizei! Keine Bewegung!«, brüllte Robin.

Als keine Antwort kam, verständigten sie sich mit einem Blick und traten vor, die Waffen in den Raum gerichtet.

Cornelia ließ den Strahl ihrer Taschenlampe von links nach rechts wandern.

Nichts, der Raum war leer. Hier gab es keine Gefangenen und nichts, was darauf hindeutete, dass es sie je gegeben hatte. Weder die Ketten, von der Frau Fischer gesprochen hatte, noch Matratzen oder Latrineneimer.

»Weiter, die anderen müssen hier irgendwo sein.«

Sie verließen den kleinen Raum.

Bernhard, tief im Herzen der alten Seilerei verborgen, lächelte. Bald würde es so weit sein. Jeder halbwegs fähige Handwerker konnte so eine handliche Bombe bauen. Jeder wusste, was man auf dem Bau nicht tun sollte, wenn man vermeiden wollte, dass einem alles um die Ohren flog.

Er fühlte sich wie damals, als kleiner Junge, wenn er am Weihnachtsabend in seinem Zimmer sitzen und darauf warten sollte, dass seine Mutter das Glöckchen klingen ließ. Gleich würde es einen ordentlichen Knall geben, dann würden sie beim nächsten Mal vielleicht länger brauchen, weil sie auf ein Bombenräumkommando warten mussten. Er hoffte, dass es gar kein nächstes Mal gab. Sie würden ihn nicht finden. Niemals.

Sie hatten wieder ihre gewohnten Positionen eingenommen, Robin rechts von der Tür, Cornelia links. Er klopfte. »Aufmachen, Polizei!«

Nichts geschah. Er drückte die Klinke herunter und schob die Tür einen spaltbreit auf, den Rest erledigte Cornelia mit dem Fuß.

Die Tür flog auf. Im Licht ihrer Taschenlampe glänzte ein Faden. Die Zeit schien sich zu verlangsamen.

Robin verließ die Deckung, die aufschwingende Tür spannte den Faden, bis er riss.

»Robin, zurück!«, brüllte sie, dann riss die Detonation beide von den Beinen. Hustend wälzte sich Cornelia zur Seite. Sie hatte ihre Waffe verloren. Rauch und Staub nahmen die Sicht. Alles war schwarz. In ihren Ohren fiepte es.

War es gut, dass ihr nichts wehtat, oder stand sie unter Schock?

Blitzartig spielte ihre Fantasie Bilder aus den Nachrichten ab: Soldaten aus Afghanistan, das Attentat auf den Bostoner Marathon. Menschen, denen Gliedmaßen abgerissen worden waren, zerfetzte Körper.

Sie tastete sich ab. Staub, überall Staub, aber kein Blut. Das

Jaulen in ihren Ohren schien sich auszubreiten und sie wie in ein Vakuum zu hüllen.

Auf dem Boden lagen Metallstückchen und Schrauben, zerfetztes Plastik in einer dicken Staubschicht.

»Robin?« Sie hörte ihre Stimme nur dumpf in ihrem Inneren.

»Scheiße, verdammte!«, tönte es durch das Fiepen.

Wenn er fluchen kann, dann lebt er auch noch, dachte sie erleichtert. Cornelia hielt sich die Nase zu und glich den Druck in ihren Ohren aus. Mit einem Knacken wurde das Pfeifgeräusch in den Hintergrund gedrängt, und sie nahm wieder mehr wahr. Schreie im Obergeschoss, Schritte, die sich schnell näherten.

Cornelia tastete über den Boden und fand ihre Taschenlampe. Sie funktionierte noch. Das Licht ließ einen grauen Staubkegel vor ihr erstrahlen, und dort war auch Robin. Er lag auf der Seite. War das Blut auf dem Boden?

»Robin?« Sie kroch zu ihm hinüber, der Schock hatte ihr die Knie weich werden lassen. »Hey! Sag etwas!«

»Dieses verdammte Schwein!«

Auf dem Boden war wirklich Blut. »Wir brauchen einen Sanitäter«, schrie sie. »Niemand öffnet weitere Türen, es gibt Sprengfallen!« Ihr Hals tat weh. Der Rauch verzog sich langsam. Sie konnte besser atmen und nun auch mehr erkennen.

Ja, auf dem Boden war Blut, aber nicht so viel, wie sie zunächst befürchtet hatte.

Robin presste grimmig die Zähne aufeinander.

»Hat es dich schlimm erwischt?«

»Glaube nicht.«

An seinem linken Oberschenkel war die Hose völlig zerfetzt. Cornelia richtete die Taschenlampe darauf. Von dort kam das Blut. Sie entdeckte drei Verletzungen, die aussahen wie Schusswunden. Dunkles Blut trat daraus hervor, doch es floss langsam, was sie ein wenig beruhigte.

Robin stützte sich mit einer Hand auf und drückte mit der anderen die Haut um eine Wunde herum zusammen.

»Hör auf, was machst du da!«

Robin keuchte vor Schmerzen, dann glitt der dicke Kopf einer Schraubenmutter aus dem Fleisch und fiel mit leisem Klirren zu Boden. »Ich hol den Scheiß raus, das siehst du doch.«

»Gleich ist ein Arzt da.«

»Nein«, sagte er nur grimmig. »Halt die Lampe drauf.«

Cornelia sah sich nach ihren Kollegen um, die mittlerweile an der Unglücksstelle angekommen waren. Robin drückte unbeirrt an der nächsten Wunde herum. Als sei seine Welt auf diese eine Stelle zusammengeschrumpft.

Vermutlich hatte er einen Schock. Ob er überhaupt etwas spürte? Oder war er vom Adrenalin derart betäubt, dass es ihm nichts ausmachte?

Mit einem genervten Laut wischte er das Blut von der Wunde. Metall glänzte, eine zweite Mutter wurde von Robin unsanft hinausbefördert.

»Cornelia? Alles in Ordnung?«, rief jemand.

»Wie es aussieht hatten wir Glück im Unglück. Ich bin nicht verletzt, Robin hat etwas abbekommen. Da sind noch drei weitere Türen, soweit ich erkennen kann. Wir brauchen dringend die Sprengstoffleute. Wer weiß, ob der nicht auch Räume präpariert hat, in denen noch Menschen sind.«

Mit spitzen Fingern holte Robin eine kleine Unterlegscheibe aus einer weiteren Wunde und lehnte sich dann schwer atmend zurück. Den Kopf an die kühle Kellerwand gelehnt, sah er sie unter halb geschlossenen Lidern an und grinste schief. »Glück gehabt, Frau Arents!«

Bernhard wurde in seinem kleinen Versteck immer nervöser. Gerade war unten der Ruf nach Spürhunden laut geworden, doch die würden nicht nur das ganze Gebäude absuchen, sondern auch ihn finden. Er roch womöglich noch nach dem kleinen Sprengsatz. *Verdammt!* Warum hatte er nicht daran gedacht!

Er konnte nicht wie ursprünglich geplant ausharren, bis sie in einigen Stunden wieder verschwunden wären. Er musste weg, und zwar so schnell wie möglich.

Bernhard lauschte konzentriert. Vor der Explosion waren zwei Männer im Obergeschoss gewesen. Er hatte sie reden gehört. Nun war es still. Keine Schritte mehr, keine Stimmen, nichts.

Wenn nicht jetzt, dann nie. Innerlich fluchend kroch er zurück und löste die Abdeckklappe. Zögernd lugte er hinaus, öffnete sie noch etwas weiter … Ja, er war wirklich allein. Vorsichtig nahm er den Deckel vollständig ab und stellte ihn ganz sacht auf dem Boden ab.

Er kam ins Schwitzen, als er selbst ebenso langsam und vorsichtig hinausstieg. Auf Zehenspitzen ging er zur Treppe und ein Stückchen die Stufen hinab. Von hier aus konnte er die große Halle überblicken. Er machte gleich mehrere Polizisten aus, die offenbar alle versuchten, einen Blick auf die Verletzten zu werfen, die noch immer im Kellergeschoss waren.

War das ein Martinshorn? Ja, er täuschte sich nicht, denn die Polizisten hörten es auch.

»Fahr den Wagen weg!«, rief jemand.

Während zwei Beamte zum Ausgang liefen, eilte der dritte in den Keller.

Dies war seine Chance. Die lauter werdende Sirene übertönte seine Schritte zuverlässig. Er rannte die Treppe hinunter und erreichte unbemerkt die große Halle.

Sollte er es wagen? Er musste. Schon zuckte Blaulicht über die Fenster und warf tanzende Schatten ins Innere. Bernhard betrat den Flur, der zum Hinterausgang führte. Die Tür zu einem kleinen Geräteraum stand sperrangelweit offen. Sie mussten sie aufgetreten haben, als sie die Räume sicherten.

Bernhard huschte hinein und drückte sich hinter der Tür an die Wand. Niemand würde damit rechnen, dass er sich ausgerechnet in einem kleinen, gut einsehbaren Raum versteckte. Hier musste er nun ausharren, bis die Gelegenheit günstig war. Er hörte draußen den Rettungswagen parken. Die Polizisten erklärten den Sanitätern kurz, was geschehen war. Offenbar hatte es zwei Bullen erwischt, allerdings nur leicht.

Besser als nichts, dachte Bernhard und spähte durch den schmalen Schlitz zwischen Tür und Zarge. Er nahm die Männer nur als Schemen wahr, doch das reichte ihm. Es waren vier. Zwei Polizisten und zwei Sanitäter.

Der Weg war frei. Einen Moment abwarten, bis die Männer die Halle erreicht hatten, und los.

Bernhard verließ den Raum und ging so ruhig, wie er es nur fertigbrachte, zum Ausgang. Die Tür stand offen.

Er fühlte sich völlig berauscht, als er über die Stufen in den Hof trat, wo der Krankenwagen mit geöffneten Hecktüren stand.

Sollte er durch das Tor zur Vorderseite hinaus? Es stand ebenfalls offen. Bernhard wagte es und bekam einen riesigen Schreck, als genau in diesem Moment ein Notarztwagen mit eingeschaltetem Blaulicht um die Ecke bog und mit quietschenden Reifen vor ihm anhielt. Der Arzt sprang sofort aus dem Wagen. »Wo muss ich hin?«, rief er gehetzt.

Bernhard schnappte erschrocken nach Luft, dann fing er sich.

»Da rein, den Gang hinunter in die Halle, dort warten Kollegen, die Sie begleiten werden.«

Der Arzt verlor kein weiteres Wort und rannte mit seinem Koffer in der Hand hinein.

Bernhard wandte sich nach rechts, wo die Zufahrtsstraße bald in eine größere münden würde, an dessen Rand er seinen Wagen geparkt hatte. An der Kreuzung gab es eine Tankstelle. Dort kaufte er sich zur Mittagszeit hin und wieder ein Eis, wenn er in der Nähe war.

Beim Gedanken an den Geschmack von Vanille und knackiger Schokolade lief ihm sofort das Wasser im Mund zusammen. Ja, eine Packung Eiskonfekt, das war genau das, was er jetzt brauchte.

* * *

Cornelia stand neben Robin, während dessen Bein verbunden wurde.

»Sie können sich jetzt auf die Trage setzen, Herr Schenz.«

Robin sah den Sanitäter an, als habe der ihn aufs Schlimmste beleidigt.

»Warum sollte ich mich da draufsetzen?«

»Damit wir Sie ins Krankenhaus fahren können.«

»Ins Krankenhaus? Sie glauben doch wohl selber nicht, dass ich mich hier wegbewege!«

Cornelia legte ihm eine Hand auf die Schulter, dabei wusste sie eigentlich, dass ihr Kollege sich nicht umstimmen lassen würde. »Robin, sei vernünftig.«

»Bin ich, ich bleibe.« Energisch drückte er sich an der Wand ab und stand, wenn auch wackelig, wieder auf eigenen Füßen.

»Du sturer Esel«, zischte sie ihm zu und wandte sich dann an Arzt und Sanitäter. »Sie haben es also gehört, meine Herren. Herr Schenz bleibt auf eigenen Wunsch hier. Vielen Dank für Ihre Hilfe, ich hoffe, wir kommen den Rest des Tages ohne Sie aus.«

Die Sanitäter packten ihre Sachen zusammen, doch der Notarzt war nicht so schnell zu überzeugen. »Herr Schenz, eigentlich dürften Sie gar nicht laufen, bevor wir die Verletzungen nicht genäht haben. Sie riskieren Ihre Gesundheit.«

Robin streckte ihm demonstrativ zum Abschied die Hand hin. »Das weiß ich alles, ich verspreche, ich fahre nachher noch im Krankenhaus vorbei und lasse mich anständig zusammenflicken.«

»Es ist Ihre Entscheidung.« Der Arzt gab ihm mit einem herablassenden Blick die Hand und ging.

»Du bist so ein sturer Bock«, sagte Cornelia und musste vor Erleichterung grinsen. »Und dumm auch noch dazu. Warum bleibst du nicht in Deckung, Rambo?«

Robin drückte die Hand auf den verbundenen Oberschenkel. »Weil mich so schnell nichts umhaut«, erwiderte er. Doch er wusste genauso gut wie sie, dass er einen Fehler begangen hatte, der schnell tödlich hätte enden können.

Das Schweigen, das sich nun breitmachte, war wie ein stilles Schuldeingeständnis, und Cornelia spürte ihre Unruhe wachsen. »Wir sollten nach den anderen Geiseln suchen, aber vorsichtig. Keine Türen öffnen, und am besten halten wir auch nach Stolperdrähten und Ähnlichem Ausschau.«

»Meinst du, das ist ungefährlich?«

»Wenn wir vorsichtig sind, ja. Falls hier noch Menschen sind, sollten wir sie finden und zumindest mit ihnen reden. Stell dir vor, du wärst hier unten eingesperrt und würdest eine Explosion hören.«

Robin nickte. »Also los. Nächste Tür.«

Er humpelte neben ihr her. Langsam. Cornelia hatte ihre Pistole zurück in das Holster gesteckt und leuchtete den Boden vor sich sorgfältig mit der Taschenlampe ab. Robin hielt seine Lampe gerade voraus und stützte sich mit einer Hand an der Wand ab.

»Nächste Tür.« Cornelia klopfte. »Polizei. Hallo, ist da jemand? Wenn Sie nicht reden können, machen Sie sich bitte auf andere Weise bemerkbar.«

Sie legte den Kopf an das kalte Metall und lauschte. »Nichts.«

»Dann weiter.«

Sie hatten nun die Hälfte des Flurs hinter sich gebracht. Er war auf eine irritierende Weise gepflegt, ungewöhnlich für ein verlassenes Gebäude. Die Wände waren weiß gestrichen, der Boden aus gegossenem Beton. Cornelia wurde das Gefühl nicht los, dass der Entführer alles geputzt hatte. Aber warum? Wollte er Spuren beseitigen?

Die nächste Tür. Cornelia klopfte, rief wieder und bekam erneut keine Antwort.

»Riechst du das?« Robin verzog das Gesicht.

Cornelia wappnete sich innerlich, beugte sich zum Schlüsselloch und versuchte, verräterischen Leichengeruch auszumachen. Beinahe erleichtert wurde ihr klar, dass der beißende Geruch nicht von verwesendem Fleisch stammte, sondern von Fäkalien. »Hier war auf jeden Fall jemand eingesperrt, denke ich. Oder ist es sogar noch.«

Nun rief auch Robin noch einmal in den Raum, doch auch er erhielt keine Antwort.

Sie durchsuchten den gesamten Kellerbereich. Nirgends antwortete jemand. Es gab drei mögliche Szenarien: Die Fabrik war tatsächlich verlassen, der Täter hatte seine Gefangenen getötet, oder sie waren so gut gefesselt und geknebelt, dass es ihnen unmöglich war, sich bemerkbar zu machen. Im Stillen hoffte Cornelia auf die dritte Variante.

Die angeforderten Sprengstoffspürhunde trafen am Nachmittag ein. Cornelia wartete mit ihren Kollegen im Hof der alten Seilerei. Sie hatten das Gebäude abgesucht, soweit es ihnen möglich war. Zwischenzeitlich war ihr Vorgesetzter Reinle vorbeigekommen, und nachdem sie ihn über die Sachlage aufgeklärt hatten, war er auch wieder gefahren. Er hatte an ihrem Vorgehen nichts auszusetzen gehabt. Robin hatte sich zwar von ihm eine Standpauke anhören müssen, doch auch Reinle überließ ihm die Entscheidung, ob er weiterarbeiten wollte oder nicht.

Jemand hatte an einer Tankstelle Kaffee und belegte Brötchen geholt. Während Cornelia lustlos auf einem pappigen Bissen herumkaute, musste sie unentwegt daran denken, dass dort unten womöglich zwei Menschen eingesperrt waren und Todesängste ausstanden.

Umso erleichterter war sie, als die Hundeführer endlich eintrafen. Im Kofferraum des Wagens drückten die Tiere bereits begierig die Nasen gegen die Gitter. Es waren zwei, ein belgischer Schäferhund und ein Mischling mit grauem Fell und hellen Augen, dessen Aussehen Cornelia einen kalten Schauer über den Rücken jagte.

Der Wagen hielt gleich neben ihr. Als der graue Hund zu bellen begann, zuckte sie zusammen. Ihre Wade schmerzte plötzlich, und sie musste sich zusammenreißen, um sich nicht danach zu bücken oder gleich Abstand von dem Wagen zu nehmen.

Zwei Männer stiegen aus. Sie kannte den Hundestaffelführer Dirk Ackeler schon von anderen Einsätzen. Er koordinierte NRW-weit alle Einsätze, die nicht von den normalen Diensthundeführern abgedeckt wurden. Darunter fielen Sprengstoffsuche ebenso wie die Suche nach lebenden und toten Personen.

»Frau Arents, es tut mir leid, aber es ging nicht schneller. Wir haben einen personellen Engpass.«

Sie schüttelte ihm die Hand. »Jetzt sind Sie ja hier. Im Keller war eine Sprengfalle angebracht, die wir beim Öffnen einer Tür ausgelöst haben. Womöglich gibt es noch mehr.«

»Ist jemand verletzt worden?«

»Mein Ego«, brummte Robin und gab ihm ebenfalls die Hand.

Ackeler bemerkte die zerrissene Hose und den Verband.

»Schlimm?«

Robin zuckte mit den Schultern. »Gespickt wie ein Sonntagsbraten. Schrauben, Muttern.«

Die Männer lachten, und Cornelia bekam das Gefühl, irgendeinem obskuren Ritual beizuwohnen, das man nur verstand, wenn man genügend Testosteron in den Adern hatte. Sie konnte dem Hundeführer ansehen, dass er Robin gerne von seinen eigenen Verletzungen erzählt hätte, doch dafür war jetzt keine Zeit.

»Wir vermuten, dass sich dort unten vielleicht noch zwei Entführungsopfer aufhalten. Aber wir konnten bislang keinen Kontakt herstellen.«

»Dann beeilen wir uns.« Er trat zu seinem Kollegen, der bereits die Heckklappe des Wagens geöffnet hatte und den belgischen Schäferhund anleinte. Ackeler öffnete den Kennel des Mischlings, doch statt ruhig zu warten, sprang das Tier heraus, bellte und lief direkt auf Cornelia zu.

Die umgehend das Gefühl hatte, Kälte und Hitze zugleich ausgesetzt zu sein, als ihr Körper auf Instinktsteuerung umschaltete und alles auf Flucht programmierte. Die Todesangst war plötzlich da. Cornelia stolperte einen Schritt zurück. Robin trat blitzschnell vor sie und schirmte sie von dem fröhlichen Hund ab. Dann übernahm ihr Verstand wieder die Kontrolle.

»Ist … ist okay, Robin«, brachte sie hervor und trat neben ihn.

Der Hund kam zu ihr und leckte ihr die Hand. Sie spürte die warme, feuchte Zunge auf ihrer Haut, und ihr Körper schien sich noch einen Moment lang zu weigern, sich zu beruhigen.

Das sind keine Zähne, er will dich nicht umbringen, er will gestreichelt werden, versuchte sie sich selbst zu überzeugen.

»Du bist ein Lieber«, sagte sie leise und mit bebender Stimme. Der Hund sah zu ihr auf, als verstünde er genau, dass ihre Angst nicht ihm gegolten hatte. Und der Blick in seine Augen beruhigte sie endgültig: Es waren warme, braune Hundeaugen, nicht die hellen eines Wolfs.

Als sie ihm gerade über den Kopf streicheln wollte, zerrte Ackeler ihn mit einem Ruck am Halsband von ihr fort. Der Hund setzte sich gehorsam neben ihn und winselte leise.

»Entschuldigen Sie. Er ist noch jung. Arbeiten tut er mit Begeisterung, nur die Gehorsamkeit passt noch nicht so ganz zum restlichen Eifer.«

»Ist ja nichts passiert«, sagte Cornelia beschwichtigend. »Eigentlich mag ich Hunde.«

»Er hat Ihnen Angst gemacht.«

Sie nickte. »Es hat aber nichts mit Ihrem Tier zu tun. Ich bin im Dienst von einem Hund angefallen worden.«

»Ich erinnere mich! Sie waren das mit dem Wolfhund.«

»Genau.«

»Ja, so was prägt.« Ackeler gab seinem Hund einen spielerischen Klaps auf den Kopf. »Los, an die Arbeit.«

»Ich begleite Sie.« Cornelia lief neben ihm her zum Eingang und musste sich zusammenreißen, um nicht zu humpeln. Die Erinnerung an den Angriff im Februar hatte alles zurückgebracht. Die Angst konnte sie bekämpfen, der Schmerz war eigensinniger. Ihre Wade krampfte und stach. Sie fühlte die Narbenhaut spannen wie Papier, kurz bevor es riss.

»Wir müssen da die Treppe runter.«

Ackeler wies seinen Kollegen an, mit seinem Hund im Erdgeschoss zu beginnen, während er mit Cornelia in den Keller ging.

Mittlerweile waren dort helle Strahler aufgestellt worden. Niemand hatte gewagt, den Strom im Gebäude einzuschalten, an den weitere Bomben gekoppelt sein könnten. Und so begleitete sie nun das Wummern eines kleinen Generators, das wie ein Pulsschlag durch die alte Seilerei dröhnte und dem Gebäude zu einem seltsamen Halbleben verhalf.

Am Anfang des Flures gab Ackeler seinem Hund einen leisen Befehl. Der senkte sofort den Kopf und gab seiner Begeisterung mit kräftigem Schwanzwedeln Ausdruck. Für die Hunde war das alles wirklich nur ein Spiel, sie schüffelten nach ihrem Lieblingsgeruch und halfen den Menschen bei ihrer Suche, wie nur sie es konnten.

Die feuchte Nase des Tieres hinterließ Spuren auf dem Boden, Bögen und Zickzacklinien, die manchmal aussahen wie Schriftzeichen. Eine kleine Kammer war schnell ergebnislos durchsucht, dann folgte ein Stück Flur und der Raum, in dem die Bombe hochgegangen war.

»Felix, Felix, mit Ruhe«, sagte Ackeler und musste die Leine kurz mit beiden Händen halten, als das junge Tier mit aller Kraft vorausstürmte. Doch was er fand, waren nur die Reste des Sprengkörpers. Bellend setzte er sich davor und wartete auf seine Belohnung.

»Hier ist wie erwartet nichts mehr, die SpuSi kann hier anfangen.«

Cornelia machte einen kurzen Anruf. Die Kollegen warteten bereits im Hof auf ihren Einsatz und würden nun endlich loslegen dürfen. Jetzt wurde es spannend, denn nun waren die beiden verschlossenen Räume an der Reihe.

Ackeler lenkte seinen Hund auf das nächste Ziel. Felix schnüffelte aufgeregt an der Tür und an dem Schlitz darunter und sah sich immer wieder zu seinem Herrn um, als suche er nach Bestätigung. Ackeler setzte ihn dreimal auf die Tür an, doch es kam keine positive Reaktion.

»Es tut mir leid. Wahrscheinlich ist dort nichts angebracht worden, aber wenn der Sprengsatz ziemlich weit von der Tür entfernt ist, dann kann er ihn womöglich nicht wittern und zeigt deshalb nichts an.«

»Dann müssen wir es eben so versuchen. Mir ist auch bei der ersten Explosion nichts passiert, weil ich in Deckung geblieben bin. Robin war zu schnell. Wenn wir die Tür mit einem langen Stock aufstoßen würden, passiert womöglich selbst dann nichts, falls da drin noch so ein Ding angebracht ist.«

»Ja, vermutlich. Wenn Sie das Risiko tragen wollen? Von hier draußen kann ich nichts mehr tun.«

»Wenn, dann mache ich das selbst. Ich schicke keinen anderen in so eine Situation.«

Der Hundeführer überprüfte auch den zweiten verschlossenen Raum, ohne etwas zu finden, und so stand sie bald wieder mit Robin da. Cornelia hielt einen Besen in der Hand, den sie in einem Raum gefunden hatte.

Robin grinste sie schief an. »Déjá-vu.« Er drückte vorsichtig die Klinke herunter, bis die Tür mit einem leisen Klack öffnete.

»Diesmal Abstand, Robin.« Sie wartete, bis er sich einen Schritt zurückgezogen hatte, und drückte dann vorsichtig mit dem Besen gegen die Tür. Sie schwang auf.

Cornelia hatte das Gefühl, jede Faser ihres Körpers sei zum Zerreißen gespannt. Sie wartete auf die Explosion, auf die Druckwelle, die ihr wie ein Faustschlag die Atemluft aus der Brust pressen würde.

»Nichts.« Robin zuckte mit den Schultern. »Der will nur unsere Arbeit verzögern, Zeit schinden, damit er in Ruhe abhauen kann.«

»Möglich.« Cornelia ließ den Besen vor der Tür auf und ab schwingen, und als nichts geschah, warf sie ihn in das Zimmer. Der Stiel schlug klappernd auf dem Boden auf, rutschte noch ein Stück und lag still.

Nun nahm sie auch das Geruch war, eine Mischung aus abgestandenem Kellermief, Angstschweiß und Urin. Schließlich wagte sich Cornelia vor und leuchtete in den Raum. Er war leer. Es gab eine dreckige Matratze auf dem Boden und Ketten, die an einem aus der Wand ragenden Kupferrohr festgemacht waren.

»Die Ketten passen von der Größe her zu den Abdrücken auf Astrid Fischers Armen«, sagte sie. »Sie wurden hier festgehalten, da können wir von ausgehen.«

»Ich denke nicht, dass wir die Männer hier noch finden werden. Er hat sie rechtzeitig fortgeschafft, womöglich direkt nachdem klar war, dass er Michaela Fischer nicht mehr aufhalten konnte.«

Cornelia stimmte ihrem Kollegen zu. »Aber das bedeutet für uns auch, dass wir noch eine Chance haben, die Männer lebend zu finden.«

Robin nickte ernst. »Vorausgesetzt, die anderen Räume sind leer wie dieser hier.«

Ja, es bestand noch immer die Chance, Leichen zu finden. Das Gebäude war groß, und solange sie nicht auch den letzten Winkel durchsucht hatten, konnten sie diese Möglichkeit nicht ausschließen.

* * *

KAPITEL 13

Tankstelle

Bernhard hatte noch eine Weile im kleinen Café der Tankstelle am Fenster gesessen, Automatenkaffee getrunken und hinausgesehen. Die alte Seilerei lang nur etwas über einhundert Meter die Straße hinunter. Von seinem Platz aus konnte er das Treiben dort gut überblicken.

Seit seiner gelungenen Flucht waren immer mehr Wagen eingetroffen. Zuletzt einer mit Spürhunden im Kofferraum. Der kleine Sprengsatz war wirklich eine gute Idee gewesen. Es machte ihn stolz, darauf gekommen zu sein.

Hier zu sitzen und den Bullen zuzusehen war aufregend und fast so gut, wie die Zwillinge zum Duell zu treiben.

Bernhard belohnte sich mit einem weiteren Stück Kuchen, dessen Zucker seinen berauschenden Triumph noch krönte.

Vor einer Viertelstunde waren zwei Streifenpolizisten in der Tankstelle aufgetaucht und hatten so viele belegte Brötchen und Kaffee geholt, dass es für eine halbe Kompanie reichte.

Bernhards Puls war hochgeschossen, er hatte steif aus dem Fenster gesehen und dann, als die Spannung ein wenig nachließ, langsam den Kopf gedreht.

Was für ein Nervenkitzel!

Er hatte den Bullen direkt in die Augen geblickt und auf

eine Reaktion gewartet. Es war nichts passiert. Einer hatte gelächelt, als müsse er sich dafür entschuldigen, den gesamten Brötchenvorrat des kleinen Cafés aufzubrauchen, der andere hatte nur den Kopf wieder abgewandt und auf das Essen gestarrt.

Offenbar wussten sie noch nicht, wer er war. Hätte es Fahndungsbilder gegeben, wäre er sicher erkannt worden.

Ob er es wagen konnte, noch einmal nach Hause zu fahren und ein paar Sachen zu packen?

Innerlich hatte er sich längst von allem getrennt, was in seiner Wohnung zurückgeblieben war. Aber warum nicht? Einen Versuch war es wert.

* * *

Alte Seilerei

Cornelias Diensthandy klingelte. Es war ihre neue Kollegin Merve. »Ich hab Neuigkeiten zu der Fabrik und vielleicht auch eine Spur, die uns zum Täter führt.«

»Schieß los.«

»Die alte Seilerei ist von einem ausländischen Investor gekauft worden. Ich habe dort angerufen und ein paar Fragen gestellt. Sie wollten ursprünglich exklusive Lofts oder eine Bar daraus machen, hatten dann aber Probleme mit der Finanzierung. Derzeit passiert nichts mit dem Gebäude, es wird aber gewartet. Die Hausmeisterfirma ist die einzige, die Zugang hat. Der Chef des Unternehmens heißt Bernhard Hildebrandt.«

»Das könnte unser Mann sein«, sagte Cornelia aufgeregt. Sie begann, hektisch auf und ab zu gehen.

»Was hast du über ihn rausfinden können? Ist er aktenkundig?«

»Über ihn nicht viel. Sein Bruder starb bei einem Unfall. Er hat ausgesagt.«

Cornelia hatte plötzlich eine Ahnung. »Der Tote, war es sein Zwillingsbruder? Sieh mal nach den Geburtsdaten.«

»Moment.«

Sie konnte ihre Kollegin tippen hören. »Derselbe Tag.«

»Das war garantiert kein Unfall! Such mir bitte alles dazu heraus, und ich brauche noch mehr. Die Adresse seiner Firma, Arbeitskollegen, Verwandte. Schick gleich eine Streife zu seiner Adresse. Er wird wahrscheinlich abgehauen sein. Sie sollen aber trotzdem vorsichtig sein. Halte mich auf dem Laufenden. Ich schicke die Spurensicherung in der Wohnung vorbei, sobald sie hier fertig sind.«

»Mache ich.«

»Hast du ein Foto des Verdächtigen? Dann lass es mir doch bitte zukommen!«

»Okay.«

»Danke. Und, Merve … Gute Arbeit.«

Cornelia schaltete ihr Handy aus und merkte erst jetzt, dass Robin vor ihr stand und sie erwartungsvoll ansah. Ihm war sofort klar, dass sie eine heiße Spur hatte. »Wir haben einen Verdächtigen. Und stell dir vor, sein Zwillingsbruder ist vor vier Jahren bei einem Unfall gestorben. Er war offenbar dabei und hat als Zeuge ausgesagt.«

»Klingt nach unserem Mann. Fahren wir hin?«

»Nein, das überlasse ich der Streife. Er ist garantiert nicht mehr da. Du und ich, wir fahren zum Krankenhaus.«

Robin war seine Begeisterung über ihren Plan sofort anzusehen. Doch Cornelia schnitt ihm mit einer Handbewegung das Wort ab, bevor er protestieren konnte.

»Ich will noch einmal mit Michaela Fischer reden und sehen, ob sie ihn wiedererkennt. In der Zeit kannst du dich zusammenflicken lassen, da bestehe ich drauf, Rambo. Merve trommelt die Mitarbeiter des Verdächtigen zusammen. Wir treffen uns mit ihnen in dieser Hausmeisterfirma.«

Ihr Handy meldete eine Nachricht. Es war das Foto des Verdächtigen. Ein harmlos, ja sogar recht freundlich aussehender Mann, der neutral in die Kamera blickte. Vermutlich war es ein Passbild, das Merve ihr geschickt hatte.

Im Krankenhaus trennte Cornelia sich sofort von ihrem verletzten Kollegen. Robins Protest war nur von kurzer Dauer, dann schien er sich mit seinem Schicksal abzufinden.

Michaela Fischer lag in einem Einzelzimmer. Als Cornelia eintrat, schlief sie. Cornelia wollte sie nur ungern wecken, und so ging sie wieder auf den Flur und wandte sich an eine Schwester.

Die Frau sah resolut aus. Das blondierte Haar streng zurückgebunden, das Gesicht von vielen Nachtschichten gezeichnet. Ihre Arme waren ungewöhnlich kräftig und weckten in Cornelia den Eindruck, als könne sie selbst schwere Patienten problemlos alleine heben. Eine Krankenschwester zum Fürchten, doch als Cornelia sie auf Michaela Fischer ansprach, wurde ihre Miene weich und mitfühlend.

»Wie geht es ihr?«

»Körperlich gut, sie ist sehr schwach, aber gut versorgt. Eine junge Frau wie sie wird sich schnell wieder erholen, aber ihre Seele hat sicher Schaden genommen. Sie hat sehr geweint.«

»Ihre Schwester ist gestorben.«

»Ja, das hat sie mir erzählt. Wir haben gemeinsam für sie

gebetet. Manchmal hilft das auch den Menschen, die nicht glauben.«

»Danke, dass Sie sich Zeit genommen haben.«

Die Krankenschwester lächelte und drückte Cornelias Arm. »Dafür bin ich doch da.«

»Waren schon Verwandte hier?«

»Die Eltern. Sie sind nur für ein, zwei Stunden weg. Sie müssen wegen des Sterbefalls einiges erledigen. Sie tun mir wirklich leid. Was für ein Unglück.« Sie seufzte. »Ihre Leute waren auch schon hier, die Ärztin, die Sie geschickt haben.«

Cornelia nickte. Offenbar hatten die Kollegen das Übliche veranlasst und eine Frauenärztin geschickt, die Michaela Fischer auf Verletzungen untersuchen und alles für eine spätere Verurteilung des Täters dokumentieren würde.

»Denken Sie, ich kann mit ihr sprechen? Es ist wirklich wichtig.«

»Ja, natürlich. Aber sie hat Beruhigungsmittel bekommen. Vielleicht ist sie deshalb ein wenig benommen.«

»Danke, dann versuche ich es.«

Cornelia trat ein und schloss die Tür hinter sich. Das Zimmer war freundlich und hell. Auf dem Tischchen neben dem Bett stand ein herbstlicher Strauß mit Sonnenblumen und Rosen in einer viel zu kleinen Vase. Die Blüten dufteten, der mit eingebundene Lorbeer gab dem Ganzen eine schwere Note und vertrieb den typischen Klinikgeruch auf fast magische Weise. Vor einem halben Jahr hatte sie selbst in einem ganz ähnlichen Zimmer im Klinikum gelegen, wie Michaela Fischer an Körper und Geist verletzt. Cornelia hatte ihren Geliebten verloren, und auf gewisse Weise war es der schwerste Verlust, den sie je erlitten hatte.

Ihren Bruder zu verlieren, war für sie unvorstellbar, und allein der Gedanke daran war kaum auszuhalten. Doch Michaela Fischer musste den Verlust ihrer Schwester verkraften.

Leise trat Cornelia an das Bett. Aus der Nähe wirkte die Schlafende noch zerbrechlicher. Als habe die Zeit im Kellerverlies sämtliche Farbe aus ihrer Haut gesogen. Für ihr Alter wirkten die wenigen Falten an Mund und Augenwinkel ungewöhnlich tief. Was musste sie in den vergangenen zwei Wochen nur für Ängste ausgestanden haben.

»Frau Fischer?«

Sie rührte sich nicht. Cornelia berührte sacht ihre Hand und drückte sie. »Frau Fischer, Arents von der Kripo, ich brauche Ihre Hilfe.«

Sie zuckte zusammen und riss die Hand weg, dann öffnete sie langsam die Augen, blinzelte und erkannte schließlich, wo sie war.

»Sie müssen keine Angst mehr haben, Sie sind in Sicherheit.«

»Frau Arents?« Ihre Stimme klang rau. Sie versuchte sich aufzusetzen. Cornelia half ihr und justierte das Kopfteil des Bettes.

»Wie geht es Ihnen?«

»Ich weiß es nicht. Ich bin erschöpft, aber es tat gut zu duschen, das alles abzuwaschen. Aber es gibt so viel, an das ich nicht denken will, und doch kann ich nicht anders. Sobald ich die Augen zumache, sehe ich Astrid vor mir.« Sie blinzelte und wischte sich über das Gesicht. Ihre Augen waren gerötet. »Haben Sie die Männer gefunden?«

Cornelia seufzte. »Nein, leider nicht. Wir waren in der Fabrik, aber der Entführer muss sie weggeschafft haben. Er hatte genug Zeit dafür. Wahrscheinlich hat er direkt damit begonnen, als die Suche nach Ihnen erfolglos verlaufen war.«

»Und ich habe die halbe Nacht im Freien ausgeharrt, wäre ich nur eher zur Straße gelaufen.« Der Gedanke schien sie aufzuregen, ihr Atem ging schneller, und Cornelia konnte in ihrer Kehle den Puls klopfen sehen.

»Machen Sie sich jetzt bitte keine Vorwürfe.« Cornelia drückte vorsichtig ihre Hand, und diesmal zuckte die junge Frau nicht zurück.

»Es fällt mir schwer, es nicht zu tun. Ich hatte so schreckliche Angst. Können Sie mich verstehen?«

»Ich verstehe genau, wie Sie sich gefühlt haben, ich war schon mal in einer ähnlichen Situation. Aber hier sind Sie sicher. Und Sie können auch von hier aus noch helfen.«

Frau Fischer wandte ihren Kopf und sah aus dem Fenster. Draußen begann es zu dämmern. Das Licht wurde weicher, und ihr Gesicht wirkte nicht mehr so angestrengt.

»Was soll ich tun?«

Cornelia nahm ihr Handy aus der Tasche. »Ein Foto ansehen. Ist das hier der Mann, der Sie entführt hat?«

Sie zögerte, als habe sie Angst vor dem Bild, dann wandte sie sich doch ihr zu und nahm das Handy. Sie starrte das Foto regelrecht an. »Er sieht so lieb aus. Aber falls er es wirklich war, ist er ein Monster.«

»Also sind Sie sich nicht sicher? Den Mann haben Sie …«

»Das ist Bernhard, er hat uns zum Flughafen gefahren. Zumindest sind wir dorthin aufgebrochen. Dann habe ich einen Filmriss.«

»Woran erinnern Sie sich?«

»Er hat uns abgeholt, und im Auto gab es dann Sekt und Gebäck, das er angeblich selbst gebacken hatte. Es war total lecker, Astrid … Astrid und ich haben beide viel gegessen und getrunken. Es war lustig, wir haben uns so auf den Urlaub gefreut …«

»Wann haben Sie das Bewusstsein verloren?«

»Irgendwann auf der Autobahn. Das erste Schild vom Düsseldorfer Flughafen war schon vorbei.« Sie musterte das Foto noch einmal. »Und Sie denken, dass er es war?«

»Sie nicht?«, gab Cornelia zurück.

»Es will nicht in meinen Kopf hinein, dass ausgerechnet Bernhard … Aber er muss es gewesen sein, oder? Wer sonst sollte uns entführt haben?«

Sie sah Cornelia fragend an, als wolle sie eine tröstende Antwort hören. Wollte hören, dass der Mann, dem sie vertraut hatten, nicht das Leben ihrer Schwester auf dem Gewissen hatte. »Er trug immer eine Fuchsmaske, so eine weiche aus Gummi. Seine Stimme hörte sich deshalb anders an. Vielleicht wollte ich zu sehr, dass Bernhard und dieser Mann unterschiedliche Personen waren. Aber eigentlich kann es nicht sein, oder?«

»Woher kannten Sie ihn?«

»Von einem Zwillingstreffen, vor nicht mal einem Monat in Mülheim. Wir haben einen schönen Tag zusammen verbracht. Erst tat er uns nur leid. Sein Bruder hatte einen tödlichen Unfall, und er war gekommen, weil sie früher oft zu solchen Treffen gegangen sind. So kamen wir ins Gespräch. Er war nett, wirklich, nichts deutete darauf hin, dass er uns etwas antun könnte.«

»Sie haben ihm von Ihrer Reise erzählt, und dann hat er angeboten, Sie zu fahren?«

»Ja genau, der Freund meiner Schwester konnte nicht.«

»Erinnern Sie sich an sein Auto?«

»Die Marke kann ich Ihnen nicht nennen, aber es war ein dunkler Kombi. Auf den Seiten war etwas aufgedruckt, ich denke von seiner Firma.«

Cornelia hatte genug gehört. »Vielen Dank, Frau Fischer.«

»Finden Sie ihn, bitte!«

»Wir tun, was wir können, versprochen.«

* * *

Hausmeisterei Hildebrandt

Es war schon nach acht Uhr abends, als Cornelia und Robin an der Werkstatt der Hausmeisterei eintrafen. Das Team der Spurensicherung war bereits vor Ort. Ebenso wie zwei weitere Männer, offenbar die herbestellten Mitarbeiter des Verdächtigen. Sie unterhielten sich leise und sahen immer wieder zu den Beamten der Spurensicherung hinüber, die neben ihrem Wagen standen und Kaffee tranken. Für die Kollegen würde es eine lange Nacht werden.

Cornelia hob zur Begrüßung nur kurz die Hand und ging zu den beiden Angestellten. »Arents, das ist mein Kollege Schenz«, stellte sie sich vor und merkte erst dann, dass Robin ein wenig hinkte und nicht Schritt gehalten hatte.

Sag nichts, bedeutete sein Blick aus leicht zusammengekniffenen Augen. Er gab den Männern die Hand.

»Jussuf Güney«, stellte sich der Ältere vor. Ein Türke Mitte fünfzig, mit leichtem Bauchansatz und schütterem, fast vollständig ergrautem Haar. Er hielt seinen Pass in der Hand, doch Robin schüttelte nur knapp den Kopf. Den Ausweis würden sie nicht brauchen. Güneys jüngerer Kollege Thorsten Kappes trat unruhig von einem Bein auf das andere. Er war nervös. Vermutlich hatte er völlig unbegründet Angst. Jemand wie Bernhard Hildebrandt arbeitete normalerweise allein.

»War einer von Ihnen seit Dienstschluss gestern noch einmal hier?«, erkundigte sie sich.

Die Männer verneinten. »Herr Hildebrandt ist Freitag länger geblieben. Ich glaube, er wollte noch arbeiten.« Güney zuckte mit den Schultern. »Macht der Chef hin und wieder. Ist ja nicht verboten.«

»Und Sie haben einen Schlüssel?«, fragte Robin.

»Haben wir beide. Jeder von uns fährt Touren, da ist es nicht immer klar, wer wann kommt oder geht.«

»Dann möchten wir Sie bitten, aufzuschließen und mit uns durch die Räumlichkeiten zu gehen. Und Sie informieren uns bitte über alles, was verändert wurde.«

»Warum wird der Chef eigentlich gesucht?« erkundigte sich Thorsten Kappes.

»Wir können keine genauen Angaben machen, solange die Ermittlungen laufen, das müssen Sie verstehen.«

»Aber wenn Sie von der Kripo sind ...«

»... kein Kavaliersdelikt, davon können Sie ausgehen, und nun bitte«, Robins drängender Tonfall ließ keinen Raum für weitere Fragen.

Güney schloss die Werkstatt auf. Schweigend zog die kleine Prozession erst durch einen kurzen Flur, dann in ein schlichtes Büro. »Alles wie immer«, meinte der Türke und sah nach Bestätigung suchend zu seinem Kollegen hin.

Als Nächstes ging es in die Garage. Dort stand ein dunkler Kombi mit Firmenaufschrift.

»Das ist er?«

Cornelia musste nicht in ihre Notizen schauen, um zu wissen, dass dies der Wagen war, von dem nicht nur Michaela Fischer berichtet hatte, sondern auch der Kollege von der Streife, der Bernhard angehalten hatte.

»Die SpuSis sollen sich den Wagen hier als Erstes vornehmen.«

»Frau Arents, der Transporter fehlt«, meldete Kappes.

»Was für ein Transporter?«

Der junge Mann gab ihr den genauen Fahrzeugtyp und das Kennzeichen sowie eine Beschreibung kleinerer Macken und Kratzer. »Bernhard hat ihn eigentlich noch nie als Privatfahrzeug genutzt, sonst nimmt er immer den Kombi.«

»Fällt Ihnen hier sonst noch etwas auf?« Cornelia sah sich um. Die Garage war sehr sauber und ordentlich. Dies war nicht der erste Handwerksbetrieb, den sie in ihrer Dienstzeit besuchte, aber der erste, in dem selbst in den Ecken gefegt worden war. Vielleicht, um Spuren zu beseitigen?

»Ist es hier immer so sauber?«

Güney schienen ihre Worte mit Stolz zu erfüllen. »Immer, ja. Herrn Hildebrandt ist das sehr wichtig, und es ist gut so. Die Arbeit macht mehr Freude, wenn alles schön sauber ist.«

Robin machte mit einer Handbewegung klar, dass sie hier genug gesehen hatten. Kappes führte sie in einen großen Werkraum, in dem es nach Holz und auch ein wenig nach Chemikalien roch. Ein Kompressor und eine Tischkreissäge standen an der Wand gegenüber. Es gab Regale mit ordentlich sortiertem Werkzeug, Werkbänke und ein kleines Holzlager. Hier war es nicht mehr so klinisch sauber wie in der Garage und den anderen Räumen.

Cornelia fiel besonders ein großes Objekt auf, das von einer grauen Plane verdeckt wurde. »Was ist das?«

»Ein Billardtisch«, antwortete Kappes. »Vor ein paar Jahren konnte ein Kunde nicht zahlen und hat uns den dafür angeboten. Seitdem steht er hier.«

»Wird er genutzt?«, fragte sie.

»Hin und wieder mal. Wenn wir was zu feiern haben.«

Cornelia hatte in diesem Raum ein seltsames Gefühl. Sie nahm Robin zur Seite. »Schau mal, der Staub. Fällt dir was auf?«

Dreck und feine Holzspäne bildeten auf dem grauen Betonboden Bögen und Linien. »Sieht aus, als hätte jemand ihn dort verteilt«, sagte er leise.

»Den Eindruck habe ich auch. Auch auf der Plane, schau.«

»Da hat sich jemand sehr viel Mühe gegeben.«

»Aber warum einen Billardtisch verstecken?«

»Das werden wir gleich sehen.« Robin zog sich Handschuhe an und zog an der Folie, bis er den halben Billardtisch freigelegt hatte. Auf den ersten Blick war nichts Ungewöhnliches zu erkennen. Das rotgoldene Holz sah aus wie frisch poliert, die grüne Filzbespannung des Tisches war gepflegt.

»Lösungsmittel, und nicht zu knapp«, sagte Robin, als er sich darüberbeugte. Cornelias Interesse wich Aufregung. Das Jagdfieber hatte sie gepackt. Mit einer kleinen Taschenlampe, die sie immer am Schlüsselbund trug, leuchtete sie Winkel und Ritzen aus. »Robin, hier.«

Eine dunkle Linie zog sich in einer Ecke entlang, begleitet von einigen Tropfspuren. Sie waren hellbraun, der grüne Filz in der Nähe ausgeblichen, als hätte jemand versucht, die verräterischen Flecken mit einem aggressiven Reinigungsmittel zu entfernen.

»Das könnte Blut sein.«

»Denke ich auch«, stimmte sie ihm zu. Vielleicht war es nichts, und diese Spuren waren möglicherweise sehr alt, aber sie mussten jedem Hinweis nachgehen, auch wenn er ihnen noch so unbedeutend erschien.

Die beiden Handwerker standen unterdessen in der Nähe des Türrahmens und beobachteten die Polizisten wie Eindringlinge, die sie ja auch waren.

Wenn Bernhard tatsächlich der Entführer war, dann würde sich auch für sie alles ändern, und auch wenn sie ihren Arbeitsplatz nicht verloren, würde er trotzdem nie wieder derselbe sein.

Betreten sah Güney zu Boden. Sein Blick konzentrierte sich auf einen Fleck. »Der war am Freitag noch nicht da«, sagte er leise.

Cornelia beugte sich darüber. »Was ist das? Eine Art Lack?«

»Epoxidharz, würde ich vermuten. Aber der ist normalerweise nicht so dunkel. Und ich wüsste auch nicht, wofür er den benutzt haben sollte.«

»Vielleicht um einen Blutfleck darunter verschwinden zu lassen.« Cornelia hatte sich auf den Boden gekniet, um sich die Verunreinigung genauer anzusehen.

»Ich denke, wir haben genug entdeckt, um die Spurensicherung hier alles auseinandernehmen zu lassen«, sagte Robin. »Es tut mir leid, meine Herren. Zumindest am Montag werden Sie hier nicht arbeiten können.«

Kappes kratzte sich am Kopf. »Geht wohl nicht anders.«

»Wer von Ihnen kann mir eine Liste der Gebäude geben, die leer stehen oder in denen Herr Hildebrandt meist alleine gearbeitet hat?«, fragte Cornelia.

Sie wechselten einen Blick. »Eigentlich wir beide. Sie müssten alle im Computer stehen. Ich kann das machen, Jussuf möchte sicher gerne bald nach Hause, er hat Besuch.«

»Sie können so bald wie möglich heim, Herr Güney. Wir haben nur noch wenige Fragen an Sie.«

»Natürlich, ich helfe, wo ich kann.«

»Haben Sie in letzter Zeit ein Zwillingspaar zusammen mit Bernhard gesehen, oder wissen Sie von einem in seinem Bekanntenkreis?«

»Was? Zwillinge?« Kappes lachte kurz und trocken auf. »Was hat das denn jetzt mit Zwillingen zu tun?«

»Alles«, sagte Cornelia ernst. »Bitte überlegen Sie gut.«

Güney stieß seinen Kollegen an. »Die Jungs von der Malerei Schrenner und Söhne, das sind doch Zwillinge, oder?«

»Wissen Sie zufällig die Vornamen?«

»Gideon hieß der eine, so ein komischer Name ist leicht zu merken. Aber der andere …«

»Flo. Ich glaube, die haben ihn Flo gerufen.«

Cornelia verspürte einen kleinen Triumph. »Das sind die Namen der anderen Geiseln!«

* * *

KAPITEL 14

Gideon erwachte nun schon zum zweiten Mal mit heftigen Kopfschmerzen und in völliger Orientierungslosigkeit.

Es war wieder stockfinster und auf eine beängstigende Art still, und doch war ihm sofort klar, dass er sich nun an einem anderen Ort befand.

Bernhard, der ihn betäubt und verschleppt hatte, war mit ihnen woanders hin gezogen. Waren sie noch in Bochum? Überhaupt noch im Ruhrgebiet?

Gideon zerrte an seinen Handschellen, doch das Einzige, was er erreichte, war, dass ihm das Metall in die Haut schnitt und die Gelenke zu schmerzen begannen. Er hätte schreien mögen vor Wut, doch Bernhard hatte sie beim letzten Mal gewarnt, wer schrie oder um Hilfe rief, würde leiden. Und er traute diesem Kerl alles zu.

Bernhard war ein Psychopath, wie er sonst nur in den Büchern vorkam, die Gideon so gerne las. Würde er je wieder einen spannenden Thriller oder Krimi lesen können, ohne sofort in Panik zu verfallen? Dafür musste er erst mal hier rauskommen. Ein wenig Hoffnung machte ihm die Flucht der jungen Frau, die Bernhard anscheinend auch eingesperrt hatte. War es ihr gelungen freizukommen? Hatte sie es bis zur Polizei geschafft? Er wünschte es ihr so sehr!

Verzweifelt klammerte er sich an den Gedanken, dass Bernhard sie deshalb an einen anderen Ort gebracht hatte. Die Polizei musste ihm bereits dicht auf den Fersen sein.

Gideon versuchte aufzustehen. Er war noch immer ein wenig benommen von dem verdammten Zeug, das sein Entführer ihm verabreicht hatte. Seine Fantasie spielte ihm Streiche, und alles um ihn herum wankte, sobald er sich aufrichtete. Als zöge ihm jemand den Teppich unter den Füßen weg.

Er sackte zur Seite. Seine Schulter schlug gegen eine Wand, und er stieß sich den Kopf an. Der plötzliche Schmerz war ernüchternd, und er begrüßte ihn. Sein Geist schärfte sich. Die watteweiche Schicht, die seine Gedanken umgeben hatte, war mit einem Schlag fort.

Er stützte sich an der Wand ab und stand auf. Schlurfend erkundete Gideon den Raum, in dem völlige Finsternis herrschte. Er schien sich regelrecht gegen die Schwärze lehnen zu müssen, um vorwärtszukommen, als besäße sie in diesem Raum eine Stofflichkeit, die nicht mehr mit der realen Welt in Einklang zu bringen war.

Seine Schritte waren schlurfend, ihr Geräusch der einzige Begleiter in seiner Zelle. Er lief mehrfach hin und her, bis er sicher war, dass sein Gefängnis nicht mehr als drei mal drei Meter maß und außer ihm selbst absolut nichts enthielt. Die Tür war aus Holz, die Klinke glattes Metall. Die Hoffnung, dass es sich bei dem Schloss um eine schlichte uralte Konstruktion handeln könnte, war schnell dahin. Ein kurzes Abtasten, und er wusste, dass zumindest der Zylinder von guter Qualität war.

Zornig rammte er seine Schulter gegen das Holz. Der Stoß hallte in dem leeren Raum wider wie ein Gongschlag.

Lauschend presste Gideon das Ohr gegen die Tür.

Bernhard hatte behauptet, sich immer in der Nähe aufzuhalten und einzuschreiten, sobald sie auch nur das Geringste versuchten. Wenn das stimmte, müsste er jetzt auftauchen, um ihn zu bestrafen.

Außerhalb des Raums blieb es still. Nichts. Dort war niemand. Bernhard hatte gelogen. Womöglich war er unterwegs, gar nicht mehr im Gebäude.

Dies war seine Chance. Gideon schöpfte sofort Hoffnung. Vielleicht würde es ihm gelingen, die Tür aufzubrechen. Er war kein schwächlicher Typ, und wenn es um sein Leben und das seines Bruders ging, dann würde er alles daransetzen, um ihn zu befreien, selbst wenn er sich dabei die Schulter verletzen würde.

Gideon nahm Anlauf und rammte seinen Körper seitlich gegen die Tür. Sie vibrierte, aber mehr auch nicht.

Nächster Versuch. Einen Schritt mehr zum Anlauf nehmen und los. Der zweite Aufprall war noch schmerzhafter, zuckte durch Arm und Oberkörper. Gideon biss die Zähne zusammen. Er würde gegen das Holz anrennen, bis es entweder nachgab oder er zusammenbrach.

»Einer von uns wird verlieren«, stieß er hervor und nahm erneut Anlauf.

* * *

Bernhard hatte die Nacht im Wagen verbracht. Der Iveco stand zwischen jungen Birken und Stapeln von Schwellenhölzern und war von der nächsten Straße aus nicht zu sehen.

Sein neues Versteck war ein stillgelegter kleiner Bahnhof an einem Waldrand. Hier waren früher einmal Güterzüge langgefahren, die Kohle und Erze aus den Zechen in die Stahlkochereien des Ruhrgebietes transportierten.

Die Zechen waren zuerst gestorben. Ihre Fördertürme fast alle abgerissen und die wenigen, die es noch gab, waren zu

Denkmälern und Kulturbetrieben umfunktioniert worden. Die meisten Stahlfabriken waren ihrem Schicksal gefolgt, und die wenigen, die noch übrig waren, bezogen Brennstoffe und Erze längst nicht mehr aus der Region.

Mit der sterbenden Industrie war auch ihr Adernetzwerk überflüssig geworden. Die Schienen waren abgebaut worden, und was blieb, waren Berge modernder Schwellenhölzer und Schotterbetten, in denen keine Gleise mehr lagen, sondern Schmetterlingssträucher wuchsen. Um diese Jahreszeit waren die meisten Blütenstände braun, die Schmetterlinge verlebten ihre letzten Spätsommertage hungrig, ihre Flügel vom kurzen Dasein zerzaust.

Als Bernhard die Hecktür seines Wagens öffnete, flatterten einige träge davon. Sie hatten sich auf dem Metall niedergelassen, um dort auf die Morgensonne zu warten.

Bernhard reckte sich, bis es in seinem Rücken vernehmlich knackte.

Er hatte gut geschlafen, ein wenig besser sogar als zu Hause. Merkwürdig, eigentlich sollte doch genau das Gegenteil der Fall sein. Immerhin hatte er sein altes Leben verloren. Sein Heim, seine Firma, die er sich über Jahre aufgebaut hatte, seine Freunde. Doch nun kam ihm das alles wie Ballast vor, wie eine starre Hülle, die es abzustreifen galt. Er hatte sich erneuert, und es tat gut.

Sollten sie ihn doch jagen!

Schon jetzt fühlte sich jeder Moment intensiver und wertvoller an als all die Jahre zuvor, die er in einer Art Dämmerzustand verbracht hatte. Wenn er nur noch Wochen oder Tage hätte, dafür aber er selbst sein konnte, dann war es das wert.

Er lehnte sich an das kühle Metall des Fahrzeugs und schloss die Augen. Heute war der große Tag. Diesmal würde nichts mehr schiefgehen. Es kam ihm vor, als seien die anderen Zwillingspaare nur Testobjekte gewesen für dieses eine große Projekt. Florian und Gideon waren starke, junge Männer, die beide mutig waren und willens, mit aller Kraft zu kämpfen. Er würde sie reizen wie Stiere, damit sie blindwütig in seine Falle tappten.

Er hatte an alles gedacht. Vier Überwachungskameras würden alles aufzeichnen und für ihn und die Nachwelt festhalten. Die Zwillinge sollten im Dunkel tappen, während die Infrarotkameras jedes Detail verrieten.

Bernhard machte sich etwas zum Frühstück, er hatte Brot und Belag am Vortag aus seiner Küche mitgenommen, und trank dazu kalten Kaffee. Ob er es wagen konnte einzukaufen? Oder suchten sie bereits nach ihm?

Die Vorstellung, sein Bild im Fernsehen und Zeitungen zu sehen, war berauschend. Er würde nicht mehr im Schatten seines erfolgreicheren Zwillings stehen. Nicht mehr, seit er seine Mission gefunden hatte und bald alle Welt davon wissen würde. Natürlich bezweifelte er, dass die Menschen verstehen würden, warum er es tat. Doch es spielte keine Rolle, was sie dachten. Die Leute hatten ihn noch nie wirklich verstanden.

Er korrigierte einen Fehler der Natur. »Genau so ist es und nicht anders«, sagte er leise und lächelte. Tiere bekamen Mehrlingsgeburten, aber nicht der Mensch. Das war schon vor tausend Jahren so, und das war heute nicht anders. Nur dass es mittlerweile keinen mehr zu kümmern schien.

Früher hatte man geglaubt, dass eine Frau, die mehr als ein Kind bekam, sich nicht nur mit ihrem Ehemann, sondern zusätzlich noch mit einem Tier eingelassen hatte. Wenn sie es nicht selber tat, so sorgte die Hebamme dafür, dass das mickrigere Balg im Wald ausgesetzt wurde, wo es hingehörte.

Natürlich glaubte er selbst nicht an die alte Erzählung, aber sie besaß einen wahren Kern. Nur ein Kind war es wert zu überleben, das andere war der Fehler der Natur.

Es war in Ordnung, wenn die Eltern beide eine Zeit lang aufzogen und dann darüber entschieden, welches verschwinden sollte, besser noch, sie überließen es den unglücklichen Nachkommen selbst.

Und genau das würde Bernhard tun. Er würde eine List anwenden müssen, doch diesmal würde er sich nicht darauf verlassen, sie über Tage, Wochen und Monate langsam auseinanderzubringen. Dieses Mal würde er sie aufeinanderhetzen wie blutrünstige Kampfhunde. Er musste ihnen nur einen Grund liefern, um aufeinander loszugehen. Und was konnte es für einen besseren Grund geben, als um ihre Freiheit zu kämpfen? Bernhard war überrascht von seiner eigenen Kreativität.

Es war Zeit, den jungen Männern einen Besuch abzustatten.

Der alte Bahnhof war nie für den Reiseverkehr gedacht gewesen. Er besaß keinen regulären Bahnsteig, sondern bestand nur aus einem zweistöckigen Gebäude, in dessen oberer Etage die Anlage zur Weichenstellung untergebracht war. Die großen Fenster waren längst zerschlagen, die Elektronik bis auf das letzte Kabel ausgeschlachtet.

Trotzdem besaß der Bau einen gewissen Charme. Die roten Backsteinwände waren mit Rautenmustern gelber Steine verziert. Kleine Ornamente auf halber Höhe nahmen der Geometrie ihre Strenge.

Auf einer Seite wuchs wilder Wein empor. Das Laub war herbstlich rot und gelb verfärbt. Die Ranken krochen von unten in die zertrümmerten Dachziegel und hingen von der löchrigen Regenrinne herab. Als Bernhard nur noch wenige

Schritte entfernt war, konnte er ihn riechen, den alten, weichen Modergeruch feuchter Wände.

In einem regelrecht hilflos anmutenden Versuch, das historische Gebäude vor Vandalismus zu schützen, war er vor einigen Jahren damit beauftragt worden, es gegen fremdes Eindringen zu sichern. Er hatte die unteren Fenster mit Betonsteinen vermauert und eine Stahltür eingebaut. Das hatte Sprayer nicht davon abgehalten, eine hässliche Figur auf die Seite zu sprühen, aber ihm ein Gefängnis geschenkt, in dem er die beiden Brüder ihrer Bestimmung zuführen konnte.

Er behielt immer einen Schlüssel, wenn er an einem Gebäude arbeitete. Es war wie ein kleines Vermächtnis. In jedem steckte ein winziger Teil von ihm, Lebenszeit, die er mit der Arbeit daran aufgebraucht hatte.

Die Schlüsselsammlung hatte er zurücklassen müssen. Mit einem leisen Anflug von Melancholie zog er den Schlüssel aus der Tasche und betrachtete ihn einen Moment lang.

Das Bild von Tolkiens Gollum mit seinem Ring kam ihm kurz in den Sinn, und er verzog missbilligend den Mund.

Er schloss auf und schaltete den kleinen blauen Generator an. Ratternd und spuckend erwachte er zum Leben. Benzingeruch. Zwei Glühbirnen an der Decke glommen auf und erhellten das staubige Innere des Backsteinbaus. Hier gab es keinen Keller, doch das zugemauerte Erdgeschoss war fast genauso gut.

Bernhard schloss hinter sich die Tür zu und schien damit aus dem lichten Spätsommermorgen in eine andere Welt zu treten, eine, in der es kaum Farbe gab und der Takt von einem stinkenden Generator bestimmt wurde. Die Abgase reizten seine Lunge. Mit dem Fuß schob er die knatternde Maschine näher zum Ausgang, in der Hoffnung, sie würden hinausziehen.

Aufgeregt sah Bernhard von einer Tür zur anderen. Welchem der Brüder sollte er zuerst einen Besuch abstatten? Florian oder Gideon? Sie waren garantiert beide wach, hatten gehört, wie er reingekommen war, und waren von dem Licht geblendet worden, das plötzlich ihre kleine schwarze Welt erhellte.

Sicher lauerten sie nun beide hinter ihrer jeweiligen Tür, bereit, sich auf ihn zu stürzen.

Doch Bernhard würde sich nicht auf ein Handgemenge einlassen. Er hatte sich vorbereitet. Bevor er den Raum betrat, stülpte er sich eine Motorradsturmhaube über und zog sie eng um die Augen zusammen.

Es ging nicht darum, sich für Florian unkenntlich zu machen, er wollte die jungen Männer konditionieren wie pawlowsche Hunde.

Sein schneller werdender Atem kondensierte an dem dichtmaschigen Stoff. Der moderige Kellergeruch wurde von dem Chemikalienmief ungewaschener neuer Kleidung überdeckt.

Er konnte hören, wie sich Florian hinter der Tür bewegte und dabei versuchte, leise zu sein. Das flüsternde Klirren der Handschellen verriet ihn dennoch.

Bernhard nahm den Schlüssel in die linke und den Viehtreiberstock in die rechte Hand. In seinem Gürtel hing ein Schlagstock als Rückversicherung, falls Strom nicht ausreichte, um Florian in die Schranken zu weisen.

Adrenalin rauschte als heiße Woge durch Bernhards Körper. Ja, das würde Spaß machen.

Klackend rasteten die Zähne des Schlüssels in die Aussparungen des Schlosses ein. Bernhard machte sich dafür bereit, dass sein Gefangener versuchen würde auszubrechen. Florians Reaktion war so berechenbar, er warf sich mit aller Kraft gegen die Tür.

Bernhard, der das hatte kommen sehen, leistete keinen Widerstand, sondern ließ einfach los. Florian wurde von der Wucht seines eigenen Angriffs weitergetragen, stolperte aus dem Raum und krachte mit dem Kopf an die gegenüberliegende Wand des engen Flurs.

Bernhard zögerte nicht. Der Strom knisterte, als er den Auslöser drückte und Florian die beiden Spitzen des Treibstocks gegen die Kehle rammte.

Der junge Mann schrie auf und zuckte. Trotzdem schien sein Kampfeswille nicht sofort gebrochen. Umso besser. Bernhard zog den Schlagstock aus dem Gürtel.

Eine Waffe in jeder Hand kam er sich vor wie ein antiker Gladiator. Beinahe meinte er, die Massen jubeln zu hören, als er Florian einen kräftigen Schlag gegen den Oberarm verpasste, gerade als er für einen Hieb ausholen wollte. Die Chancen seines Opfers standen nicht gut, waren seine Hände doch mit Handschellen fest aneinandergekettet. Er schrie wütend auf, wie ein in die Enge getriebenes Tier.

»Zurück in dein Zimmer!«, entgegnete Bernhard äußerlich ruhig, doch es fiel ihm schwer zu verbergen, wie viel Spaß ihm die Situation machte. Er genoss seine Überlegenheit und quittierte einen weiteren Angriffsversuch Florians mit einem Stromschlag gegen die Schläfe, der ihn zusammenbrechen ließ.

Aber der junge Mann gab sich noch immer nicht geschlagen. »Bernhard, du verdammtes Schwein, was soll das?«, keuchte er und rappelte sich auf. Seine Bewegungen waren längst nicht mehr so energiegeladen wie am Anfang.

»Das wirst du noch früh genug erfahren!«, antwortete Bernhard überheblich. Er hätte ihn jetzt niederschlagen können, doch das wäre zu schnell gegangen. Immerhin verfolgte er einen Plan. Er stieß Florian den Schlagstock gegen die Schulter, um ihn noch ein wenig anzustacheln.

Der brüllte auf wie ein verwundetes Tier und stürzte ihm entgegen. Bernhard wich mühelos aus und versetzte ihm einen Stromschlag. Diesmal kam Florian nicht mehr so schnell auf die Beine.

Bernhard verpasste ihm einen Tritt, der ihn zurück zu seinem kleinen Gefängnis trieb. »So schnell entkommst du mir nicht. Und nun los, rein da!«

In Florians Blick stand blanker Hass. »Ich bring dich um, wenn ich hier rauskomme, bringe ich dich um.«

»Das schaffst du nicht«, antwortete Bernhard lapidar. »Vorher töte ich deinen Bruder und vielleicht noch deine Schwester, du hast doch eine Schwester, nicht wahr?«

»Nein! Das darfst du nicht tun!«

»Dann geh da rein«, befahl er kühl.

Florian versuchte mit zitternden Armen, auf die Beine zu kommen. Aber er blieb auf den Knien und kroch. Blut tropfte auf den Boden. »Bitte, bitte, du darfst ihnen nichts tun. Ich mache alles, was du willst.«

Bernhard folgte ihm ungerührt. Seine Falle nahm immer mehr Gestalt an. Er hatte Florians Wut auf ihn geschürt und ihm einen Grund gegeben, bis zum Äußersten zu kämpfen. Den ersten Teil seines Plans hatte er erfüllt.

Florian hockte nun in der Kammer auf dem Boden, starrte ihn an und bebte regelrecht vor Wut. Doch um seine Verwandten zu schützen, riss er sich zusammen und leistete keinen Widerstand mehr.

Bernhard trat vor ihn und hielt den Elektroschocker direkt vor sein Gesicht.

Florian kämpfte gegen den Drang, zurückzuweichen. Er wollte den Mutigen markieren, sollte er ruhig, damit erfüllte er die Erwartungen nahezu perfekt.

»Wenn du mich umbringen willst, dann los, nur zu, aber

schwör mir, dass du die anderen in Frieden lässt, schwöre es mir!«

Bernhard sah ihm fest in die Augen und schlug ihm dann gegen den Kopf. Florian kämpfte mit dem Gleichgewicht. Er war benommen, wirkte, als sei ihm schwindelig. Er versuchte abwehrend die Hände zu heben, doch er war zu schwach. Aus der Wunde an seiner Schläfe sickerte Blut.

Bernhard beugte sich ganz nahe an ihn heran und flüsterte: »Heute Abend hole ich sie mir, beide.«

»Nein«, keuchte Florian. Tränen traten ihm in die Augen und ließen sie glasig erscheinen.

Wie Fischaugen, dachte Bernhard, grinste diabolisch, wie er es vor dem Spiegel geübt hatte, und schlug seinen Gefangenen mit einem gezielten Schlag k.o.

Bernhard streckte den Rücken durch und zog sich die Motorradsturmhaube vom Gesicht. Das hätte nicht besser laufen können. Florian war perfekt vorbereitet. Er würde nun alles daransetzen, zu fliehen und jeden anzugreifen, der Bernhard auch nur ähnlich sah.

Nun war Gideon an der Reihe. Bernhard schloss den Ohnmächtigen ein und setzte sich die Fuchsmaske auf. Dann öffnete er das andere Zimmer.

Eine halbe Stunde später war auch der zweite Zwilling außer Gefecht gesetzt. Gideon hatte Bernhard mehr zu schaffen gemacht, einmal war es ihm sogar gelungen, einen Tritt in den Bauch seines Entführers zu landen. Es tat immer noch weh. Hoffentlich hatte Bernhard beim Kontern nicht zu fest zurückgeschlagen. So oder so, das Ergebnis war das Gleiche. Gideon hatte dasselbe zu hören bekommen wie sein Bruder, und nun lag er ohnmächtig auf dem Boden und wartete auf weitere Behandlung.

Bernhard ging zurück zu seinem Wagen und wusch sich die Hände unter einem Wasserkanister. Jetzt lag der blutige Teil der Arbeit hinter ihm, und er trennte sich von diesem Abschnitt und dem leisen Schuldgefühl, indem er es abwusch. Mitsamt Dreck und Blut.

Jetzt würde er die Männer für ihren finalen Kampf präparieren. Sorgsam legte er eine Silikonspritze, Sekundenkleber und einige andere Utensilien in eine kleine Box. Er arbeitete ordentlich und methodisch, wie immer. Warum sollte er an diesem Meisterwerk auch schlampiger arbeiten. Alles musste perfekt sein. Perfektion war beruhigend.

* * *

Schmerzen. Ein Dröhnen wie von Flugzeugen in seinem Kopf. Gideon erwachte quälend langsam aus seiner Ohnmacht. Wie lange mochte die Phase der Bewusstlosigkeit gedauert haben? War das überhaupt wichtig? Diese alles durchdringende Schwärze machte ihn wahnsinnig. Stöhnend wälzte er sich auf die Seite, alles drehte sich. Doch da war noch etwas.

Etwas stimmte mit seinem Kopf nicht!

Es gab keine Geräusche mehr, außer denjenigen in seinem Körper. Die Resonanzen, die von den Knochen widerhallten. Und sein Mund! Er konnte ihn nicht öffnen! Seine Lippen klebten aneinander fest. Er versuchte sie mit Gewalt aufzureißen und schmeckte sofort Blut. Was hatte dieser verdammte Kerl nur mit ihm gemacht?

Er tastete nach seinem Mund und fühlte Stoff, auch der war eine unnatürliche Verbindung mit seiner Haut eingegangen. Gideon versuchte ihn mit den Fingern zu packen und abzuziehen, doch die Fasern waren fest verbunden mit der Haut und den Stoppeln seines Dreitagebarts.

Erst jetzt wurde ihm klar, dass ihm die Handschellen abgenommen worden waren. Nach dem unfairen Kampf glaubte Bernhard wohl, sie seien nicht mehr nötig. Doch da hatte er sich in ihm getäuscht. Er würde bis zum letzten Fünkchen Leben, das in ihm war, Widerstand leisten.

Mittlerweile zweifelte er nicht mehr daran, dass er aus einem einzigen Grund hier festgehalten wurde: um langsam zu Tode gequält zu werden.

Sein Körper fühlte sich schon jetzt völlig fremd an, als würden alle Nervenenden brennen. Wahrscheinlich kam das von den vielen Stromstößen, mit denen er traktiert worden war.

Doch warum hatte sein Peiniger ihm Stimme und Gehör geraubt? War das die Vorbereitung auf eine neue Art der Folter? Vorsichtig betastete Gideon sein Gesicht und die Ohren. Offenbar trug er eine Art Skimaske, die mit Kleber wie eine zweite Haut auf seiner eigenen saß. Der Stoff war zum Teil krustig verklebt, an seinen Ohren war die Schicht besonders dick, oder nein. In seinen Ohren, das war noch etwas anderes, Weicheres. Gideon kannte das Material. Dieses Schwein hatte ihm doch tatsächlich die Gehörgänge mit Silikon verschlossen!

Gideon schrie, weil er seinem Zorn einfach irgendwie Luft machen musste, und schlug mit der Faust gegen die Tür.

Seine Knöchel brannten. Die Haut war bereits abgeschürft von den Schlägen, die er gegen seinen Widersacher ausgeteilt hatte.

An die Tür gelehnt, blieb er stehen. Wenn er die Hände flach an das Holz legte, konnte er spüren, dass dort draußen jemand war. Feinste Vibrationen übertrugen sich auf seine Haut, und unter der Tür drang ein wenig Licht hervor.

Was tat Bernhard da draußen?

Gideon beugte sich hinab, um durch das Schlüsselloch zu sehen, und erahnte Schatten und Bewegung. Dort draußen war ein wenig Licht, doch der einzige Sinn, auf den er sich noch verlassen konnte, war sein Geruchssinn. Der schwache Luftzug, der durch Schlüsselloch und Türritzen drang, trug den Gestank eines Verbrennungsmotors mit sich. Benzinabgase. Ja, wenn er sich konzentrierte und die Handflächen ganz sacht an die Tür legte, konnte er ein rhythmisches Vibrieren spüren. Der Generator, wie auch vorhin.

Also mussten sie irgendwo sein, wo es keinen Strom gab. Außerhalb der Stadt in einem Gebäude, das schon lange leer stand. Wo ihn tatsächlich niemand hören würde. Deshalb hatte es seinen Peiniger nicht gekümmert, als er stundenlang gegen die Tür angerannt war. Es war einfach niemand da, der den Lärm hätte hören können.

Gideon war sich nicht sicher, ob ihn diese Tatsache nun beruhigte oder das genaue Gegenteil der Fall war.

Zwar würde er wohl kaum auf baldige Rettung hoffen können, andererseits war sein Peiniger dann auch nicht in der Nähe seiner Familie, die er bedroht hatte. Er konnte seiner Schwester nicht so einfach etwas antun. Solange Bernhard hier war, war sie sicher. Aber dann war da noch Florian. Wo wurde er gefangen gehalten?

Gideon donnerte die schmerzende Faust gegen die Tür. Er vergaß für einen Augenblick, dass dieses Schwein ihm den Mund zugeklebt hatte, doch eine Antwort hätte er selbst dann nicht hören können, wenn es eine gegeben hätte.

Niedergeschlagen lehnte er sich mit dem Rücken an die Wand und rutschte langsam daran hinunter, bis er auf dem klammen Boden saß.

Nach einer Weile fing er sich wieder. Draußen war der Generator abgeschaltet worden, das Holz der Tür verstummt. Mit ihm verschwand der schmale Lichtstreifen unter der Tür.

Gideons leerer Magen zog sich zusammen, als läge eine Zwinge darum, die plötzlich zudrückte. Das Gefühl der Enge wanderte in seine Kehle hinauf, wo er seinen Puls nun deutlich klopfen fühlte. Keine Frage, das war Panik, die dort ihre Spuren hinterließ. Panik davor, dass sein Peiniger nun gehen würde, um seine Drohung in die Tat umzusetzen.

Das durfte er nicht, lieber ertrug Gideon noch weitere Prügel, als Lana diesem Mistkerl zu überlassen. Er musste Zeit schinden, damit die Polizei ihn finden konnte.

Entschlossen kam er auf die Beine und donnerte mit beiden Fäusten gegen die Tür. Innerlich schrie er, doch seine Lippen waren versiegelt. Als nichts geschah, nahm er auch seine Füße zu Hilfe, um noch mehr Lärm zu machen.

Bernhard musste reagieren, er musste einfach!

Und er tat es. Plötzlich wurde von außen einmal heftig gegen die Tür geschlagen. Gideon zuckte überrascht zurück. Sein Entführer riss die Tür auf, die er wohl unbemerkt aufgeschlossen hatte.

Gideon konnte gerade noch schützend die Hände hochreißen, als ihn auch schon ein Stromstoß durchzuckte. Er schrie und schmeckte sofort Blut, als seine Lippen einrissen. Doch sein Mund blieb verklebt.

Bernhard setzte ihm nach, stieß Gideon mit dem Schlagstock in den Bauch, sodass er rücklings zu Boden ging und benommen liegen blieb. Einen Moment lang gab es nur noch Schmerz. Ein stechender Pulsar in seinem Magen.

Als er langsam nachließ, wurde ihm klar, dass das grelle Licht nicht Ausdruck seines Schmerzes war, sondern von der Taschenlampe seines Peinigers stammte.

Bernhard hockte sich vor ihn und schob sich die Fuchsmaske auf die Stirn. Er betrachtete ihn wie eine Katze, die eine halb tote Maus beobachtete. Er hielt die Stabtaschenlampe genau auf sein Gesicht gerichtet und blendete ihn aus reiner Boshaftigkeit.

Langsam ließ der Schmerz nach, und er bekam endlich wieder genug Luft zum Atmen. Er blinzelte die Tränen weg und erwiderte Bernhards Blick grimmig. Der hielt die Taschenlampe zur Seite, damit Gideon ihn besser sehen konnte. Warnend hielt er den Elektroschocker vor sich.

»Hmmm!«, brachte Gideon hervor, in dem Versuch, nach dem *Warum* zu fragen, was ihm Bernhard vermutlich niemals beantworten würde.

Aus der Miene des Mannes sprach jetzt kühle Berechnung.

Sieh mich an, forderte er mit überdeutlichen Lippenbewegungen. Gideon konnte nicht anders, als in das verhasste Gesicht zu starren.

Du hast wieder Krach gemacht, ich habe dir gesagt, was dann passiert. Ich hole mir jetzt deine Schwester.

Gideon wollte aufspringen, doch sein Peiniger drückte ihm blitzschnell die Doppelspitze des Viehtreibers an die Kehle. Noch hatte er den Auslöser nicht gedrückt. Er schien nur darauf zu warten, dass Gideon eine falsche Bewegung machte, und lächelte diabolisch.

Warte hier, formte er mit den Lippen, *ich bringe dir ein Stückchen von ihr mit.*

Nein!, wollte Gideon schreien, stattdessen schmeckte er wieder nur Blut.

Bernhard stieß ihm gegen die Kehle, sodass er husten musste, stand auf, zog seine Fuchsmaske wieder aufs Gesicht und verließ den kleinen Raum.

Fassungslos starrte Gideon hinterher. Die Tür wurde zugezogen, sprang noch einmal auf und wurde wieder geschlossen. Dann bewegte sie sich erneut. Gideon, der nur den winzigen

Lichtschein zur Verfügung hatte, der unter der Tür durchdrang, glaubte erst, seine Sinne spielten ihm einen Streich. Wie erstarrt blieb er auf dem Boden hocken und versuchte, sich keine falschen Hoffnungen zu machen. Die Tür war nicht unverschlossen, das war nur sein Wunschdenken!

Ein Teil von ihm wollte einfach nicht einsehen, dass er hier nicht mehr lebend herauskam, dass er seine Schwester nicht würde retten können.

Und Florian … Er war vermutlich schon tot.

Bernhard hatte die Tür absichtlich unverschlossen gelassen. Im Flur blieb er stehen und wechselte die Fuchsmaske gegen die Skimaske, dann lief er durch die Verbindungstür und stand bald vor Florians Zelle.

Der junge Mann erwartete ihn mit der gleichen Wut wie Gideon. Auch er war schnell zu Boden gestreckt und bekam die gleichen Worte zu hören.

Dann war seine Falle gestellt. Bernhard verließ das Gebäude und verschloss die Eingangstür sorgfältig.

Vor dem alten Bahnhofsgebäude tuckerte der Generator und blies seine Abgase in den klaren Abendhimmel. Es war schon merklich kühler geworden und mit jeder verstreichenden Minute wurde es auch dunkler.

Die Sonne versank langsam hinter den Birken, und er schätzte, dass noch ungefähr eine Stunde blieb, bis in dem Gebäude völlige Finsternis herrschte. Es gab zwei kleine Fenster, zu hoch an der Wand, um hinauszusehen, und zu schmal für einen Mann, um hindurchzukriechen.

Bernhard ging zu seinem Transporter und sah auf die beiden Monitore, die Bilder aus dem Inneren zeigten. Die Aufnahmen waren extrem körnig. Das Licht aus den Fenstern reichte bedauerlicherweise nicht für ein klares Bild.

Ungerührt drückte Bernhard ein paar Tasten, und die Kameras schalteten auf Infrarot um. Zufrieden setzte er sich. Die Show konnte beginnen.

Leider konnte er dem Duell nicht direkt beiwohnen, doch die Bilder waren fast genauso gut. Die Kameras stammten aus dem Lager, das er in der Werkstatt hatte. Es waren mittelpreisige Geräte, die sich bewährt hatten und die er schon oft bei Kunden angebracht hatte.

Sie zu installieren war eine Sache von einer Stunde gewesen. Solange auch der Generator seinen Dienst tat, würde er jede Bewegung im Bahnhofsgebäude mitbekommen.

Bernhard lehnte sich zurück und wünschte, eine Flasche Bier zu haben. Das wäre die Krönung.

KAPITEL 15

Hauptwache

Cornelia blätterte hastig durch die Laborberichte, die kontinuierlich vom Drucker ausgespuckt wurden. Das waren sie, die Beweise, dass Bernhard Hildebrandt wirklich ihr Mann war. Das Blut, das sie in der Werkstatt gefunden hatten, gehörte den beiden Vermissten, Florian und Gideon Schrenner. Es war auf dem Boden unter dem Harz gefunden worden und auf dem Billardtisch.

»Und?«, fragte Robin, der unbemerkt zu ihr getreten war und weitere Blätter aus der surrenden Maschine klaubte.

»Genau, wie wir vermutet haben. Er hat mindestens noch ein Zwillingspaar in der Gewalt. Er muss sie beide niedergeschlagen haben.«

»Oder auch nicht.« Er las mit gerunzelter Stirn. »Hier ist eine weitere Blutanalyse zu diesem Florian Schrenner. Er hatte 1,6 Promille und nicht nur das. Soweit ich das richtig verstehe, sind Rückstände von Betäubungsmitteln gefunden worden. Roofies.«

»So hat er es also gemacht. Deshalb hatte Astrid auch, wie sie es nannte, einen Filmriss. Sie haben Alkohol getrunken, und dann muss sie eingeschlafen sein. Die Betäubungsmittel waren vermutlich im Sekt.«

»Und da das Zeug in Verbindung mit Alkohol am besten wirkt, hat er seine Opfer betrunken gemacht.«

Cornelia nickte. »Dann wundert es auch nicht, wie es ihm gelungen ist, zwei jüngere, sportliche Männer zu überrumpeln. Aber warum dann das Blut?«

»Vielleicht haben sie gemerkt, dass etwas nicht stimmte, und er hat sie dann niedergeschlagen.«

»Wir müssen sie finden, Robin. Bevor einer der Brüder stirbt. Darum geht es ihm, einen der Zwillinge zu ermorden. Zwei oder drei Menschen hat er schon auf dem Gewissen.«

»Dann los, fahren wir zu seiner Wohnung. Vielleicht finden wir dort einen Hinweis, wo er sein könnte.«

Cornelia nahm ihre Jacke vom Schreibtischstuhl.

Robin lief voraus. Der Fall setzte sie beide so sehr unter Druck, dass sie zum ersten Mal seit ihrer Trennung vor fast einem Jahr wieder gut zusammenarbeiteten. Früher funktionierten sie wie ein Uhrwerk. Es erstaunte Cornelia ein wenig, dass sie es unter genügend Druck wieder konnten. Andererseits traten ihre eigenen Probleme in den Hintergrund, wenn ihnen die Zeit durch die Finger rann. Gideon oder Florian Schrenner. Einer von beiden würde sterben, wenn sie es nicht schafften, Bernhard rechtzeitig zu finden. Sie brauchten Ermittlungserfolge, und zwar innerhalb der nächsten Stunden. Sie hatte das Gefühl, dass der Täter dieses Mal nicht über eine Woche warten würde, bevor es einem seiner Gefangenen ans Leben ging.

Zur Wohnung des Mannes war es nicht weit. Die Fahrt dauerte trotz morgendlichen Berufsverkehrs nur eine Viertelstunde.

»Die SpuSis werden nicht glücklich sein, wenn wir jetzt schon da auftauchen«, meinte Robin und biss in einen alten Burger, den Cornelia vorher zwar gerochen, aber nicht gesehen hatte.

»Ist mir egal«, meinte sie nur achselzuckend. »Was du da machst, ist wirklich widerlich.«

»Du bist, was du isst«, erwiderte er mit vollem Mund. Sie musste nicht hinsehen, um zu wissen, dass er grinste.

Es war beinahe wieder wie früher. Beinahe. Nur dass sie damals damit gedroht hätte, ihn mindestens einen Tag nicht mehr zu küssen. Jetzt ließ sie einfach nur das Fenster herunter, um den Mief von altem Bratfett und Ketchup loszuwerden, und wurde sich bewusst, wie leer ihr eigener Magen war.

Sie hatten bis spät in die Nacht gearbeitet, dann war sie ohne Essen erschöpft ins Bett gefallen und sofort eingeschlafen.

Die wenigen Stunden Ruhe waren erfüllt von merkwürdigen Träumen. Sie hatte sich im Bett herumgewälzt und war immer wieder wach geworden. Der Fall warf mehr Fragen auf, als sie Antworten fanden. Sie musste unbedingt mehr über die Bedeutung von Zwillingen herausfinden und verstehen, wie Bernhard Hildebrandt tickte.

Schließlich war sie in den frühen Morgenstunden doch noch in einen tiefen, traumlosen Schlaf gefallen und hätte beinahe den Wecker überhört. Dann war kaum noch Zeit gewesen, um etwas zu essen. Eine Banane und eine riesige Tasse Milchkaffee würden sie über die nächsten Stunden bringen müssen. Ein wenig beneidete sie Robin nun um seinen alten Burger und um seine Fähigkeit, den noch als genießbar einzustufen.

Ihr wurde schon beim Gedanken daran übel.

»Ich sehe dir an, dass du Hunger hast«, sagte er mit einem Mal und wies auf das Handschuhfach. »Da sollte was Essbares sein.«

Zögernd öffnete sie die Klappe und sah auf mindestens ein

Dutzend identisch aussehender Proteinriegel. Sie nahm einen und öffnete zweifelnd die Verpackung. »Davon ernährst du dich also, wenn es keine ollen Burger gibt?«

Robin hatte den Mund zu voll für eine Antwort und nickte nur. »Hmmm, hmm.«

Cornelias Hunger war plötzlich so groß, dass sie keine Überwindung mehr brauchte und in den zähen Riegel biss. »Sogar mit Alibi-Cranberrys und lecker Chemie-Aroma. Köstlich, danke.«

»Da vorne ist es«, nuschelte Robin und stopfte sich das letzte Stück des fettgetränkten Brötchens in den Mund.

Sie waren in einer ruhigen Straße angelangt. Junge Buchen, die erst vor wenigen Jahren gepflanzt worden waren, säumten sie auf beiden Seiten. Die Wagen der Spurensicherung parkten in der Einfahrt eines kleinen Einfamilienhauses. Robin hielt auf dem Seitenstreifen.

»Sollte man nicht glauben, was für ein kranker Typ hier wohnt«, sagte sie. »Aber so ist es ja meistens. Ich wette, die Nachbarn werden ihn als unauffälligen, höflichen Mann beschreiben, der ihnen sogar mal den Gartenzaun repariert hat.«

»Da kannst du von ausgehen. Sieht nach einer spießigen, ruhigen Gegend aus.«

Die Tür in das Wohnhaus stand offen. Drei Stufen führten hinauf. Auf der untersten stand ein Blumentopf mit üppig gewucherten Geranien. Cornelia bemerkte unbewusst, dass kein einziges gelbes Blatt und keine vertrockneten Blüten zu sehen waren und das, obwohl es auf den Herbst zuging.

Er musste penibel alles Welke herausgezupft haben.

Direkt neben den Blumen standen zwei Pappschachteln, die dort von den Leuten der Spurensicherung deponiert worden waren. Cornelia nahm sich aus der ersten Einwegüberschuhe und zog sie an. Dann griff sie nach einem Paar Handschuhe.

Der Latexgeruch schien in ihrem Gehirn einige Synapsen kurzzuschließen. Tatort, Blutvergießen. Ihre innere Anspannung wuchs, obwohl ihr klar war, dass sie hier nichts dergleichen finden würde.

Sie begrüßten die anderen Beamten, die sie mürrisch vorbeiließen. Hier gab es nicht viel, wurde ihnen mitgeteilt. Die Arbeiten waren fast abgeschlossen.

Cornelia war im Wohnzimmer angelangt und sah sich um. Es war mit einer schlichten grauen Couchgarnitur und einer Schrankwand mit einem großen Flachbildfernseher eingerichtet. Auf den Fensterbänken standen noch mehr gut gepflegte Pflanzen.

»Beeindruckend ordentlich für einen alleinstehenden Mann«, sagte Robin, der mit dem behandschuhten Finger über ein Regal gestrichen hatte. Als er ihn hochhielt, war kein Staub zu sehen.

Cornelia fiel eine kleine, gerahmte Fotografie auf. »Schau mal hier. Das ist Bernhard, oder?«

Robin sah ihr über die Schulter. »Sieht aus, als wäre es hier aufgenommen worden.«

Es zeigte das Sofa, vor dem sie standen.

Darauf saß, deutlich zu erkennen, der Verdächtige. Neben ihm war nur ein Schatten zu sehen. Eine verschwommene Figur. Grauschwarzer Nebel in der groben Form eines Menschen.

»Was ist das?«, fragte Cornelia irritiert und hielt es ins Licht.

»Nachträglich verändert, denke ich. Am Computer.«

Cornelia bekam eine Ahnung. »Könnte das sein Bruder sein? Der vor vier Jahren bei einem Unfall gestorben ist?«

»Möglich.« Robin schnaubte abfällig. »Der Typ ist wirklich krank. Entweder man versteckt Bilder von Verstorbenen, weil man sie nicht mehr ansehen will, oder man stellt sie als Erinnerung auf. Aber so etwas?«

»Vielleicht sind es Erinnerungen. Daran, dass er seinen Bruder losgeworden ist.«

Der Leiter des Spurensicherungsteams streckte den Kopf ins Wohnzimmer. »Ah, ihr habt das Foto gefunden! Wartet nur ab, davon gibt es noch viel, viel mehr. Wir haben ein paar eingetütet, aber sie liegen noch im Schlafzimmer.«

»Im Schlafzimmer«, wiederholte Robin und verdrehte die Augen.

»Danke, sehen wir uns mal an.« Cornelia ging zurück in den Flur, wo sie zu einer Treppe weiterdirigiert wurde. Sie führte ins Obergeschoss. Die Stufen waren sorgfältig mit Teppich beklebt, der neu wirkte. Ob der Belag wohl vor Kurzem erneuert worden war, um Spuren zu beseitigen? Oder dieser Mann war wirklich ein penibler Reinheitsfanatiker.

Der Dachboden öffnete sich zu einem einzigen, großen Raum mit freiliegenden Trägerbalken. Die Wände waren weiß gestrichen, das Holz von einem warmen Honigton.

Obwohl alles hell und freundlich eingerichtet war, haftete dem Ort etwas Düsteres an. Zahlreiche bunte Rahmen zierten die Wände. Auf den ersten Blick waren es Familienfotos, teils sogar aus Kindertagen.

Cornelia nahm eines von der Wand, das einen Jungen von etwa vier Jahren zeigte. Neben ihm hatte offenbar sein Bruder gestanden, der unsauber mit blauem Filzstift übermalt worden war.

»Sind das etwa alles Fotos von seinem Bruder und ihm?«, fragte Cornelia ungläubig. Es waren bestimmt mehr als ein Dutzend Bilder. Und das waren nur die Großen.

Robin stand an der gegenüberliegenden Wand. »Hier sind gleich mehrere Schatten auf dem Foto.«

Cornelia erkannte Astrid sofort, der graue Schemen neben ihr musste ihre tote Schwester sein. »Es scheint ihn nicht zu kümmern, dass er uns damit quasi ein Geständnis liefert«, sagte sie irritiert.

»Ich denke, er weiß, dass wir ihm auf der Spur sind. Er wird damit rechnen, bald gefasst zu werden.«

Sie tauschten einen Blick. Ja, sie wussten beide, was solche Täter für ein Ende planten. Wenn es nach ihnen ginge, landeten sie niemals im Gefängnis, sondern wählten den Freitod. Manchen gelang es, die Beamten, sollten sie eine Verhaftung vornehmen wollen, so sehr zu provozieren, dass sie von der Waffe Gebrauch machten.

Sie hoffte, dass es nicht so weit kam.

»Conny, schau mal hier.«

Robin hatte etwas aus dem Schrank gezogen, das auf den ersten Blick aussah wie ein Fotoalbum. Es war ein großes Ringbuch mit blauem Einband. Er legte es auf das Bett und schlug es auf.

Cornelia hatte schon erwartet, weitere Zwillingspaare zu sehen, doch die Fotos zeigten etwas anderes. Gebäude.

Neben jedem Foto stand sorgfältig die Adresse und welche Arbeiten dort ausgeführt worden waren, und darunter klebte jeweils ein Schlüssel.

»Hat er all seine Arbeiten dokumentiert und Schlüssel geklaut?« Robin blätterte einige Seiten weiter, doch es zeigte sich immer das gleiche Bild.

»Gibt es noch mehr davon?«, erkundigte sich Cornelia.

»Ich fürchte, ja.« Robin wies mit dem Kinn auf den offen stehenden Schrank, wo sich zig weitere Ringbände reihten.

»Die alte Seilerei, dort hat er auch gearbeitet«, sagte Cornelia aufgeregt. »Wenn das stimmt, und hier alle Gebäude drin sind, in denen er je tätig war, dann finden wir hier auch den Ort, wo er sich versteckt.«

Robin sprang auf und zog alle Bände aus den Schränken. »Dann beeilen wir uns.«

Cornelia lief zum Treppenabsatz. »Vielleicht können uns ein paar SpuSis helfen. Dann geht es schneller.«

Cornelia saß auf dem Boden und blätterte hastig durch ein Fotoalbum. Den Großteil hatten sie mittlerweile durchsucht und waren zu keinem Ergebnis gekommen.

»Wieder nichts«, verkündete Robin, der sich auf das Bett gesetzt hatte, und warf ein Album zur Seite. Sofort nahm er sich das Nächste vor.

»Wie viele noch?«

»Mit dem, das ich jetzt anfange, drei. Ich hab kein gutes Gefühl bei der Sache.« Er seufzte.

»Gib mir eins rüber.« Cornelia schlug das Buch auf und hatte den Eindruck, sich kaum noch konzentrieren zu können. Sie blätterte ungefähr zehn Seiten um, als ihr plötzlich etwas auffiel. Ein Schlüssel fehlte! Er war einfach rausgerissen worden.

»Robin!«

Er war sofort bei ihr. »Da versteckt er sich, meinst du? Das glaube ich nicht.«

»Warum sonst sollte der Schlüssel fehlen?« Beide starrten auf das Foto. Es zeigte den Rohbau eines Einfamilienhauses.

»Da wohnt jetzt doch bestimmt jemand, da kann er unmöglich unbemerkt zwei Geiseln anschleppen. Und sieh dir die Adresse an, das ist mitten in einer Wohngegend.« Er streckte sich, griff an ihr vorbei und blätterte weiter. »Hier fehlen auch die Schlüssel.«

Cornelias Herz tat einen Satz. »Weil er seine Spur verwischt.«

»Anscheinend will er doch nicht so schnell gefasst werden.«

Sie fanden fast zwanzig Bilder in zwei verschiedenen Alben, zu denen die eingeklebten Schlüssel fehlten. Schnell hatten sie die Gebäude aussortiert, in denen es unmöglich sein würde, die Männer unbemerkt einzusperren.

Schließlich blieben noch sieben Gebäude übrig. Es waren überwiegend Lagerhallen, kleine Fabriken und zwei leer stehende Mehrfamilienhäuser, zumindest sah es auf den Fotos aus, als wären sie verlassen.

»Uns wird wohl nichts anderes übrig bleiben, als sie alle abzuklappern«, seufzte Cornelia.

»Und genau darauf setzt er.«

* * *

Alter Bahnhof

Florian sah ungläubig auf den Schlüssel, der neben der Tür lag. Er war dem Entführer wohl aus der Hosentasche gerutscht. Oder spielte ihm seine Hoffnung einen Streich? Das Licht, das unter der Tür hindurchfiel, war schwach. Doch was dort glänzte, war eindeutig Metall.

Er zögerte, in den vergangenen Tagen hatte er schon zu sehr gelitten. Einen Fehlschlag würde er nicht ertragen können.

Aber wenn dies sein Weg in die Freiheit war? Er musste es zumindest versuchen! Auf allen vieren, darauf bedacht, keine verräterischen Geräusche zu machen, kroch er vorwärts.

Seine Rechte schloss sich um das kleine Objekt. Ein Schlüssel, es war wirklich ein Schlüssel!

Aber passte er auch zu der Tür seines Gefängnisses?

Florian stand auf und sah angestrengt durch das Schlüsselloch. Die Gummimaske, die ihm dieses perverse Schwein von Entführer mit Sekundenkleber aufs Gesicht geklebt hatte, behinderte ihn.

Er konnte nur einen kleinen Ausschnitt des Flures sehen. Eine graue Wand, von der die Farbe blätterte. Florian achtete besonders darauf, ob sich Schatten zeigten oder sich das Licht änderte. Doch nichts verriet, dass dort draußen jemand war.

Bernhard war wirklich gegangen, um Lana etwas anzutun. Allein die Vorstellung, seine Schwester müsse nur einen Bruchteil von dem erleiden, was ihm angetan worden war, machte ihn rasend. Mit jagendem Puls umklammerte er den Schlüssel, der womöglich seine und ihre Rettung werden könnte.

Vielleicht gab es doch einen Gott, der ihm in dieser dunklen Stunde beistand. In Gedanken ein Stoßgebet sprechend, schob er den Schlüssel in das Schloss und drehte ihn vorsichtig.

Er spürte, wie etwas in der Tür nachgab. Es war *tatsächlich* der richtige! Florian konnte sein Glück kaum fassen. Ganz vorsichtig drückte er die Tür einen Spalt breit auf und spähte hinaus. Der Flur war verlassen. Von Bernhard war nichts zu sehen. Es gab kaum Licht. Doch was durch das schmale, hoch gelegene Fenster hineindrang, reichte, um sich zu orientieren. Vor ihm lag eine weitere Tür, und dahinter schien sich jemand zu bewegen.

Florian sah sich hektisch um. Wenn er gegen Bernhard überhaupt eine Chance haben wollte, brauchte er dringend eine Waffe. Ein Stapel Schrott weckte seine Aufmerksamkeit. Vorsichtig inspizierte er die Hölzer und Metallstücke.

Bernhard ballte die Faust vor Begeisterung. Die beiden Kämpfer waren fast so weit. Florian zog gerade ein Rundholz aus dem Schrott, den Bernhard extra dort deponiert hatte.

Gideon war bereits mit einem scharfen Metallstück bewaffnet und wartete hinter der Mitteltür. Immer wieder bückte er sich, um durch das Schlüsselloch zu schauen.

Auf den Monitoren war alles gut zu erkennen. Bernhard schaltete von der restlichtverstärkenden Technik immer wieder mal auf Infrarot, doch im Moment reichte das Licht, das durch die schmalen Fenster fiel, noch aus. Mit der Fuchsmaske sah Florian im Zwielicht gefährlich aus, fast wie eine mythische Kreatur auf der Jagd nach Opfern.

Bernhard war erleichtert zu sehen, dass sich beide Brüder gut bewegten, keiner humpelte oder schonte einen Arm. Er hatte sie zwar verprügelt, doch es war nichts zurückgeblieben.

Perfekt. Ihre Chancen waren ausgeglichen. Nun war es an ihnen herauszufinden, wer von beiden das Zeug dazu hatte weiterzuleben, wer der echte Sohn war und wer der Fehler der Natur.

Bernhard biss sich vor Aufregung auf die Lippen. Dies war der Höhepunkt seiner Arbeit. Dies war ein heiliges Ritual.

»Na los, kommt schon! Kämpft!«

Gideon beobachtete seinen Peiniger genau. Er sah immer wieder durch das winzige Schlüsselloch und versuchte, den richtigen Moment abzupassen. Es gab nur diese eine Chance.

Sein Herz raste, als wolle es ihm gleich aus der Brust springen.

Was tat Bernhard dort? Und was hielt er in der Hand? Durch das winzige Schlüsselloch und mit dem wenigen Licht konnte er kaum etwas erkennen. Doch er musste wissen, ob sein Entführer nur den Schlagstock oder den Elektroschocker in der Hand hielt. Strom, so hatte er auf schmerzhafte Weise gelernt, war der schlimmere Feind.

Der Stromstoß tat nicht nur höllisch weh, er raubte ihm auch für wenige Augenblicke die Kontrolle über seinen Körper, etwas, das er bei einem ungleichen Kampf keinesfalls riskieren durfte.

Es sah aus, als habe er nur den Schlagstock dabei.

Plötzlich verschwand er nach links aus dem Sichtfeld. Dort war eine Treppe, er konnte die unterste Stufe gerade noch erkennen.

Vorsichtig drückte Gideon die Klinke hinunter und zog die Tür auf. Er schwitzte. Besonders die rechte Hand, mit der er seine improvisierte Waffe umklammerte. Das Metall fühlte sich warm und rutschig an.

Flach an die Wand gedrückt, näherte er sich dem Treppenaufgang. Ob er wohl in die Freiheit führte? Wenn Bernhard dort hinaufgegangen war und nun tatsächlich aufbrach, um seine Drohung in die Tat umzusetzen, musste er ihm so schnell wie möglich folgen und ihn aufhalten.

Gideon wartete nicht länger, lief los und bog um die Kurve. Nun lag die Treppe vor ihm. Sie führte nicht in die Freiheit, und Bernhard war auch noch nicht fort.

Die Zeit schien sich zu verlangsamen.

Gideon bremste seinen Lauf, als sich der Mann vor ihm ruckartig umwandte und mit einer länglichen Waffe zuschlug. Er duckte sich unter dem Hieb hinweg, der nur harmlos seinen Nacken streifte, und versuchte, mit seiner improvisierten Waffe einen Hieb auszuführen.

Die Reichweite war zu kurz. Gideon wurde von der Wucht seiner Bewegung aus dem Gleichgewicht gebracht und musste sich bemühen, nicht zu fallen. Sein Gegner nutzte den Moment der Unsicherheit und versetzte ihm einen Stoß gegen die Brust. Gideon kippte hintenüber, ruderte kurz mit den Armen und stürzte.

Der Fall endete abrupt, als er mit der Schulter auf dem harten Betonboden aufschlug. Der Schmerz war heftig. Er spürte seine Hand nicht mehr. Hatte er das Metallstück losgelassen? Panisch sah er sich um. Da! Es lag nicht weit von ihm weg.

Mit höchster Willensanstrengung überwand er den Schmerz und die Taubheit und tastete nach seiner einzigen Verteidigungswaffe.

Sein Peiniger kam unterdessen die Treppe hinunter. Im Dämmerlicht sah es aus, als verziehe sich die Fuchsmaske zu einer bösartigen Fratze. Die Zähne gefletscht und die Augen nur leere, schwarze Höhlen.

Beinahe wollte Gideon der Mut verlassen. Er rollte sich zur Seite, weg von seinem Widersacher, und spürte die Wand des schmalen Flurs im Rücken. Schwankend kämpfte er sich wieder auf die Beine.

Komm schon, wollte er rufen, *bringen wir es zu Ende.*

Die in zahllosen Actionfilmen abgenutzten Worte erhielten in dieser Situation wieder Bedeutung. Eine primitive, aber essenzielle Form der Wirklichkeit.

Als sein Gegner mit der Waffe ausholte, schien alles, was Gideon ausmachte, in den Hintergrund zu treten. Seine Persönlichkeit, sein Ich, sie hatten jetzt nur noch ein einziges Ziel im Sinn.

Ein primitiver Urinstinkt, der Drang zu überleben und dafür bis zum Letzten zu kämpfen. Adrenalin flutete seinen Körper. Der Schmerz in seiner Schulter störte nicht mehr. Stattdessen pulste eine fremde, schier mörderische Energie durch seine Adern.

Fuchsgesicht schlug nach ihm, doch diesmal wich er aus. Einmal und gleich noch einmal. Der andere stieß einen kehligen Laut aus. War er enttäuscht? Wütend?

Vergiss es, dachte Gideon grimmig, *du machst mich nicht fertig, jetzt nicht und nie wieder. Ich habe ein für alle Mal genug.*

Das Metallstück in seiner Hand hatte fast die Form einer Klinge. Er ließ es vorschnellen und verletzte Bernhard am Arm. Blut trat hervor. Gideon sah es mit Genugtuung. Er trat zu, traf seinen Gegner am Oberschenkel, der daraufhin kurz einknickte.

Schon glaubte er die Oberhand zu gewinnen, wollte nachsetzen, um seinen Peiniger endgültig k.o. zu schlagen, als der seinen Angriff unterlief und ihm einen Hieb gegen die Kehle versetzte.

Plötzlich konnte er nicht mehr atmen. Instinktiv versuchte er den Mund aufzureißen, um nach Luft zu schnappen. Die verklebte Haut riss noch weiter ein.

Er konnte seinen Mund nun einen Spalt öffnen, aber es blutete wie verrückt. Er schluckte, um die warme Flüssigkeit loszuwerden, und konnte dann auch wieder besser atmen.

»Ich bring dich um!«, schrie er unverständlich. Blut lief ihm über das Kinn.

Der andere riss hinter der Maske entsetzt die Augen auf, und Gideon glaubte kurz, in einen Spiegel zu sehen. Dann donnerte er seine Faust gegen das Kinn des Maskierten. Schlug noch einmal nach und ein drittes Mal, bevor er das Metallteil mit beiden Händen packte und es dem anderen in den Unterleib stieß.

Sein Peiniger gab ein kehliges Grunzen von sich und ließ das Rundholz fallen, das ihm als Waffe gedient hatte.

Er schwankte, stützte sich an der Wand ab und sah ungläubig auf seinen Bauch, wo das Metallstück steckte und sich bei jedem Atemzug bewegte.

Der Blutfleck breitete sich rasch auf dem dunklen Stoff seines Shirts aus, und Gideon wunderte sich kurz, dass sein Entführer scheinbar ähnliche Kleidung trug wie sein Bruder.

Hatte er sie ihm womöglich abgenommen?

Mit neu entflammtem Zorn stieß er ihm gegen die Schulter, sodass er der Länge nach hinstürzte. Er wand sich kurz, dann lag er still. Licht fiel durch eines der kleinen Fenster direkt auf die Fuchsmaske. Das billige Plastikprodukt schien regelrecht an Bernhards Gesicht zu kleben. Nahtlos schmiegte sich das Gummi an die Haut und endete genau an der Kinnlinie.

Gideon kniete sich neben ihn. Er wollte diesem Schwein in die Augen blicken. Sehen, wie er litt, nachdem er ihn so hatte leiden lassen. Entschlossen fasste er die Maske und zog sie zur Seite. Der Kopf ruckte mit herum.

Bernhard hob abwehrend die Hände, was Gideon nur noch mehr anstachelte. Er riss die Maske los und schleuderte sie zur Seite.

Das Gesicht war ihm vertraut, die blauen Augen wie Spiegel seiner eigenen. Dies war nicht Bernhard. Die Erkenntnis traf ihn wie ein Blitzschlag. Er schrie gepeinigt auf und hieb mit der Faust auf den Betonboden.

»Nein, nein«, brüllte er.

Der Mann, der dort vor seinen Augen starb, war sein Bruder Florian. Als er die Maske von seinem Gesicht riss, hatte er ihm einige oberflächliche Hautverletzungen zugefügt, aus denen nun immer mehr Blut quoll. Florians Gesicht sah zerschunden aus.

»Es tut mir so leid, Flo. Ich habe das nicht gewollt.«

Die Qual, ihn dort liegen zu sehen, war beinahe unerträglich. Wie ein Strudel, der ihn erfasst hatte und einfach mitriss. Gideon kämpfte nicht dagegen an, jetzt nicht mehr. Der Sog riss ihn tiefer, schlug ihn wie gegen Steine und Felsen, raubte ihm den Atem, bis er kaum noch Luft bekam.

Und noch immer waren seine Ohren verschlossen und die Welt draußen still. Doch in seinem Inneren tobte es. Sein Herz raste, und er rang verzweifelt nach Luft.

Ich habe ihn auf dem Gewissen, wenn ich nicht sofort etwas unternehme! Verzweifelt drückte Gideon Florians Hand.

»Du darfst nicht sterben! Du darfst nicht!«, beschwor er ihn. »Irgendwie kommen wir schon hier raus. Ich bringe dich zum Krankenhaus. Sie retten dich, hörst du? Du musst nur durchhalten.«

Er sprang auf und lief zur Tür, die vermutlich aus dem Gebäude hinausführte, und rüttelte an dem Griff. Verschlossen, wie er erwartet hatte. Verzweifelt sah er sich nach einem Werkzeug um, mit dem er sie aufhebeln könnte.

Dass Bernhard vermutlich draußen auf ihn wartete, um ihn endgültig fertigzumachen, war ihm in diesem Moment gleichgültig. Wenn es ihm nur gelänge, Florian zu retten!

Er sah sich hektisch um. Es wurde immer dunkler, und schon jetzt war es schwierig, etwas zu erkennen.

Dort, wo er seine improvisierte Waffe gefunden hatte, gab es vielleicht auch etwas, das ihm als Hebel dienen konnte. Mit einer Hand an der Wand entlangtastend, lief er zurück, bis seine Füße gegen etwas Hartes stießen.

Beinahe blind tastete er sich durch Holzlatten und Metallschrott, doch nichts davon war geeignet, eine Tür aufzubrechen.

Resignierend lief er zu seinem Bruder zurück, der ihn mit flehendem Blick erwartete. Er hielt mit beiden Händen das

Schrottteil umfasst, das ihm aus dem Leib ragte, als wolle er es herausziehen oder tiefer hineinstoßen.

»Nein, Florian, nein, du musst durchhalten«, beschwor er ihn. Er blieb nicht bei ihm, sondern lief weiter zur Treppe, die ins Obergeschoss führte. Auch diese Tür war fest verriegelt.

Sie konnten nicht fliehen, er konnte keine Hilfe holen.

Doch Gideon wollte sich trotzdem nicht damit abfinden, hier, in der zunehmenden Dunkelheit, seinem Bruder beim Sterben zuzusehen. Und doch war es das Einzige, was er jetzt noch für Florian tun konnte.

Mit bleiernen Schritten ging er zurück und ließ sich neben ihn sinken. Im letzten Licht des Abends sah er ihm in die Augen, die in der zunehmenden Dunkelheit ihre Farbe verloren.

»Florian, wir haben noch so viele Pläne, du darfst nicht aufgeben.« Seine Stimme brach.

Der Verwundete stöhnte und schloss gequält die Augen. Gideon dachte schon, es sei vorbei, doch dann öffnete er sie wieder. Eine Träne rann aus seinem Augenwinkel.

Was hätte Gideon nur dafür gegeben, mit ihm den Platz zu tauschen!

»Du musst durchhalten, hörst du? Irgendwie kommen wir schon hier raus.«

Florian drehte den Kopf weg. Es war die einzige Möglichkeit, wie er sich verständlich machen konnte, war doch sein Mund genauso verklebt, wie der von Gideon es gewesen war. Er verstand ihn auch ohne Worte.

Florian wollte nicht durchhalten. Er litt, und er ahnte wohl, dass er sterben musste.

Unter größter Anstrengung griff er nach Gideons Hand, führte sie kurz zu seiner Wange und zog sie dann wieder hinab, zu dem Metallstück, das in seinem Leib steckte.

»Nein, das kann ich nicht tun«, sagte Gideon entsetzt, beugte sich weiter vor und wiederholte die Worte noch einmal, damit Florian von seinen Lippen lesen konnte.

»Du darfst das nicht von mir verlangen!«

Florian nickte langsam und angestrengt. Er hatte seine Entscheidung getroffen.

* * *

KAPITEL 16

Bahngelände, Bernhards Transporter

Bernhard fühlte sich wie berauscht. Endlich war sein Plan aufgegangen. Über die Bildschirme hatte er jede Bewegung der Kämpfer verfolgt, und sie hatten sich wirklich einen großartigen Kampf geliefert. Alle seine Erwartungen waren übertroffen worden.

Nun war Florian tot und Gideon frei.

Noch konnte der junge Mann vielleicht nicht verstehen, was für einen Gefallen Bernhard ihm getan hatte. Aber das würde sich bald ändern. Endlich war er gezwungen gewesen, sich über seinen Schatten zu erheben. Bernhard rieb sich über die Arme. Die letzten Bilder aus dem alten Bahnhof hatten ihm eine Gänsehaut gemacht. Dieser Anblick, wie Gideon das improvisierte Messer hob, um seinem Bruder den Gnadenstoß zu versetzen, war von epischer Größe gewesen und hatte Bernhard einen Adrenalinrausch geschenkt, der seinesgleichen suchte. Leider hatte die Kamera ihn dabei nur von hinten gezeigt.

Ihm stand der Sinn nach einer kleinen Feier. Ja, sie würden den Sieg über die Kopie feiern. Und zwar gemeinsam.

Bernhard stand auf, trennte den kleinen Bildschirm von den Kameras und schaltete den Generator aus.

Im alten Bahnhof war es nun still. Gideon schlief womöglich nach dem zermürbenden Kampf.

Genug Zeit für ihn, etwas zu essen zu holen. Bernhard war klar, dass es riskant war, aber was wollte er mehr?

Er hatte sein Werk vollbracht. Alle Zeit, die ihm noch blieb, war ein Geschenk, und er wollte diese geschenkte Zeit nicht damit verschwenden, davonzulaufen.

Mittlerweile war es vollkommen dunkel. Die Wolken reflektierten die Helligkeit der nahen Stadt. Es reichte ihm aus, um sein Versteck ohne Licht, im Schritttempo fahrend, zu verlassen. Weit über das Lenkrad gebeugt, folgte er einem alten Zufahrtsweg auf eine asphaltierte Straße.

Erst hier schaltete er die Scheinwerfer an und beschleunigte. Er kannte sich hier kaum aus, also würde er einfach eine Weile fahren müssen, bis er ein passendes Schnellrestaurant fand.

Hoffentlich erkennt nur niemand den Wagen, dachte er. Doch mitten in der Woche waren abends nur noch wenige Polizisten unterwegs, die Fahrzeugkontrollen vornahmen. Solange er nicht zu schnell fuhr, befand er sich in relativer Sicherheit.

* * *

Gideon war in einen tiefen Schlaf gefallen, der einer Ohnmacht nahe kam. Zwei Tage ohne Essen und Trinken forderten ihren Tribut. Die Trauer nach der schrecklichen Tat war unerträglich. Er hatte geweint und sich in Gedanken selbst verflucht und die bleischwere Müdigkeit vielleicht sogar als eine Art Flucht begrüßt.

So ließ sich der körperliche als auch der seelische Schmerz besser ertragen.

Eine Berührung ließ ihn schließlich zusammenfahren, doch da war es schon zu spät. Sein Peiniger war zurück. Mit verklebten Gehörgängen, die ihn zu absoluter Taubheit verurteilten, hatte er ihn nicht kommen hören.

Bernhard trug keine Maske mehr. Warum auch, hatte er doch seinen Plan verwirklicht und die Zwillinge gegeneinander ausgespielt. Nur dafür waren sie gut gewesen, das war Gideon jetzt klar.

Bernhard zerrte ihm die Hände nach vorne und band sie mit Kabelbindern zusammen. Es geschah so schnell, dass er Gideon bereits überrumpelt hatte, bevor er wieder ganz wach war.

Sein Peiniger fasste ihn grob unter die Arme und versuchte ihn auf die Beine zu zerren. Er sagte etwas, doch Gideon verstand ihn nicht.

Er leistete keinen Widerstand. Jetzt nicht mehr. Es war vorbei. Sollte Bernhard doch mit ihm machen, was er wollte. Wie eine willenlose Puppe ließ er sich von ihm aus dem Gebäude ins Freie zerren. Seine Füße schlurften über groben Kies, zwischen dem mageres Gras wuchs.

Jeder Schritt schmerzte. Florian hatte ihm einen harten Kampf geliefert. Er versuchte, in sich hineinzuhorchen. Welche Verletzungen stammten von seinem Bruder und welche von dem Monster, das ihn zum Mörder gemacht hatte? Er wollte es wissen. Vielleicht waren sie die letzten Erinnerungen, die ihm bleiben würden.

Gideon sah über die Schulter zurück.

Die Tür zum alten Bahnhofsgebäude stand offen. Bernhard schien es nicht für nötig zu halten, den Toten zu verbergen.

Über ihnen erstreckte sich der nächtliche Himmel mit seinen Gestirnen. Wolken zogen rasch dahin. Als der Mond für einen Moment frei stand, beleuchtete sein fahler Schein die leblosen Glieder seines Bruders.

Gideon zog es das Herz zusammen, als stecke ein Dorn darin.

Bernhard zerrte ihn weiter, und er wehrte sich nicht. Kapselte sich einfach ab. Wurde zur bloßen Hülle für Schmerz und Schuld.

Ich bin zum Kain geworden, dachte er.

Bernhard führte ihn zu einem weißen Transporter und öffnete die Hecktüren. Ihm schlug Essensgeruch entgegen. Tomate, Knoblauch, Oliven. Sein Magen rebellierte. Ihm wurde schlecht und flau zugleich.

Bernhard beugte sich vor und wies auf seinen Mund. Gideon sollte von seinen Lippen lesen. »Wir haben etwas zu feiern, setz dich!«

Gideon stieg in den Transporter und setzte sich auf einen Klappstuhl. Ihm war wirklich alles egal. Bernhard machte eine Lampe an, indem er ein Kabel an eine Autobatterie anschloss. In dem kleinen Laderaum wurde es richtig hell.

Gideon schloss die Augen. Zu absurd war das, was sich vor ihm abspielte. Bernhard hatte einen kleinen Klapptisch gedeckt. Mit Porzellantellern und bunten Blumenservietten.

Bernhard griff nach seinen Beinen, wickelte offenbar Gaffatape darum und klebte auch seinen Oberkörper am Stuhl fest. Dann machte er sich an Gideons Kopf zu schaffen.

Gideon fühlte sich völlig leer. Wie ein Hohlkörper, der nur noch darauf wartete, dass seine äußere Hülle auch noch zerschlagen wurde, nachdem sein Inneres bereits zerstört war.

Gideon versuchte, sich aus seiner aussichtslosen Lage in Erinnerungen zu flüchten, doch fast alle Erinnerungen bestanden aus Erlebnissen mit seinem Bruder. Heile-Welt-Bilder. Florian als Kind im gemeinsamen Hollandurlaub. Sie tobten durch die Wellen, spielten in den Sanddünen Verstecken und trieben ihre Eltern regelmäßig in den Wahnsinn.

Oder wie sie versucht hatten, nach ihrem ersten Clubbesuch betrunken nach Hause zu trampen und die ganze Strecke hatten laufen müssen. Sie waren erst am Morgen angekommen, als längst wieder Bus und Bahnen fuhren.

Und dann gab es wieder Geräusche! Sein Ohr schmerzte. Bernhard hatte irgendetwas aus seinem Gehörgang entfernt. Gideon riss die Augen auf und sah, dass es tatsächlich Silikonmasse gewesen war.

»Besser?«, fragte Bernhard und klang dabei ehrlich besorgt. Was war das nur für ein kranker Mistkerl?

Als Gideon ihm die Antwort verweigerte, zuckte er nur lapidar mit den Schultern und griff hinter sich. Aus einem Winkel förderte er eine Tüte mit Plastikbehältnissen hervor. Sie stammten offenbar von einem Schnellrestaurant. Nun war klar, woher der Geruch gekommen war. Bernhard stellte sie mit einem triumphierenden Grinsen auf den Tisch, als erwarte er von seiner Geisel Begeisterung. Gideon drehte es den Magen um.

»Es gibt Spaghetti carbonara und Pizza Hawaii, Salat und Rotwein. Was möchtest du? Ist leider in der Zwischenzeit etwas kalt geworden.«

Gideon konnte einfach nicht fassen, was hier gerade geschah. Erwartete dieser Irre, dass er mit dem Blut seines Bruders an den Händen etwas aß? Und dann auch noch mit dem Monster, das ihn zu dieser Bluttat getrieben hatte, gemeinsam an einem Tisch?

»Ja, ja, ich verstehe dich«, sagte Bernhard und machte sich an den Behältnissen zu schaffen. »Du hast etwas Überwältigendes erreicht, dagegen ist Nahrung sicher fürchterlich trivial. Ich tue dir von beidem etwas auf den Teller.«

Gideon sah auf seine Hände. Sie waren voller Blut. Altem und relativ frischem. Das meiste stammte nicht von ihm. Er wusste es nicht mit Sicherheit, aber er fühlte es. Das Bild verschwamm. Seine Augen brannten wie Feuer.

»Hier, iss. Du musst wieder zu Kräften kommen.« Der Teller wurde zu ihm hingeschoben.

Gideon zitterte. Es begann an seinen Fingerspitzen und breitete sich über die Arme auf seinen restlichen Körper aus. Es war, als verlöre er jetzt auch noch das letzte bisschen Kontrolle über sich selbst.

»Siehst du, du musst essen, dein Körper verlangt es«, sagte sein Gegenüber lakonisch und wickelte mit der Gabel einige Spaghetti auf, um sie mit großer Begeisterung zu essen.

»Ich will dein verdammtes Essen nicht«, fauchte Gideon und begrüßte die Wut. Es war besser, als sich leer zu fühlen. Wenngleich ihm klar war, dass er nur die Wahl hatte, nichts zu empfinden oder alles zuzulassen, auch Trauer und Schuld.

»Gideon, sieh mich an!«, forderte Bernhard. Seine Stimme hatte plötzlich einen warnenden Unterton. Es war das erste Mal, dass er überhaupt eine negative Regung zeigte, seit sie im Transporter waren. Gideon hob widerwillig den Kopf und starrte sein Gegenüber an. Sollte dieser Psycho ruhig sehen, wie wütend er war.

Bernhard kaute zu Ende, schluckte und wies dann mit der Gabel auf ihn. »Du isst jetzt! Ich lasse mir das alles nicht von dir vermiesen. Wir essen und trinken jetzt, und später reden wir bei einem guten Glas Rotwein.«

»Vergiss es!« Unwillig schob Gideon seinen Teller weg. Er rutschte über die billige Plastiktischdecke. Bernhard fing ihn im letzten Moment ab, bevor er über die Kante kippte.

Langsam schob er ihn wieder zurück.

»Wenn du dich weigerst, wird deine Mutter erfahren, wer Florian ermordet hat. Dann verliert sie nicht nur einen Sohn, sondern zwei.«

Gideon, der bis dahin geglaubt hatte, es könne nicht noch

schlimmer werden, erstarrte. Die Kehle schnürte sich ihm zu, seine Worte des Protests blieben stecken.

Er dachte an seine Mutter, diese weiche herzensgute Frau. Florians Tod würde sie zerbrechen, aber wenn sie erfuhr, wer ihn erstochen hatte, würde sie das umbringen.

Sie lebte für die Familie, hatte ihre Kinder immer an erste Stelle gestellt. Auf vieles verzichtet, was für andere Frauen so wichtig war, damit es ihnen an nichts fehlte.

»Ich kann überzeugend sein, nicht wahr? Aber wer wäre das nicht, mit solchen Argumenten.«

Gideon gab sich geschlagen, griff nach einem Stück kalter Pizza und biss hinein. Kurz kämpfte er mit der Übelkeit, dann schluckte er den ersten Bissen hinunter. Er mochte sich nicht vorstellen, was seinem Peiniger noch alles einfiel, falls er das Essen nicht bei sich behielt.

Bernhard beobachtete ihn mit der Neugier eines Wissenschaftlers. Nachdem Gideon nicht aufhörte zu essen, schien er zufrieden. Er goss Wein in zwei Gläser und schob eines zu ihm herüber. »Lass uns anstoßen.«

Gideon nahm das Glas. »Worauf?«

»Auf dein neues Leben natürlich! Du bist jetzt endlich frei.«

Er blickte auf den Kabelbinder, der seine Handgelenke aneinander zwang. »Frei?«

»Frei von deinem Schatten natürlich. Weißt du, es ist nicht immer leicht zu sehen, welcher von beiden die Kopie ist, aber bei dir war ich mir sicher. Ich hätte Geld darauf gewettet, dass du der Stärkere bist. Aber natürlich wette ich nicht.«

»Du redest von Florian, oder? Ich habe ihn geliebt, er ist, er war der wichtigste Mensch in meinem Leben.«

»Das glauben viele in deiner Situation. Aber glaube mir, das ist alles nur anerzogen. Es liegt an der heutigen Gesellschaft.

Früher kannten die Menschen noch die Wahrheit, früher hat man nur einen Zwilling überleben lassen. Wir sind doch keine Tiere!«

Gideon verschlug der Wahnsinn seines Gegenübers die Sprache.

»Jeder Mensch ist einzigartig, jetzt bist du es auch. Bald wirst du mir dankbar sein. Jetzt wird dich niemand mehr verwechseln, niemand wird jemals wieder Vergleiche ziehen. Niemand wird dir mehr sagen, was du alles besser machen könntest, weil dein Klon ja auch besser ist.«

»Deshalb tust du das? Weil einiges in deiner Kindheit schiefgelaufen ist?« Fassungslos schüttelte Gideon den Kopf, und ihm wurde klar, dieser Mann würde nicht einfach so aufhören. Er würde weiterhin unschuldige Geschwister entführen und sie foltern und quälen, bis sie sich rasend aufeinanderstürzten. Dieses Monster musste aufgehalten werden!

»Ja, deshalb tue ich es. Weil ich die Wahrheit erkannt habe. Ich kann mich der daraus entstehenden Pflicht nicht entziehen. Jemand muss es tun.«

Und jemand muss dafür sorgen, dass du dafür keine Chance mehr bekommst, dachte Gideon. *Mein Leben ist ruiniert. Meinen Bruder kann ich nicht mehr zurückholen. Aber ich kann diese Kreatur aufhalten. Und wenn ich dabei draufgehe. Was spielt das noch für eine Rolle.*

Gideon spürte, wie er langsam wieder zu Kräften kam. Jetzt hatte er ein Ziel, jetzt würde er kämpfen! Doch zuerst musste er Bernhards nächste Schritte in Erfahrung bringen, damit er den richtigen Moment abpassen konnte, um ihn zu töten!

* * *

Cornelia sah auf den Computerausdruck. Er zeigte ein Satellitenbild der alten Bahnstrecke. Daneben lag das Foto des Backsteingebäudes.

»Es ist stockfinster! So finden wir das nie!«, schimpfte sie und war trotzdem nicht bereit aufzugeben. Der alte Bahnhof war das dritte Gebäude auf ihrer Liste und das, was ihrer Meinung nach am vielversprechendsten aussah. Hier würde Bernhard wirklich von niemandem bemerkt, wenn er es nicht wollte.

Robin sah zweifelnd zu ihr hinüber. »Wir sollten heimfahren und es lieber morgen noch einmal versuchen.«

»Nein. Kommt nicht infrage. Da draußen sind immer noch zwei Geiseln, die wir finden müssen.«

Er zuckte mit den Schultern. »Hast ja recht. Aber wie sollen wir die hier draußen finden? Eigentlich sollten wir sogar besser ohne Scheinwerfer fahren, aber dann ist es ein absoluter Blindflug. Wenn er da ist, wird er uns sehen.«

»Nein, er sieht – wenn überhaupt – Scheinwerfer. Unseren Wagen und vor allem uns kann er selbst mit einem Fernglas nicht erkennen. Dafür blenden die Lichter viel zu sehr.«

»Wie kommst du darauf, dass er überhaupt weiß, wie wir aussehen?«

»Ich bin mir sicher, dass er uns beobachtet hat. So ein Kontrollfreak wie er wird nicht einfach abgehauen sein.«

»Hast womöglich recht. Wahrscheinlich hat er sich köstlich amüsiert, während wir im Dunkeln tappten.« Robin schlug das Lenkrad hart ein, als die Industriestraße plötzlich einen Knick nach links machte. Sie folgten ihr bis zu einem großen Wendekreis, wo sie plötzlich endete. Hinter dem rissigen Asphalt begann eine Brache. Birkenstämme glänzten weiß im

Scheinwerferlicht. Darunter wucherte dichtes Gestrüpp, das voller Abfall steckte.

»Das kann doch nicht wahr sein«, fluchte Robin und schlug mit der Handfläche auf das Lenkrad. Dann griff er nach dem Satellitenbild, das Cornelia gerade betrachten wollte.

»Hey«, protestierte sie und schaltete die Innenbeleuchtung ein.

Robin lehnte sich zu ihr hinüber und hielt den Ausdruck so, dass sie auch etwas sehen konnte. »Ich fürchte, wir sind ganz falsch gefahren, erinnerst du dich an die Unterführung?«

Sie nickte. »Ist schon eine ganze Weile her.«

Er setzte den Finger auf die Karte. Die Stelle war aufgrund der dichten Bebauung in der Aufnahme nur schlecht zu erkennen. »Da.«

Cornelia kniff die Augen zusammen und suchte nach bekannten Strukturen. »Ich glaube aber, so falsch sind wir gar nicht. Es muss eines von diesen hier sein.« Sie wies auf drei Gebäude, die auf der Freifläche zwischen den Wohngebieten standen. Die einzige Zufahrt war eine kaum erkennbare Piste.

»Sieht so aus«, stimmte Robin ihr zu. »Sie liegen auf der anderen Seite der Gleise, fürchte ich, und mir ist immer noch nicht ganz klar, wie wir da mit dem Auto hinkommen.«

»Dann laufen wir«, sagte Cornelia entschlossen.

»Das meinst du nicht ernst.«

»Warum nicht? Wenn es wirklich dort ist, dann ist das nicht weit. Und zu Fuß fallen wir weniger auf.« Sie wartete nicht auf eine Antwort und stieg aus.

Am Rand der Brache zwischen den Birken sah sie durch einen kleinen Feldstecher. Sie musste einen Moment lang suchen und warten, bis sich ihre Augen auf die Lichtverhältnisse eingestellt hatten, dann machte sie in der Ferne etwas zwischen den Baumstämmen aus. »Ja!«

Ihr Kollege war mittlerweile auch ausgestiegen. Sie reichte Robin den Feldstecher. »Könnte passen«, sagte er nach einer Weile. »Da ist kein Licht zu sehen.«

»So was würde er nicht riskieren.«

»Und du willst wirklich laufen? Mit deinem Bein?«

Cornelia stieß abfällig den Atem aus. »Was soll das denn heißen? Es ist ja kein Marathon, mein Bein ist okay, sonst wäre ich nicht im Dienst.«

Sie wusste, dass es nicht ganz der Wahrheit entsprach, und Robin wusste es ebenso, aber sie würde sich davon nicht aufhalten lassen. Wenn es ihr gelingen würde, diesen Verbrecher dingfest zu machen, wäre es egal, wenn ihr ein, zwei Tage lang das Bein wehtäte.

»Ich verlasse mich darauf, dass du weißt, was du dir zutrauen kannst.« Robin ging zum Wagen, schloss ihn ab und brachte ihr eine Stabtaschenlampe mit.

»Die sollten wir aber nur einsetzen, wenn es wirklich zu finster ist«, sagte Cornelia, deckte mit der Hand die Lampe ab und prüfte kurz, ob sie funktionierte.

»Bist du dir so sicher, dass wir nicht nur einem Hirngespinst hinterherlaufen? Er könnte die Schlüssel nur herausgerissen haben, um uns auf eine falsche Fährte zu locken. Vielleicht ist er längst über alle Berge.«

»Vielleicht«, erwiderte sie angespannt. »Aber vielleicht auch nicht. So oder so werde ich nur ruhig schlafen können, wenn alle Gebäude überprüft sind.«

»Na dann los, es ist schon spät, und du musst früh in die Heia«, feixte Robin und ging voraus.

Gleich zu Anfang mussten sie sich durch ein dichtes Brombeergebüsch kämpfen. Die Ranken hingen übervoll mit Früchten. Es roch süßlich und vergoren. Cornelia versuchte, die dornigen Äste mit der Lampe herunterzudrücken, und schreckte ein Heer von Fliegen und Wespen auf, die offenbar einfach die Nacht auf den Beeren verschlafen wollten.

Verstrickt in Dornen, widerstand sie dem Drang, nach den summenden Insekten zu schlagen, die in der Dunkelheit orientierungslos umherflogen.

Nach wenigen Metern wurde es besser. Hier gab es keine Brombeeren mehr, nur noch Schotter, eine kleine wilde Deponie und umherfliegenden Plastikmüll. Robin marschierte stur geradeaus, in gerader Linie auf die Gebäude zu, die sie zwischen dem Weißdorn und den Birken kaum noch ausmachen konnten.

»Die Bahngleise sehen aus, als würde hier noch was fahren«, sagte er leise und stieg über glänzende Schienen.

Cornelia lauschte in die Nacht. Kein Zug, nur ferner Straßenlärm und vereinzeltes Vogelgezwitscher.

Von den leicht erhöhten Schwellen hatte sie nun einen besseren Blick auf die Gebäude.

Sie erstarrte. War dort etwa ein weißes Fahrzeug geparkt?

»Robin? Sieh dir das an.« Sie hob den Feldstecher.

* * *

Gideon hatte alles aufgegessen, was sein Entführer ihm vorgesetzt hatte, und merkte, wie sein Körper tatsächlich wieder ein wenig zu Kräften kam. Selbst den Wein hatte er getrunken, dann aber nach Wasser verlangt und es auch bekommen.

Bernhard ahnte nicht, dass seine Geisel nur deshalb so kooperativ war, damit er sich in Sicherheit wog. Er schien zu glauben, dass Gideon es ihm nicht nachtrug, ihn überlistet zu haben, und auch anfing, seinem toten Bruder weniger nachzutrauern. Was eigentlich absurd war. Kein vernünftiger Mensch würde sich davon überzeugen lassen. Aber Bernhard war kein vernünftiger Mensch. Er lebte in seiner eigenen Welt, die gänzlich anderen Regeln folgte. Warum war sein Wahnsinn vorher niemandem aufgefallen?

Es kostete Gideon all seine verbleibende Kraft, dieses Schmierentheater aufrechtzuerhalten. Er wahrte die Fassade, doch sie hatte Risse, und es wurden mit jeder verstreichenden Minute mehr, wie bei einem Haus in einer Erdbebenzone. Denn in ihm bebte es. Wenn er nicht zittern wollte, musste er seinen Händen etwas anderes zu tun geben.

Bernhard saß ihm gegenüber am kleinen Klapptisch, erzählte von seiner Kindheit als ewiger Zweiter und trank dabei ein Glas Rotwein nach dem anderen. Gideon versuchte seinen Erzählungen zu folgen, ohne dabei ständig an Florian zu denken, dessen Körper nun langsam immer kälter wurde.

Gideons Kopfhaut hatte unter der angeklebten Skimaske fürchterlich zu jucken begonnen. Immer wieder hielt er den Reiz nicht aus und rieb darüber.

»Das juckt tierisch, nicht wahr?«, bemerkte Bernhard irgendwann. »Das tut mir leid, diese kleine Maskerade musste sein. Aber wenn du möchtest, kannst du versuchen, sie zu entfernen. Danach können wir weiterreden.«

»Gerne«, würgte Gideon hervor.

»Ich glaube, das geht nur mit Aceton-Lösungsmittel.«

»Was auch immer hilft. Her damit.«

Bernhard stand auf und durchsuchte eine graue Curverbox, bis er eine kleine Flasche zutage förderte. »Das hier ist es. Das Zeug stinkt wie Sau, aber wem sag ich das, bist ja selber Handwerker.« Er reichte Gideon einen Lappen und die Flasche.

»Soll ich es besser draußen machen?« fragte Gideon und versuchte dabei, möglichst harmlos zu klingen.

»Ja, ich muss hier drinnen schließlich noch schlafen.« Bernhard trat hinter ihn und zerschnitt mit einem kleinen Messer das Gaffatape, damit er aufstehen konnte.

Gideon öffnete die Hecktür und sprang ins Freie.

»Nicht so schnell, Gideon.« Eine Kette rasselte. »Dir ist doch klar, dass ich dich nicht einfach so rumlaufen lassen kann. Erst will ich sehen, wie du dich entwickelst.«

Gideon war so überrumpelt, dass er sich von seinem Entführer anketten ließ. Das eine Ende schlang sich nun um seinen Fuß, das andere war am Abschlepphaken festgemacht. Ihm blieb ein Radius von etwa drei Metern.

Nicht viel, aber genug, um Bernhard ins Jenseits zu befördern. Der Wunsch nach Rache befeuerte nun jede Faser seines Körpers. Er hatte das Werkzeug dafür schon fast zusammen, doch noch war es nicht so weit. Er lehnte sich an den Wagen, öffnete das Fläschchen mit dem Lösungsmittel und goss etwas auf einen Lappen. Dann begann er am Hals, wo der Rand der Skimaske an seiner Haut haftete, zu reiben. Acetondämpfe ließen seine Augen brennen.

»Funktioniert es?«, erkundigte sich Bernhard.

»Ja, aber es wird dauern.«

»Dann mach in Ruhe.«

Gideon sah seinem Entführer hinterher, wie er auf den ehemaligen Bahnhof zuging. Aus seiner Position neben dem Wagen konnte er den Eingang nicht erkennen.

Er musste wieder an seinen Bruder denken, der dort tot auf dem Boden lag, die Beine durch die Tür gut sichtbar. Seine Haut musste mittlerweile kälter geworden sein, das Blut aufgehört haben zu fließen.

Bernhard ging um das Gebäude herum und war verschwunden. Gideon musste jetzt sofort handeln, wenn er überhaupt eine Chance haben wollte. Er ging zur Beifahrertür und zog sie vorsichtig auf, bemüht, sich nicht durch ein Geräusch zu verraten. Er konnte sich kaum konzentrieren. Was würde Bernhard mit der Leiche seines Bruders machen? Er konnte den Gedanken nicht ertragen, dass er ihn irgendwo verscharrte.

Ich muss ihn aufhalten!

Gideon sah sich noch einmal um, und als er seinen Entführer nicht sehen konnte, begann er den Wagen zu durchsuchen. In der Beifahrertür waren einige CDs und eine Parkscheibe verstaut, mehr nicht. Verdammter Ordnungsfimmel! Welcher Werkstattwagen war so ordentlich? Er zog das Handschuhfach auf. Straßenkarten und Versicherungsunterlagen. »Verdammt!«, fluchte er unterdrückt. Auf der Ablage lag eine Schachtel Zigaretten neben Kugelschreibern und Zollstock. Kurz glaubte er, seine Suche habe ein Ende. In der Packung war kein Feuerzeug.

Wieder überkam ihn ein Zittern. Die Packung fiel ihm aus der Hand. Das brachte ihn auf eine Idee, und er begann den Fußraum abzutasten. Hier gab es doch ein wenig Dreck und Krümel. Unter dem Sitz war sogar Papier. Seine Finger stießen gegen etwas Glattes. »Ja«, keuchte er leise und zog seinen Schatz heraus. Ein Feuerzeug!

Seine Freude war nur von kurzer Dauer. Es funktionierte nicht. Sprühte nur ein paar Funken. So sehr er sich auch bemühte und es in der Hand wärmte, eine kleine Flamme brachte er nicht zustande. Ob es trotzdem gelingen würde?

Er würde es versuchen oder dabei draufgehen!

Florians Tod hatte etwas mit ihm gemacht. Etwas in ihm getötet. Gideon hatte kein Mitgefühl mehr, besonders dann nicht, wenn es um dieses Monster ging.

Bernhard musste brennen! Und auch das war noch nicht Strafe genug für das, was er Florian, ihm und wer weiß wie vielen anderen Menschen angetan hatte.

Gideon nahm das Lösungsmittel und goss einen Teil davon auf den Boden. Dorthin, wo sein Entführer eben noch gestanden hatte. Zwei Drittel der Flasche waren nun geleert. Er tränkte den Lappen und stellte das Behältnis griffbereit hin. Der Acetongeruch war beißend. Die Nacht war fast windstill, und so breiteten sich die Dämpfe aus wie Nebel. Es könnte gefährlich werden, wenn das Gas verpuffte.

»Dann ist es eben so«, sagte er leise. Es war ihm egal, ob er starb.

Wo blieb der verdammte Kerl nur? Gideon brach der kalte Schweiß aus, dabei kochte er regelrecht vor Ungeduld.

Bernhard schaltete den Generator an.

Das Gerät ging zweimal aus, bevor es endlich ratternd und stinkend seinen Dienst versah. Er schloss ein Kabel an, und im Inneren des Gebäudes wurde es hell. Aus den Fenstern und der offenen Türe fiel Licht ins Freie und beleuchtete Schotter und Gesträuch.

Bernhard ging hinein und stieg über die Beine des Toten hinweg. An den Wänden und auf dem Boden war Blut, das langsam seine leuchtend rote Farbe verlor.

Ja, diese beiden Männer hatten wirklich gekämpft wie Gladiatoren in der Arena. Seine Gladiatoren!

Und ich bin der Imperator. Angesichts des lächerlichen Gedankens musste er grinsen, doch er war einfach so überwältigt davon, dass sein Plan aufgegangen war, dass er ein wenig albern wurde.

Er ging in die beiden Räume, die ihm zuvor als Zellen gedient hatten, und überprüfte, ob er Spuren hinterlassen hatte. Bernhard sammelte all das lose Zeug ein, auf dem seine DNA haften könnte, und warf es in einen blauen Müllsack. Er hatte zwar nicht damit gerechnet, nach dem Kampf der Brüder noch sehr weit zu kommen, aber warum es nicht versuchen?

Wenn die Polizei es bis jetzt nicht geschafft hatte, ihn aufzuhalten, könnte er vielleicht noch ein, zwei anderen Menschen zu ihrem Glück verhelfen.

Bald war der Müllsack voll und die Räume leer. Später würde er noch einmal wiederkommen und sich um die Kleinigkeiten kümmern. Er knotete den Sack zusammen, warf ihn ins Freie und blieb neben der Leiche stehen.

Der Anblick faszinierte ihn. Die Fuchsmaske lag neben seinem Gesicht, von dem an einigen Stellen die Haut fehlte. Sie klebte nun an dem Gummi.

»Bist doch zu einem anderen geworden«, sagte er leise und stieß den Kopf mit der Schuhspitze an. »Jetzt seht ihr nicht mehr aus wie Spiegelbilder.«

Bernhard beugte sich weiter vor. Der Tote hatte sich doch gerade nicht etwa bewegt? Er berührte Florians Hals und konnte die Wärme des Körpers sogar durch die Handschuhe spüren. Sollte der Körper nicht eigentlich langsam kalt werden? Einen Puls gab es nicht, oder? Er drückte noch einmal etwas fester zu.

Da! Das konnte doch nicht wahr sein! Er musste sich irren. Er hatte doch genau gesehen, wie Gideon Florian das Metallstück mit aller Kraft in die Brust gestoßen hatte.

Es steckte sogar noch immer dort, und die Kleidung drum herum war dunkel vom ausgetretenen Blut.

Bernhard hielt eine Hand vor Florians Nase. Vielleicht atmete er, vielleicht auch nicht. Bildete er sich alles nur ein, oder war der Luftzug so schwach, dass er ihn nicht spüren konnte?

Er scheute sich davor, den leblosen Körper erneut zu berühren, aber wenn er sichergehen wollte, musste er es wohl oder übel tun.

Konzentriert schob er Florians linkes Augenlid hoch. Die

Pupille zog sich langsam zusammen. »Verdammter Mistkerl, was bist du zäh!«

Bernhard wollte schon nach dem Metallstück greifen und es dem leblosen Mann noch einmal in die Brust rammen, doch er widerstand dem Impuls. Dies war nicht sein Bruder.

»Ich mach deine Drecksarbeit nicht, Gideon. Das wäre nicht in Ordnung.«

Der siegreiche Zwilling musste es selbst zu Ende führen, nur so konnte er seine Spiegelseele zerstören. Erst dann würde er frei sein.

In Bernhard kochte der Zorn. *Wie konnte Gideon nur!*

Aber vielleicht hatte er es nicht geahnt, in der Dunkelheit nicht gesehen, dass sein Gegner noch lebte. Es war sicher ein Versehen gewesen.

Bernhard wollte sich die Erinnerung an den Kampf nicht durch einen solch halbherzigen Sieg schmälern lassen. Gideon musste zurückkommen und Florian erschlagen!

Da war Bernhard endlich.

Gideon hatte schon geglaubt, er würde Stunden warten müssen, bis sein Entführer zurückkehrte. Seit der Müllsack hinausgeworfen worden war, spielte seine Vorstellungskraft verrückt.

Er sah Bernhard vor sich, dieses Monstrum, wie er den Körper seines toten Bruders zersägte und in einen Müllsack packte, als sei er Abfall. Doch in dem Plastiksack hatte es geklirrt und gescheppert. Arme und Beine waren das nicht.

Eingehüllt in Acetondämpfe täuschte Gideon vor, mit dem Ablösen der Maske beschäftigt zu sein.

Es fiel ihm schwer, sich zu konzentrieren. Er war nie ein guter Schauspieler gewesen, angeblich sah man es ihm sofort an, wenn er log, das behauptete zumindest seine Freundin.

An sie zu denken, gab ihm ein wenig Ruhe zurück.

Bernhard kam schnell auf ihn zu, es bestand kein Zweifel daran, dass er wütend war. Etwas in dem alten Bahnhof hatte diesen Stimmungswechsel verursacht.

Gideon hielt inne und sah ihm entgegen. In seiner rechten Hand hielt er das Feuerzeug und presste seine Finger darum. Er schwitzte. Hoffentlich nicht so sehr, dass er im entscheidenden Moment versagte.

»Du hast mich enttäuscht!«, donnerte Bernhard ihm entgegen und spuckte vor ihm auf den Boden. Sein Entführer, der zuvor immer kontrolliert aufgetreten war, zeigte sich von einer ganz neuen Seite.

Gideon verstand nicht, was diese Veränderung hervorgerufen hatte. War es gut oder schlecht für ihn?

»Was ist passiert?«, fragte er bemüht ruhig.

Bernhard musterte ihn lange. Das gleichmäßige Tuckern des Generators klang zu ihnen herüber wie ein Countdown.

Gideon wich zurück. Wenn Bernhard ihm folgte, würde er genau zu der Stelle kommen, wo er das Lösungsmittel vergossen hatte.

»Ich glaube, du weißt es wirklich nicht«, stellte Bernhard fest. »Du warst nicht erfolgreich, du hättest dich vergewissern müssen. Dein Schatten lebt noch.«

»Mein … mein Schatten?«, stotterte Gideon und vergaß beinahe, was er vorhatte. »Du meinst meinen Bruder?«

»Ja. Du musst es zu Ende bringen, wir haben zu früh gefeiert.«

Gideon starrte ihn fassungslos an. Die Erleichterung war so überwältigend, dass ihm die Knie weich wurden. Er schwankte kurz. Bernhard beugte sich vor, um ihn zu stützen, doch er fing sich am Wagen ab, der direkt hinter ihm stand.

»Er lebt.« Gideon fiel es schwer, seine Freude darüber zu verbergen. Jetzt wollte er es erst recht durchziehen. Bernhard musste für immer aufgehalten werden!

»Aber nicht mehr lange. Du wirst erst dann frei sein, wenn du dich seiner endgültig entledigt hast. Es fehlt nicht mehr viel. Du bist angeschlagen, aber du wirst kaum Kraft brauchen.«

Gideon musterte seinen Widersacher. Seine beinahe teilnahmslose Miene, in der sich seine Überzeugung spiegelte, tatsächlich das Richtige zu tun. Er war ein Psychopath. Er wusste nicht einmal, was Reue war.

»Ich mache es … gleich.« Gideons Stimme zitterte verräterisch, doch Bernhard fiel es nicht auf, und so lächelte er zustimmend.

»Ich bringe dich hin und werde aufpassen, dass dir diesmal kein Fehler unterläuft.« Er bückte sich nach der Kette, um Gideon loszumachen.

Jetzt war es so weit!

Gideon hob den acetongetränkten Lappen an das Feuerzeug und betätigte das Rädchen. Funken flogen und verglommen. Noch ein Versuch.

Bernhard hantierte mit klirrenden Schlüsseln und hörte nichts.

Ratsch. Mehr Funken. Mit einem dumpfen Laut, der wie ein Einatmen klang, fing der Lappen Feuer. Ein bläuliches Halo überzog Gideons Hand. Heller Schmerz.

Er schrie auf, trat Bernhard zwischen die Beine und gab ihm einen Stoß. Der Mann verlor das Gleichgewicht, fiel nach hinten und presste die Hände in den Schritt.

Gideon ließ den Lappen fallen. Seine Hand brannte.

Der Lappen segelte zu Boden, unendlich langsam, denn die Flammen gaben ihm Auftrieb. Er sah noch, wie Bernhard den

Kopf hob, dann erwachte das Feuer mit einem lauten Fauchen und hüllte ihn ein.

Gideon stolperte rückwärts in Sicherheit und presste die brennende Rechte in die linke Achselhöhle, um das Feuer zu ersticken.

Bernhard brüllte vor Schmerz und versuchte, sich aus dem Feuer zu rollen, doch die Flammen folgten ihm.

Gideon wurde von Entsetzen erfasst. *Was habe ich nur getan? Das bin doch nicht ich. Ich quälte niemanden, tötete nicht!*

Bernhard rollte sich über den Boden und setzte dabei das trockene Gras in Brand. Qualm hüllte ihn ein.

Gideon war so weit zurückgewichen, wie die Kette es zuließ. Wenn die Vegetation jetzt wirklich zu brennen beginnen würde, hätte er verloren. Und vielleicht geschah es ihm auch ganz recht.

Gideon brach in die Knie und presste die Hände auf die Ohren. Bernhards Schreie gingen ihm durch Mark und Bein.

Cornelia und Robin hatten sich dem Gebäude vorsichtig genähert. Je näher sie kamen, desto dichter wurde wieder der Unterbewuchs. Hier und da war der Boden von Schutt übersät.

Cornelia gab es nur ungern zu, doch in ihrer Wade pulsierte stechender Schmerz, als habe sich ein Dorn tief hineingebohrt. Sie humpelte. Robin war es nicht entgangen, doch er sagte nichts, sein Blick war Urteil genug.

Aber es war eine Sache, Schmerzen zu haben, eine andere, seine Arbeit nicht tun zu können. Und die konnte sie tun.

Sie bemerkten den Mann neben dem Transporter recht früh.

Robin duckte sich sofort hinter ein Gebüsch.

Cornelia musste sich mit der Hand abstützen, um es ihm geräuschlos gleichzutun. Auf Knien spähten sie an den dornigen Zweigen vorbei.

»Ist er das?«, flüsterte Robin.

Cornelia benutzte den Feldstecher. Sie konnte das Gesicht des Mannes nicht erkennen, dann wurde ihr auch klar, warum. »Er trägt eine Skimaske. Hier, sieh selbst, ich bin mir nicht sicher.«

Robin bestätigte ihre Beobachtung und gab ihr das Fernglas zurück. »Was macht er da?«

Cornelia sah wieder hindurch. »Er hat etwas in der Hand. Ich glaube, er versucht, die Maske zu entfernen. Da stimmt etwas nicht. Sie müsste doch einfach abzuziehen sein.«

»Dann ist es nicht Bernhard.«

»Wir können nicht sicher sein.«

Sie beschlossen, abzuwarten. Nach einer Weile verließ ein zweiter Mann das alte Bahnhofsgebäude. »Das muss er sein. Der mit der Maske ist einer der entführten Zwillinge, oder er hat noch einen Komplizen.«

Die Männer unterhielten sich, Bernhard gestikulierte. Sie konnte ihn kurz auflachen hören. »Klingt nicht nach Täter und Opfer«, sagte sie irritiert.

»Ich rufe Verstärkung.« Robin griff nach seinem Handy.

»Du weißt doch gar nicht, wo du sie hinbestellen sollst.«

»In die Nähe, besser als nichts. Zwei gegen zwei mit deinem Hinkebein, das mache ich nicht.«

»Sagt ja auch keiner, dass du das machen sollst«, gab sie zurück und sah wieder zu dem Transporter.

»Hey, da passiert was, die prügeln sich.«

Der Maskierte schrie und verpasste dem anderen einen Tritt, der ihn zu Boden schickte. Im nächsten Moment zuckten Flammen in die Höhe.

»Scheiße!«, fluchte Robin, war sofort auf den Beinen und lief los. Cornelia war ihm dicht auf den Fersen. Sie lief, so schnell sie konnte. Hoffentlich fiel sie in der Dunkelheit nicht. Sie setzte über Bahngleise, die von dem Feuerschein zum Glänzen gebracht wurden. Einer der Männer schrie nun durchgehend.

Ihr jagte ein Schauer über den Rücken. Ein Mensch brannte. Gab es etwas Furchtbareres? Wie sollten sie ihn löschen?

Sie näherten sich dem Unglücksort rasch.

Robin hatte im Lauf seine Waffe gezogen, Cornelia tat es nun auch.

Der Maskierte sah sie kommen, riss sofort die Hände über den Kopf und presste sich mit dem Rücken gegen den weißen Transporter.

»Nicht bewegen«, rief Cornelia und richtete ihre Waffe auf den Mann. Der andere wälzte sich auf dem Boden. Seine Kleidung hatte aufgehört zu brennen, nur hier und da glomm noch etwas Laub und Gras im auffrischenden Nachtwind.

»Was ist mit ihm?«, rief Cornelia.

»Bewusstlos geworden, aber er lebt.« Robin senkte die Waffe und prüfte den Puls des Mannes, der womöglich Bernhard war. Sie konnte sein Gesicht nicht erkennen. Es war von Ruß verfärbt und beinahe genauso schwarz wie die Maske des zweiten, der sie aus weit aufgerissenen Augen anstarrte. Er sah ziemlich mitgenommen aus, sein Mund war eingerissen und blutverkrustet.

Erst jetzt fiel Cornelia die Kette an seinem Fuß auf. Also doch kein Komplize. »Wer sind Sie?«

»Gideon Schrenner.«

Sie ließ die Waffe sinken. »Arents und mein Kollege Robin Schenz. Wir haben nach Ihnen gesucht.«

Er schwankte. »Muss mich setzen«, brachte er gerade noch hervor, dann sackten ihm die Beine weg.

Cornelia konnte seinen Sturz nicht mehr aufhalten. Sie steckte ihre Pistole ein, fasste ihn an den Schultern und richtete ihn so auf, dass er mit dem Rücken am Fahrzeug lehnte.

Für das Entführungsopfer war es offensichtlich zu viel geworden. Die Erleichterung, befreit worden zu sein, hatte ihren Tribut gefordert.

Cornelia legte seine verbrannte Hand hoch. Er war wirklich bis zum Äußersten gegangen, um sich gegen seinen Peiniger zu verteidigen.

»Wir brauchen einen Krankenwagen.«

»Bin schon dabei, ich muss nur erst nachsehen, wo wir sind. Ich hoffe, ich bekomme GPS.« Robin stand breitbeinig neben Bernhard Hildebrandt und tippte auf seinem Handy herum.

»Ich schaue mal nach, ob ich einen Verbandskasten auftreiben kann«, sagte Cornelia und öffnete die Beifahrertür.

»Ah, ich hab's«, hörte sie Robin sagen. Während er zuerst einen Krankenwagen anforderte und danach auf der Wache anrief, durchsuchte Cornelia den Wagen und wurde schließlich fündig.

Robin hatte Hildebrandt unterdessen in eine stabile Seitenlage gebracht. »Das hier hatte er in der Hand«, sagte Robin, ließ ein Schlüsselbund klirren und reichte es ihr.

Cornelia wählte einen kleinen Schlüssel aus und probierte ihn an dem Schloss von Gideons Fußfessel. »Passt. Komm, hilf mir mal.«

Gemeinsam trugen sie den Verwundeten näher an die offene Wagentür, um ihn im Licht, das aus dem Innenraum fiel, besser versorgen zu können.

»Die Skimaske ist, glaube ich, festgeklebt«, sagte sie und gab den Versuch auf, den Mann davon zu befreien.

Robin öffnete die Erste-Hilfe-Tasche und reichte sie ihr.

»Er hat überall Verletzungen, er muss über Tage gefoltert worden sein.«

Robin blickte über seine Schulter zu Hildebrandt, der sich nicht regte. »Tut mir nicht leid um den.«

Sein Handy klingelte. Es war die Notrufzentrale, Cornelia konnte die Stimme des Anrufers mithören. Die Krankenwagen fanden die Einfahrt nicht.

»Conny?« Sein Blick schwenkte von ihr zu dem ohnmächtigen Entführer und sprach Bände. Konnte er sie mit den beiden Männern allein lassen?

»Ja, geh ihnen entgegen, mach schon. Ich bin genug gelaufen für heute.«

Er nickte, knipste die Taschenlampe an und rannte los. Cornelia sah ihm kurz nach, dann ließ ein leises Stöhnen sie herumfahren. Gideon kam wieder zu sich, und er litt.

»Sie sind in Sicherheit. Gleich ist der Krankenwagen hier, und man wird Ihnen etwas gegen die Schmerzen geben.« Sie riss die Packung mit der Rettungsdecke auf und half ihm, die verbrannte Hand daraufzulegen.

Ein leiser, auf- und absteigender Ton mischte sich unter das Rattern des Generators. Ein Martinshorn.

»Hören Sie«, sagte Cornelia und sah ihn aufmunternd an.

Gideon versuchte etwas zu sagen, doch er musste husten, und sie verstand nichts. »Ich habe kein Wasser, es tut mir leid.«

Gideon blickte wild umher, es war beinahe, als sehe er mehr als sie. Als fühle er sich noch immer verfolgt.

Er hob den Arm und setzte noch einmal an, um etwas zu sagen. »Hinter Ih…«, keuchte er.

Cornelia sah gerade noch eine schattenhafte Bewegung, dann traf sie ein heftiger Schlag am Kopf, der sie zur Seite schleuderte.

Einen Augenblick lang glaubte sie, das Bewusstsein zu verlieren. Bernhard versuchte offenbar abzuhauen, doch das würde sie zu verhindern wissen. Verletzt, wie er war, würde er nicht weit kommen.

Sie rappelte sich wieder auf, doch was sie wirklich antrieb, war Gideon, der sich verzweifelt bemühte hochzukommen. Vor Schmerzen stöhnend, stützte er sich auf die verbrannte Hand. »Er darf nicht, nein!«, keuchte er verzweifelt.

Schlagartig wurde ihr klar, dass es um mehr ging als einen flüchtenden Verbrecher.

»Bruder«, stöhnte Gideon.

Cornelia riss ihre Pistole aus dem Holster und zielte auf Bernhard, der sich humpelnd entfernte und genau auf das Bahnhofsgebäude zuhielt. Zu weit weg für einen sauberen Schuss. Sollte sie es trotzdem versuchen?

Sie feuerte in die Luft und sprang auf. Robin würde zurückkehren, so schnell er konnte. »Bewegen Sie sich hier nicht weg«, herrschte sie Gideon an und lief Bernhard hinterher.

Ihr wurde schwindelig, doch Cornelia biss die Zähne zusammen und rannte weiter. Es würde schon wieder besser werden.

Bernhard war im Gebäude verschwunden.

Sie war nur noch wenige Meter entfernt, als sie ihn wieder sah. Er kniete über einem zweiten Mann, der reglos am Boden lag. »Keine Bewegung!«, schrie sie.

Bernhard Hildebrandt sah sich zu ihr um. Der Blick war leer, der Mund zu einem absurden Lächeln verzogen. Seine Wange war voller rotschwarzer Brandwunden, die nässten. »Wenn du mich aufhalten willst, musst du mich erschießen«, sagte er nach Atem ringend.

»Und das werde ich, wenn Sie nicht kooperieren. Stehen Sie langsam auf.«

Er wandte sich von ihr ab und starrte auf den Leblosen vor sich. Fixierte ihn wie ein Raubtier die sichere Beute. Dieser Mann würde nicht aufgeben.

Plötzlich zuckte sein rechter Arm vor, und er riss etwas aus dem Körper vor ihm. Blutgerötetes Metall blitzte auf.

Cornelia drückte ab. Der Schuss war ohrenbetäubend. Bernhard Hildebrandt kippte langsam auf die Seite.

Schritte auf Kies. Robin war im nächsten Moment da, die Pistole im Anschlag. »Conny?«, rief er fragend.

»Er wollte ihn erstechen, Robin, da musste ich schießen.«

Ihre Stimme klang, als käme sie nicht von ihr, sondern von einem Fremden.

Robin trat neben sie, rieb ihr kurz über den Rücken und nahm ihr dann die Waffe aus der Hand. »Gut gemacht.«

Hinter ihnen zuckte blaues Licht über Bäume und Büsche.

»Wir brauchen einen dritten Krankenwagen«, sagte sie und wandte sich ab.

* * *

»Er hat Ihrem Bruder nichts getan«, rief Cornelia Gideon Schrenner zu. Der junge Mann raffte sich auf und machte sich auf den Weg zu ihr. Seine Bewegungen waren schwerfällig, er kämpfte um jeden Schritt, aber sie sah ihm seine Erleichterung an.

Endlich waren auch die beiden Rettungswagen da. Cornelia winkte ihnen, so weit an das Gebäude heranzufahren wie möglich.

Im Hintergrund hörte sie Bernhard stöhnen, als Robin ihm Handschellen anlegte. Er blutete stark aus einer Wunde im Oberschenkel. Cornelia hatte genau dort getroffen, wo sie hingezielt hatte. Das Risiko, von der Seite auf den Torso zu schießen, war sie nicht eingegangen. Sie hatte ihn nicht töten wollen.

»Hier entlang, schnell!«, rief sie dem Notarzt zu, sobald er aus dem Wagen stieg.

»Was haben wir?«, fragte er und stellte seinen Koffer ab.

»Stichverletzung in der Brust, es ist schon einige Stunden her«, erklärte Cornelia ihm.

»Bitte, retten Sie meinen Bruder«, bat Gideon, der hinzugekommen war.

Der Arzt musterte ihn kurz. »Wir werden tun, was wir können. Lassen Sie sich bitte auch versorgen.«

Cornelia führte ihn zur Seite. »Na los, kommen Sie. Gehen wir zum Krankenwagen.«

Er blieb wie angewurzelt stehen. »Ich lasse ihn jetzt nicht alleine. Ich hab ihm das angetan, nur ich.«

Cornelia sah ihn irritiert an. »Sie können sicher gleich bei ihm im Krankenwagen mitfahren, aber jetzt lassen Sie sich bitte erstversorgen.«

Er bewegte sich nicht von der Stelle. »Dieses Schwein hat uns dazu gebracht, gegeneinander zu kämpfen. Wir wussten nicht, wer der andere ist. Deshalb hat er uns diese Dinger auf den Kopf geklebt.« Er zerrte an einem losen Stück seiner Gesichtsmaske.

Cornelia fasste ihn am Arm, und diesmal ließ er es zu, dass sie ihn davonführte. Am Krankenwagen nahm ein junger Sanitäter sie in Empfang.

»Frau Arents?«, fragte Gideon Schrenner.

»Ja?«

»Denken Sie, dass mein Bruder mir verzeihen wird?«

* * *

EPILOG

Kortumpark – Zwei Wochen später

Der innere Schweinehund winselte nur hin und wieder, doch mittlerweile fiel es Cornelia leicht, ihn zu überhören.

Jetzt endlich, über ein halbes Jahr nach ihrer Verletzung, bemühte sie sich darum, ihre alte Fitness zurückzugewinnen. Und nun, da sie sich endlich ein Ziel gesetzt hatte, fand sich erstaunlicherweise auch immer Zeit, hier und da eine kleine Lücke, um sich darum zu kümmern. Heute war sie früh von der Arbeit gekommen, hatte nur einen Müsliriegel gegessen und war sofort in den Park aufgebrochen, um eine Joggingrunde zu drehen. Noch vor einer Woche hatte sie nach einem halben Kilometer anhalten müssen, weil ihre Wade krampfte. Doch nun wurde es von Tag zu Tag besser.

Die Sonne würde bald untergehen. Die Luft wurde merklich kälter, doch Cornelia genoss auch das. Den Herbstgeruch, die Ahnung von Frost. Ihr steter Schritt stob raschelndes Laub auf, das sich über Nacht mit einem glitzernden Eispanzer überziehen würde.

Sie erreichte die alten Gräber, die den leicht morbiden Charme des Kortumparks ausmachten, und drosselte ihr Tempo vom Joggen zu schnellem Gehen.

In ihrer Wade stach es mit pulsierender Regelmäßigkeit. Cornelia musste sich zwingen, keine Schonhaltung einzunehmen, und ging zügig weiter. Erstaunlicherweise wurde der

Schmerz schnell erträglicher. Sie lächelte, als habe sie einen Feind besiegt.

Als sie schließlich unter einer alten Eiche stehen blieb und den Kopf in den Nacken legte, um die knorrigen Äste hinaufzusehen, fühlte sie sich so wohl wie seit Langem nicht mehr.

Erst als ihr die Abendkälte in die dünne Sportkleidung kroch, ging sie weiter und beschleunigte wieder zu einem leichten Joggen. Als sie ein Rhododendrongebüsch passierte, kam sie plötzlich aus dem Takt. Dort stand ein Mann und telefonierte. Er hielt mit einer Hand den Lenker eines Fahrrades fest, das er an eine Laterne gelehnt hatte.

»Mein Fahrrad«, kam es Cornelia im Flüsterton über die Lippen.

Der Mann stand mit dem Rücken zu ihr, trotzdem wusste sie genau, dass es der Dieb war und niemand anders. Die Welt war also doch gerecht.

Als er das Telefonat beendete und auf das Rad stieg, erwachte in Cornelia eine wilde Mischung aus Wut und Ehrgeiz. Sie rannte, so schnell ihre Beine sie trugen. Der Dieb stieß sich ab und trat stehend in die Pedale, um Fahrt aufzunehmen.

Schon war sie nur noch wenige Meter entfernt. Er hatte sie immer noch nicht bemerkt, doch jetzt gewann er an Fahrt. Der Abstand vergrößerte sich. Er bog nach rechts ab. Cornelia gab alles, schnitt die Kurve, rannte quer über den Rasen und machte so entscheidende Meter gut.

Der Dieb bemerkte sie erst im letzten Moment. Der Schreck des Erkennens sorgte dafür, dass er ins Schlingern geriet. Cornelia zögerte nicht und gab dem Rad einen energischen Stoß.

Mit einem Aufschrei stürzte der Dieb aus voller Fahrt. Auch Cornelia verlor kurz das Gleichgewicht, konnte sich aber abfangen.

Der Dieb hatte sich das Gesicht auf dem Schotterweg aufgeschlagen, rappelte sich aber auf und suchte sein Heil in der Flucht.

Cornelia beugte sich vor, stützte die Hände auf den Knien ab und wusste nicht, ob sie lachen, schreien oder doch lieber vor Anstrengung brechen sollte.

»Hallo, Drahtesel«, keuchte sie schließlich. »Ich habe doch versprochen, dass ich dich rette.«

In der zunehmenden Dämmerung konnte sie kaum noch etwas erkennen, doch es sah aus, als sei dem Rad nicht viel passiert. In dem Gefühl, gerade einen Marathon gewonnen zu haben, schwang sie sich auf den Sattel und fuhr heim.

* * *

DANKSAGUNG

Spiegelseele ist mein zweiter Krimi um Ermittlerin Cornelia Arents, und dieses Mal spielt er ganz nah vor meiner Haustür, was das Ganze noch ein wenig besonderer macht. Mein erster Dank gilt daher dem Egmont LYX Verlag und meiner Lektorin Ulrike Gerstner dafür, dass sie sofort zu einer kriminalistischen Rückkehr ins Revier bereit waren (und mich auch noch ein drittes Mal »morden« lassen, aber das ist eine andere Geschichte). Barbara Krause hat im Lektorat mal wieder perfekte Arbeit geleistet und all die kleinen Macken und Fehler gefunden.

Meine Agentin Nina Arrowsmith findet immer das richtige Zuhause für meine Geschichten, danke.

Hörnchenkönigin und Messeengel Anke Koopmann soll sich für das Cover kräftig gedrückt fühlen. Es war eine schwere Geburt, aber am Ende hat doch alles gepasst. Ich freue mich schon auf die nächste Buchmesse. Ohne dich ist die nur halb so schön.

Viele Menschen sind sichtbar und unsichtbar an der Entstehung meiner Bücher beteiligt.

Mein größter Dank gilt meiner Mutter Růžena Pax, meiner Schwester Rafaela Pax und ihrer Familie. Sie sind immer für mich da und ertragen mich, auch wenn ich im Kopf mal wieder in meinen Geschichten unterwegs bin.

Mein Dank gilt ebenso meinen guten Freunden Melanie Panz, Angela Kaufmann, Timo Sauer und Melanie Hohmann. Ihr seid großartig, mehr muss ich dazu eigentlich nicht sagen.

Und dann sind da noch die lieben Kollegen.

Zuerst Jennifer Benkau: Ihr danke ich, wie immer, für gemeinsames Quatschen, Jammern und Plotten bei Sushi, am Telefon und per Chat.

Markus Heitz, danke für das Fahrrad und die vielen Online- und Offlinequasseleien.

Bernhard Stäber: Danke für das Asyl in Norwegen und dafür, dass du meinem Killer deinen Namen geborgt hast. Kai Meyer: Danke für tolle Bücher und ebenso gute Gespräche. Tom Finn: Danke für deine Gastfreundschaft, rettende Taxidienste in FFM und viele, viele Worte.

Damit mir nicht die Decke auf den Kopf fällt, arbeite ich besonders im Sommer gerne auf archäologischen Ausgrabungen. Ulrich »Ocki« Ocklenburg, du bist der beste Chef der Welt und ein herrlicher Ruhrpott-Wirrkopf, die Schönwetter-Archäologin dankt.

Allein schreiben ist … allein. Aber dafür gibt es zum Glück Katzen. Yuri und Luis, ihr seid tolle kleine Monster und würdige Nachfolger.

Und wenn ich mal abschalten muss, gibt es da ein wunderbares Pferd namens Grace, danke fürs Seele-Lüften und Carola Zinnenlauf, danke fürs »Ausborgen«.

Zuletzt geht der größte Dank an meine Leser. Danke für die vielen tollen Rückmeldungen, ihr macht mich glücklich.

Rebekka Pax

Lokes Mond

Bochum-Riemke

Die Reifen holperten über harsch gefrorenen Waldboden. Es war eine der kältesten Nächte des jungen Jahres.

Der Fahrer war froh über den Frost, würde er sich doch keine Sorgen über Reifenabdrücke machen müssen. Froh machte ihn auch der Vollmond, der genügend Licht spendete, um auch bei ausgeschalteten Scheinwerfern gut genug sehen und den Wagen sicher lenken zu können.

Es war kurz nach Mitternacht. Aus dem sumpfigen Erlenbruchwald in der Nähe zog Nebel herauf. Das milchige Wabern war dicht wie ein Mantel. Als wären die alten Germanengötter noch lebendig und suchten auf ihren nächtlichen Streifzügen Heimlichkeit im klammen Grau.

Ein Reh trat auf den Waldweg, starrte den Wagen aus großen braunen Augen an und verschwand mit zwei eleganten Sprüngen linkerhand im Brombeerdickicht.

Nun war es nicht mehr weit. Schon konnte er die Koppeln sehen, auf denen die Pferde dösten, die bald eine blutige Überraschung erleben würden. Der Puls des Mannes schoss hoch, aber er zwang sich zur Ruhe. Wenn er diese Sache durchziehen wollte, dann mit aller Sorgfalt und Konsequenz.

Erinnerungen drängten sich auf. An seinen Vater, einen

einfachen Bergarbeiter, dessen ganzer Stolz seine Tauben- und Karnickelzucht gewesen war, die er im Schrebergarten unterhielt.

Auf dem Teller sind sie alle gleich, pflegte er zu sagen, wenn es den Tieren an den Kragen ging. Im kleinen Verschlag roch es scharf nach Vogelkot und Karnickelpisse, die sich in die Holzböden der Käfige gefressen hatte.

Vater legte immer eine alte Wachstuchdecke auf die Werkbank, bevor es losging. Sie war kariert, und in den Karos waren rosa Blümchen. Seltsamerweise konnte er sich an die Tischdecke, die vorher irgendwann auf dem Frühstückstisch gelegen hatte, besser erinnern als an die Kaninchen, die auf ihr das Leben ausgehaucht hatten.

»Such eines aus und bring es her«, hatte sein Vater gesagt. Er, vielleicht acht Jahre alt, holte eines aus dem Stall. Es zappelte erst, doch als er es streichelte, wurde das Tierchen ganz ruhig. Nur die Nase wackelte noch lustig auf und ab.

»Darf ich es totmachen«, hatte er gefragt, und der Vater hatte ihm bereitwillig den abgesägten Besenstiel gegeben, mit dem er den Tieren immer das Genick brach. Es klappte nicht beim ersten Mal, aber er war niemand, der schnell aufgab, und schließlich legte sich doch der samtweiche Blutgeruch über den Gestank der Ställe.

Der Mann schüttelte den Kopf und setzte sich etwas aufrechter hin. Warum er ausgerechnet jetzt daran denken musste, war ihm ein Rätsel. Vater hatte ihm so viel beigebracht. Er war ihm dankbar.

Er schlug das Lenkrad ein, weit nach links, denn der Weg zu den Pferdekoppeln war schmal und knickte scharf ab. Das Mondlicht brach sich glänzend auf stacheligen Ilexzweigen. Hier war es gut. Er lenkte den Wagen etwas tiefer ins Gebüsch und stieg aus. Noch einmal überprüfte er seine Ausrüstung.

Die Stiefel, die er trug, waren billige Plastikreitstiefel, wie sie hin und wieder beim Discounter im Angebot waren. Damit lief jeder zweite Reiter an Ställen wie diesen herum.

In seinem Armeerucksack verbargen sich Dinge, die für Reiter eher ungewöhnlich waren, bis auf die getrockneten Bananenchips vielleicht, mit denen man angeblich fast jedes Pferd rumbekam.

Der Mann schulterte sein Gepäck und machte sich auf den Weg.

Alles blieb ruhig. Auf den Wiesen lag Reif. Pappeln trennten die einzelnen Weiden voneinander, standen da wie riesige Scherenschnitte von Soldaten, schwarz und kerzengerade im Gegenlicht des Mondes.

Eine Weile ging er am Zaun entlang und spähte zu den Tieren hinüber, die ihn längst bemerkt hatten und ihn mit erhobenen Köpfen musterten. Einige hatten sich in einen Verschlag zurückgezogen. Als ein Schimmel den Kopf durch die Plastiklamellen schob, wusste der Mann, dass er höchstwahrscheinlich richtig war.

Er sah sich ein letztes Mal um, dann duckte er sich unter dem Holzzaun durch, sorgfältig darauf bedacht, nicht anzustoßen.

Irgendwo rief eine Schleiereule. *Früher war ihr Schrei als schlechtes Omen gedeutet worden,* erinnerte er sich. Die Bauern hatten tote Käuzchen an die Scheunentüren genagelt, um das Unglück von ihrem Vieh fernzuhalten. Vielleicht lag im Aberglauben ein Fünkchen Wahrheit.

»Ruf du nur«, sagte der Mann und blickte zu dem Vogel hinüber, der auf einem Zaunpfosten saß. »Hier hört dich sowieso keiner.«

Langsam näherte er sich den Pferden. Es waren sechs, zwei davon mit weißem Fell, und die Schimmel waren es, die gleich seine ungeteilte Aufmerksamkeit erhalten würden. Die Tiere sahen alt aus, manche schon grau im Gesicht. Hier standen die Senioren des Reitstalls, die nur noch versorgt, aber nicht mehr geritten wurden. Die meisten waren gegen die Kälte in warme Decken gepackt. Der Atem bildete Dampfwolken über ihren Nüstern, kondensierte an den langen Haaren und Wimpern.

Der Mann streichelte sie, bis ihn die Tiere arglos umringten. Verborgen hinter dem Unterstand stellte er den Rucksack auf den Boden. Die Axt würde er erst später brauchen, aber er stellte sie schon mal bereit. Neugierig schnüffelten die Tiere an den extradicken Müllsäcken und Seilen.

»Alle antreten«, sagte er und ärgerte sich, dass die Aufregung seine Stimme höher klingen ließ. »Hanni und Nanni, her mit euch, na kommt. Wer hat euch nur so bescheuerte Namen gegeben, hmm?«

Aber er wusste, wer ihnen diese Namen gegeben hatte. Dieser Mann war auch der Grund dafür, warum die beiden Stuten sterben mussten. Es war nicht so, dass er Tiere hasste, sie waren ihm nur genauso egal wie die meisten Menschen.

Die Pferde fraßen ihm die Bananenchips aus den behandschuhten Händen. Gierig waren sie und zickig wie kleine Kinder. Die Stuten wurden schnell zutraulich. Während er sie kraulte und ihnen in sanften Tönen von ihrem baldigen Ende erzählte, legte er Hanni und Nanni Stricke um den Hals.

Ein Tier band er direkt am Unterstand fest.

Mit einem schnellen Griff hatte er einen alten Pulli und die Axt parat und führte die zweite Stute von der ersten weg. Die anderen Pferde ließen ihn in Ruhe, nachdem er eine Handvoll Futter auf dem Boden verteilt hatte.

In einer kleinen Senke hinter einer Insel aus Eschenschösslingen und Brombeergestrüpp zog er dem gutmütigen Tier den Pullover über den Kopf. Irritiert riss die Stute am Strick, beruhigte sich aber schnell, als sie merkte, dass ihr nichts geschah. Der Mann nahm noch ein paar Bananenchips und hielt sie dem Tier vor die Schnauze. Langsam senkte er die Hand und streute sie auf den Boden. Die Stute senkte den Kopf und suchte schnüffelnd nach dem Nachschub. Jetzt war der Moment gekommen.

Der Mann holte aus. Für einen Augenblick schien die Welt zu erstarren, dann krachte die Axt auf den Pferdekopf. Der Schädel brach mit stumpfem Knacken, die Beine der Stute knickten ein, und beinahe elegant fiel sie auf die Seite.

Die anderen Pferde hatten nichts bemerkt. Der Wind trug den Blutgeruch fort. Hanni oder Nanni, er wusste nicht, welche Stute welchen idiotischen Namen trug, folgte ihrer Schwester genauso lautlos nach.

Diesmal stoben die anderen Pferde auseinander, blähten die Nüstern und starrten aus der äußersten Ecke der Weide zu ihm herüber. Sollten sie doch, ihm war es egal.

Die Stute am Unterstand nahm er sich als Erstes vor. Ihre Hinterbeine hatten soeben aufgehört zu zucken, und so setzte er das Messer an und trennte mit schnellen Schnitten den Kopf ab. Das viele Blut war eine einzige Sauerei, aber keine, die ihn überraschte oder auf die er nicht vorbereitet war.

»Zähes, altes Biest«, fluchte er, als er bei den Nackenwirbeln angelangt war. Er wollte sich das gute Messer nicht an den Knochen ruinieren. Hier war Vorsicht geboten. Er biss sich vor Konzentration auf die Unterlippe, dann war es endlich geschafft.

»Na also, rein mit dir.«

Er drehte den Müllsack auf links und hob den Pferdekopf

auf, wie andere die Scheiße ihrer Köter einsammelten. So blieben die Handschuhe und sein Rucksack sauber.

Ein Blick auf die Uhr zeigte, dass seit seinem Aufbruch keine ganze Stunde vergangen war. Stolz strömte als warmes Glücksgefühl durch seinen Körper.

Er war gut, er war wirklich gut! Das ging so schnell und reibungslos, dass er sich dafür später einen ordentlichen Drink verdient hatte. Aber vorher musste er noch eine andere Sache erledigen.

Vollmondlicht fiel auf bleiche Haut. Die Decke war zurückgerutscht und entblößte den Leib eines kleinen Jungen.

Aus seinen Augen war längst das Leben gewichen, aber der Tod hatte den Ausdruck ängstlichen Staunens, mit dem er seinen Mörder angesehen hatte, nicht mit sich genommen.

Seine Haare waren lockig, golden und fein wie Engelhaar. Es bewegte sich sacht in der nächtlichen Brise und wischte feine Eiskristalle vom gefrorenen Herbstlaub, auf dem er lag.

Sein Körper war beinahe so kalt wie der Waldboden unter ihm, in dem er bald seine letzte Ruhe finden sollte.

Bis es so weit war, würde es noch etwas dauern.

Der Totengräber hatte Mühe, sich mit Spitzhacke und Schaufel durch gefrorenen Boden und Wurzelwerk zu arbeiten. Als die tieferen, weichen Schichten erreicht waren, wuchs der Erdhaufen neben der Grube schneller. Der Hügel dampfte. Regenwürmer, die zu kleinen rosa Knäueln zusammengerollt Winterruhe gehalten hatten, erwachten zu trägem Leben. Bevor sie Zeit hätten davonzukriechen, würden sie längst zurück in der Erde sein.

Das Grab war fertig ausgehoben.

Der Junge starrte noch immer zum Vollmond hinauf. Sein Mörder scheute diesen Blick, scheute dieses Staunen, das an lebendige Kinder erinnerte und auch daran, wie aus diesem lebendigen Jungen ein totes Etwas geworden war.

Die Male auf seiner Brust waren blassblaue Schatten. Mit der Spitzhacke zerrte er die Decke über das Kindergesicht, dann stieß er die kleine Leiche mit dem Fuß in die Grube.

* * *

Bochum, Innenstadt

Aus einem Club wummerte hektischer Techno Beat. Immer wenn die Tür geöffnet wurde, zuckten bunte Lichter hinaus. Junge Leute standen in Trauben davor, rauchten und tranken Bier. Wer nicht hineingelassen wurde, feierte einfach auf der Straße mit, forderte die Grenzen seines Körpers mit billigem Fusel heraus. Die Kälte schien ihnen nichts auszumachen.

Jetzt begann es auch noch zu schneien.

Cornelia ging mit ihrem Begleiter an den feiernden Jugendlichen vorbei. Peter schienen sie Angst zu machen. Sie sah ihm an, dass er am liebsten die Straßenseite gewechselt hätte, sich aber vor einer Polizistin nicht die Blöße geben wollte. Das Vergnügungsviertel Bermudadreieck war auch nach Mitternacht noch voller Nachtschwärmer. Hier trafen sich Studenten und Touristen, Alteingesessene wie Zugezogene. Zwischen Südring und Victoriastraße reihte sich ein Restaurant ans andere.

Cornelia hatte für heute Abend genug. Ihre Stimmung war ganz plötzlich umgeschlagen, von fröhlichem Nihilismus zu Frust. Sie hatte begonnen sich zu fragen, warum sie mit einem Fremden, der sie zudem noch körperlich abstieß, einen Drink nach dem anderen kippte. War von ihrem Leben wirklich so wenig übrig, dass sie nicht mal mehr Freunde besaß, mit denen sie ausgehen konnte?

Jetzt wollte sie nur noch weg hier, wollte nach Hause, und zwar allein. Die Rettung war zum Greifen nah: Beige, mit einer Beule am rechten Kotflügel und Nazar-Amuletten am Spiegel, näherte sich der Wagen über den Südring.

»Da ist mein Taxi, tschüs, Peter!«, rief Cornelia, rannte dem Wagen entgegen und damit weg von Peter, ihrem unglücklichen Blind Date, der sich deutlich um die Abschiedsumarmung betrogen fühlte.

Aber das war ihr egal, sie hätte es keinen Moment länger mit diesem Kerl ausgehalten.

Sie riss die Autotür auf, vielleicht etwas zu heftig, und ließ sich auf den speckigen Beifahrersitz fallen.

»Guten Abend, wo soll's denn hingehen?«, fragte der Taxifahrer. Sie nannte ihre Adresse, und der Fahrer tippte sie umständlich in sein Navi. Offenbar machte der Mann diesen Job noch nicht sehr lange. Konnte ihr aber auch egal sein, wenn er sie nur von hier wegbrachte. Sie schätzte ihn auf Anfang sechzig. Ein Türke mit aristokratischem Gesicht, der sein kurzes graues Haar unter einer Mütze verbarg.

Als er endlich den Blinker setzte, merkte Cornelia, wie die Spannung langsam von ihr abfiel.

»Hatten Sie einen schönen Abend?«, begann der Fahrer im Plauderton.

»Nicht schön, aber selten«, gab sie zurück, wohl etwas unfreundlicher als beabsichtigt, aber deutlich genug, um klar zu machen, dass ihr der Sinn nicht nach Reden stand.

Sie sah aus dem Fenster, in dem sie sich spiegelte. Ihr rotes Haar war ein wildes Chaos. Draußen rutschten Schneeflocken tauend die Scheibe hinab und hinterließen ein Netz aus Nässe. Cornelia lehnte den Kopf zurück und sah aus halb geschlossenen Augen durch die Frontscheibe, wo Bremslichter wie Positionsleuchten verirrter Schiffe aufleuchteten. Was für ein beschissener Abend.

Warum hatte sie sich nur wieder auf eines dieser idiotischen Dates eingelassen? Musste sie sich selbst beweisen, dass sie noch einen gewissen Marktwert hatte, auch mit Mitte dreißig, wenn vernünftige Frauen längst einen Mann fürs Leben gefunden und mit ihm mindestens 1,7 Kinder gezeugt hatten?

Peters Inserat hatte eine Woche zuvor im Internet gestanden. Aus einer Laune heraus hatte sie geantwortet. Was sollte an einem großen, sportlichen Akademiker mit Humor falsch sein?

Alles. Er war Chemiker und sah auch genauso aus. Halbglatze, die restlichen Haare fusselig und viel zu lang. Die Körpergröße war eine glatte Lüge gewesen und das eingestellte Foto klein und mindestens zehn Jahre alt. Seine Haut war das, was ihre Mutter teigig nannte. Ein Mensch, den man nicht gern berührte. Die Vorstellung, ihn zu küssen oder gar richtig intim zu werden, jagte ihr einen kalten Schauer über den Rücken. Und dann war da noch die Sache mit dem Humor. Peter war wirklich lustig, so lustig, dass sie aus dem Lachen gar nicht mehr herausgekommen war. Aber was sie nun wirklich nicht wollte, war eine Beziehung mit einem Clown. Schon im ersten Moment war ihr klar gewesen, dass aus ihnen nichts werden konnte.

Also hatte sie gute Miene gemacht, mehr getrunken, als gut war, und gelacht. Es reichte, wenn sie Peter den Abend irgendwann gegen Ende verdarb. Gut getan hatte es trotzdem, auch mit einem Nerd. Auszugehen war längst überfällig gewesen.

Dafür war sie dem lustigen Peter mit der merkwürdigen Haut auch dankbar. Einen Abend lang hatte sie weder an ihre Arbeit bei der Kripo gedacht noch an ihren Ex. Das Verzwickte an der Sache war, dass ihr Ex nicht nur ihr Exfreund war, sondern auch ihr Kollege, und sie ihn beinahe jeden verdammten Tag sehen musste.

»Wir sind da.«

Das Taxi hielt vor ihrer Wohnung. Sie bezahlte, gab etwas mehr Trinkgeld als üblich und stieg aus. Die kalte Luft war wie Zunder für ihren Schwips. Damit der Taxifahrer sie nicht schwanken sah, wartete sie, bis er davonfuhr.

Die Welt hörte nicht auf, sich zu drehen. Wie eine Platte mit Sprung zogen Häuser und Hecken an ihr vorbei und ruckten dann in die alte Position zurück. Nicht gut, so gar nicht gut.

Sie konnte hier nicht ewig stehen bleiben. Zum Abschied hatte sie mit Peter noch einen Schnaps – oder waren es zwei gewesen? – getrunken, die sich offenbar genau jetzt bemerkbar machten.

Cornelia straffte die Schultern und starrte auf ihre Haustür wie auf einen besonders schlimmen Tatort, dann verließ sie den Schutz der Laterne und wackelte auf ihren hohen Schuhen durch den noch jungfräulichen Schnee. Ledersohlen und Schnee vertrugen sich nicht. Warum hatte sie die idiotischen Dinger überhaupt angezogen? Um die Schuhe irgendwie reinzuwaschen, bei einem Date mit einem Clown?

Sie hatten Robin immer besonders gefallen, vielleicht weil Cornelia darin ein wenig hilflos war. Dann hätte er die Dinger am besten auch gleich behalten können.

Nachdem sie beinahe gefallen wäre, erreichte sie endlich die Haustür. Ihre neue Robin-freie Wohnung lag in einer ruhigen Nebenstraße. Es war eine kleine Einliegerwohnung im Haus einer älteren Dame. Mit einer gepflegten Buchsbaumhecke, Rosen und einem Reh aus Terracotta im Vorgarten. Cornelia war froh über den separaten Eingang. Der Bewegungsmelder hatte eine grelle Lampe aktiviert, in deren Licht sie nun nach beschämend vielen Fehlversuchen den Schlüssel ins Schloss schob. Sofort trat sie sich die Schuhe von den Füßen.

»Oh Gott, wer hat diese verdammten Dinger nur erfunden?«, stöhnte sie. Das konnte nur ein Mann gewesen sein.

Sorgfältig schloss Cornelia von innen die Tür ab und legte die Kette vor. Wer genug schlimme Dinge im Job gesehen hatte, hielt diese vielleicht etwas paranoide Gewohnheit für eine ganz natürliche, lebensverlängernde Maßnahme.

Die Zeiger der Küchenuhr standen auf kurz nach zwei. Viel Zeit zum Schlafen blieb ihr nicht mehr, bis um kurz nach sechs der Wecker klingeln würde.

Um dem Kater von vornherein keine Chance zu geben, trank sie so viel Orangensaft, wie sie herunterbekam, und fiel dann geradewegs ins Bett. Abschminken konnte sie sich auch in vier Stunden noch.

Rebekka Pax

Lokes Mond

Kriminalroman

Der Seligen Saal besudelt das Blut!

Grausam verstümmelte Pferdekörper, die Köpfe fehlen – so finden Cornelia Arents und ihre Kollegen von der Kriminalpolizei Bochum den Tatort vor. Bald darauf werden die Tierköpfe vor dem Haus des Professors gefunden, aufgespießt auf runenverzierte Stangen. Cornelias Ermittlungen führen sie an die Ruhr-Universität Bochum, wo sie von einer geheimen Studentenverbindung erfährt, die sich mit germanischen Bräuchen beschäftigt. Als eines der Mitglieder ermordet aufgefunden wird, rückt die Bruderschaft ins Zentrum der Ermittlungen.

Einem Geheimbund auf der Spur – brandaktuelle Thematik, interessante Hintergrundinfos und ein fesselnder Plot!

Band 1 der Serie
320 Seiten, broschiert mit Klappe
€ 14,99 [D]
ISBN 978-3-8025-9716-9

www.egmont-lyx.de

LYX
EGMONT